CONTREPOIDS

De la même auteure

Chez le même éditeur
Marraine, Ottawa, collection « Vertiges », 2007.
Carnet de bord, Ottawa, collection « Vertiges », 2009.

Chez d'autres éditeur
Témoignage de la Marraine, texte publié aux Éditions Vermillon dans un recueil intitulé *Haïti, je t'aime ! Ayiti, mwen renmen ou !*, 2010.

HÉLÈNE KOSCIELNIAK

Contrepoids

Roman

Collection 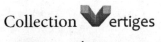ertiges

LES ÉDITIONS
L'INTERLIGNE

Catalogage avant publication de Bibliothèque et Archives Canada

Koscielniak, Hélène
Contrepoids : roman/Hélène Koscielniak.

(Collection « Vertiges »)
ISBN 978-2-923274-74-4

I. Titre. II. Collection : Collection « Vertiges »

PS8621.O83C66 2011   C843'.6   C2010-906947-1

Les Éditions L'Interligne
261, chemin de Montréal, bureau 306
Ottawa (Ontario) K1L 8C7
Tél. : 613-748-0850/Téléc. : 613-748-0852
Adresse courriel : communication@interligne.ca
www.interligne.ca

Distribution : Diffusion Prologue inc.

ISBN : 978-2-923274-74-4
© Hélène KOSCIELNIAK et LES ÉDITIONS L'INTERLIGNE
Dépôt légal : premier trimestre 2011
Bibliothèque nationale du Canada
Tous droits réservés pour tous pays

À Dave et Chantal
Tom et Josette
Éric et Anik
Gabriel et Maxine

Tu es ce que tu fais.
Proverbe béninois

1

Il s'agissait d'y penser…

TONY, ALIAS ANTONIN MEUNIER, se frottait les mains de plaisir. On avait accepté son plan! Les patrons avaient montré quelque réticence au début, néanmoins il avait réussi à les convaincre. Il s'esclaffa au souvenir de sa conclusion quand, la voix rauque et les yeux mouillés, il avait cité en exemple le cas d'une nièce fictive ainsi que les propos du médecin traitant, tout aussi fictif.

Ignorant cavalièrement la loi antitabac, il alluma une cigarette et s'installa confortablement à son bureau pour relire ses notes et se remémorer avec délices les diverses réactions des membres du conseil administratif de la SurfAir. Il avait insisté pour garder l'avantage de la surprise. Pour ce faire, il avait convaincu Morris de ne placer à l'ordre du jour que le titre banal de «Projet spécial» sous la rubrique des affaires nouvelles. De sorte que, lorsqu'il s'était levé pour faire sa présentation, l'auditoire ne savait pas à quoi s'attendre.

Points d'ancrage
- *Baisse désastreuse des effectifs causée par :*
-9/11 ;
-autres actes de terrorisme aériens ;

-*augmentation catastrophique des coûts du pétrole ;*
-*crise économique mondiale ;*
Bougonnements autour de la table. Signes de tête impatients. Pourquoi répéter ces évidences ? Quel était ce « Projet spécial » ? On n'avait pas de temps à perdre.

-*réduction du nombre de passagers par vol à cause de la hausse systématique de poids de la population (en moyenne, dix kilos par personne);*
Sourires narquois.
Pas la réaction souhaitée ! Il fallait plutôt créer un courant de sympathie pour les obèses. Il avait alors parlé d'enfants aux prises avec ce grave problème de santé, les jeunes étant plus aptes à susciter la compassion, et il avait vu naître quelques faibles expressions de sollicitude.

-*reflet d'un problème social grandissant.*
Ahurissement. Remous dans les rangs. Problème social ? Quel rapport avec les membres du C. A. d'une compagnie aérienne ?

<u>Suggestions</u>
• *Profiter de la situation pour mousser la SurfAir.*
• *Redorer l'image de la compagnie en la présentant comme :*
-*avant-gardiste, parce que préoccupée par la santé publique;*
Lueurs d'intérêt. Poursuivre en vitesse afin de ne pas perdre cet avantage.

-*progressiste, désireuse de s'impliquer directement dans la correction du grave fléau de l'obésité;*
Regain d'attention. La sacro-sainte image était super importante ces temps-ci. Toutes les grosses entreprises se voulaient avant-gardistes et progressistes.

-*philanthropique, visant à soulager la misère de pays en développement.*

Regards d'approbation.

Tony avait respiré plus librement sans pour autant se départir complètement de ses appréhensions. Le prochain élément touchait un point sensible, une tradition qui existait depuis la mise sur pied de la compagnie.

• *Modifier le logo de la SurfAir pour refléter ces changements en ajoutant une main ouverte sous la libellule azur.*

Froncements de sourcils. Consultation muette entre collègues. Trop de temps de réflexion pouvait s'avérer malencontreux. Vite affûter la suggestion. Il ne s'agissait pas de *changer* le logo, mais de *l'ennoblir* afin de le revaloriser aux yeux du public. Rediriger ensuite les pensées avant que ne surgissent des objections indésirables. Soumettre une question sans conséquence. Quelle couleur devrait être cette mainn ? Laisser l'idée en suspens et, sans prendre le temps de respirer, lire la solution proposée.

Recommandation

• *Offrir un voyage «super forfait», un voyage «contrepoids».*

-Choisir dix participants obèses, triés sur le volet.

-Les amener au Bénin pour six semaines où ils se joindraient à une équipe de Mission Maisons et aideraient les bénévoles à construire des logements.

-Les conditions de vie difficiles, le travail exigeant, la chaleur, la nourriture pour le moins différente et peu abondante ainsi que le côtoiement journalier d'indigents donneraient assurément les résultats que tous les autres programmes d'amaigrissement ne réussissaient pas à atteindre.

Et lancer immédiatement, une après l'autre, les retombées positives d'un tel projet, créant ainsi l'impression d'un impact sans précédent.

Résultats
- _Rehaussement de l'image de la SurfAir;_
- _Augmentation du nombre de voyageurs;_
- _Amélioration du moral des employés;_
- _Création de nouveaux emplois;_
- _Majoration des profits;_
- _Hausse des actions sur le marché boursier._

Raclements de gorges positifs. Oui. Oui! Les choses se clarifiaient. L'initiative semblait de plus en plus intéressante, parce que non seulement lucrative, mais moralement avantageuse. Les dirigeants se voyaient tous philanthropes et, résultat quand même non négligeable, plus riches. Les questions avaient alors fusé. Et dès ce moment magique, Tony avait su qu'il les avait convaincus.

Il avait alors patiemment répondu aux préoccupations, expliqué ses choix, présenté les buts et objectifs de Mission Maisons, cet organisme caritatif ayant comme but la construction de demeures simples et abordables en partenariat avec les familles en besoin à travers le monde. Il avait agrémenté sa présentation de faits et statistiques judicieusement choisis, se servant de graphiques, tableaux savants et photos-chocs, le tout servi à l'écran géant, actionné par la souris informatisée.

Tony laissa tomber nonchalamment ses notes dans la corbeille à papier. Il fit reculer son fauteuil sur l'épaisse moquette, se cala contre le dossier molletonné, allongea les jambes et plaça les pieds sur le pupitre. Il tira une longue bouffée de sa cigarette, gardant la fumée dans ses poumons aussi longtemps qu'il le put et expira avec délices. Un voyage contrepoids. Son idée ferait fureur, il en était certain. Il voyait déjà les avions de la notable SurfAir chargés au maximum (c'était bien le cas de le dire!), en file sur la piste, attendant qu'on donne le signal de départ à destination d'une douzaine de pays différents. Et les autres compagnies aériennes, menacées elles aussi de faillite, se ruant sur le tard pour offrir des forfaits similaires.

Pas mal pour un p'tit gars d'un village minable, perdu dans le nord ontarien. Il était content d'avoir eu la présence d'esprit de changer son nom. À Toronto, il ne serait pas allé loin avec un patronyme comme Meunier. Miller faisait beaucoup plus *businessman*.

Ah! Ces publicitaires! De véritables artistes. Fins psychologues, surtout. Ils savaient tirer les bonnes ficelles pour obtenir les résultats escomptés. Le montant exorbitant qu'il avait déboursé au compte de cette promotion valait son pesant d'or. *Perdre du poids en aidant les autres...* Un éclair de génie! *Faites don...*

On l'avait assuré que le mot «don» ferait vibrer les cordes sensibles nécessaires pour susciter la sympathie de la clientèle ciblée. En plus du fait que l'astuce permettait de camoufler l'intention de remodelage corporel, intention perçue comme de l'égoïsme flagrant, sous le motif beaucoup plus noble de celui du don de charité. Génial! Imaginez *donner de son temps* pour une bonne cause! Y'avait pas à dire, les *boys* de la pub connaissaient leur métier!

Le succès de ce voyage initial était crucial. Pour la compagnie, bien sûr, qui avait un besoin criant de nouvelles perspectives. Mais pour lui-même surtout, pour assurer, non seulement son emploi actuel, mais l'avancement si convoité. Rien de moins que le prestigieux poste de directeur général! Il ricana en tirant une autre bouffée de sa cigarette.

Il avait mis presque deux ans à faire «atterrir» son projet. Deux longues années pendant lesquelles il avait travaillé dur, planifiant minutieusement chacune des étapes, tout en gardant jalousement son idée secrète de peur qu'on la lui vole (excepté pour l'exécrable *Morris the rat* et Ti-Bob, le bègue). Curieusement, les deux facteurs qui avaient presque causé sa mise à pied soit la tragédie du 9 septembre et le prix exorbitant de l'essence avaient été celles-là mêmes qui avaient persuadé ses patrons de la valeur de son concept original. Concept qui ferait boule de neige, *yes sir*, messieurs, je vous en passe un papier!

En fait, c'était Paulo, un ami de jeunesse, qui lui avait mis la puce à l'oreille. Les circonstances avaient bien fait les choses. Il était retourné chez lui pour visiter ses vieux parents à l'occasion des fêtes, avait rencontré ce copain au complexe sportif lors d'une partie de hockey et l'avait invité à prendre une bière, histoire de passer le temps. Assis devant une Blue Light, suivant d'un œil distrait une partie de football à l'écran de la petite télé dans le coin de la brasserie, il avait écouté son ami lui faire part de ses problèmes.

Pauvre Paulo! Il était resté dans le nord, avait épousé Roselle et travaillait maintenant à transporter des bécosses portatives le long de la Route 11. Il travaillait dans la merde. Littéralement. Voilà ce qui arrivait à ceux qui étaient trop stupides pour s'acheter des condoms. Roselle était tombée enceinte et bye, bye collège et cours d'électricien.

Tony se souvenait vaguement d'elle, une blonde assez rondelette, un peu plus jeune qu'eux deux. Aux dires de Paulo, elle était devenue immense après la naissance de Justine, leur fille. Et dépressive. Même que son ami craignait pour sa vie dernièrement. Apparemment, elle n'avait plus goût à rien, si ce n'était pour manger. Si bien qu'elle menaçait d'en finir. Paulo ne savait plus que faire. Il avait dépensé une petite fortune en régimes, équipement d'exercice et séjours en cliniques. Peine perdue (malheureusement pas le cas pour le poids de sa femme). Les rares kilos occasionnels dont elle s'était départie étaient revenus avec vengeance et intérêts composés.

—J'te dis, Antonin (Tony grimaça devant cette appellation. Paulo refusait de l'appeler Tony sous prétexte qu'il aurait l'impression de s'adresser à un étranger), j'suis découragé, j'sais pus quoi faire. Elle veut même pus... même pus...

D'un œil suppliant, son ami le priait de comprendre sans qu'il ait à expliquer. Tony avait pris un malin plaisir à rester coi et à le laisser s'agiter sur sa chaise. Petite revanche pour l'appellation d'Antonin. «Envoye, mon homme, accouche. Dis-le que ta femme veut pus faire l'amour, pauvre imbécile.» Il avait, néanmoins, fini par détourner les yeux, incapable de soutenir plus longtemps l'humiliation de cet homme qui s'était mis à se moucher bruyamment. Il était revenu à la télé. Heureuse coïncidence! Pendant que les Argonauts et les Alouettes quittaient le terrain pour la pause précédant le dernier quart, on était passé à une annonce publicitaire. Gros plan sur un politicien de renom juché sur un toit, un marteau à la main, une bouchée de clous entre les dents.

Déclic!

Tony grogna d'aise, laissa retomber ses pieds sur la moquette, écrasa le bout de sa cigarette sur le dos de son petit castor de verre ciselé. Cette réussite méritait une récompense. Et quelle récompense il se promettait! Rien de moins qu'un voyage sur la Côte d'Azur. Tout ce bonheur, grâce à son idée de génie. Son regard tomba sur une copie de la fameuse annonce publicitaire. Il la prit et la relut, tout en se disant qu'il la ferait encadrer à titre de souvenir.

Voyage d'amaigrissement
Bacouany, Bénin, Afrique

Vol au rabais

Donner de soi !
Indice de masse corporelle
26 et plus

Vous êtes désespéré(e) ? Vous avez tout essayé pour perdre
ce poids qui vous écrase, menace votre santé physique
et mentale et vous empêche de participer
pleinement à la vie ?

Une idée nouvelle ! Il s'agissait d'y penser !

Faites don de vos services aux résidants de Bacouany. Eh
oui ! Mettez à profit cette énergie emmagasinée dans ces
méchants bourrelets qui vous matelassent le corps ! C'est un
fait, quand on se dépense auprès des autres, on ne songe pas à
bouffer. Aucune diète astreignante, aucun exercice physique
pénible ! Seules conditions requises : la volonté d'aider son
prochain, de voir du pays, d'élargir ses horizons et de rétrécir
sa silhouette.
Perdre du poids en aidant les autres, voilà la solution !

Pour plus de renseignements au sujet de cet extraordinaire
voyage d'amaigrissement, communiquez avec Tony Miller :

Téléphone : 905 375-0073
Fax : 905 377-9981
Courriel : tonymiller@surfair.com

2

Morris

TOC. TOC. TOC.

On frappait à sa porte. Tony ne répondit pas immédiatement. Il savait que c'était Morris Green. Il le laisserait poiroter; celui-ci l'avait assez fait suer avec ses maudites objections sournoises, posées sous forme de questions anodines. Tony avait toujours exécré les casse-pieds. Surtout que l'emmerdeur venait réclamer une part de victoire qu'il croyait erronément sienne.

Ha! Il en serait pour ses frais.

TOC. TOC. TOC.

Il était regrettable qu'il ait dû confier son idée à un des augustes directeurs adjoints de la compagnie et, qu'en surcroît, il ait fallu que ce soit ce Morris! Le bonhomme haïssait les francophones. Surtout, Morris le haïssait lui, Tony. Pourtant, impossible de faire autrement s'il ne voulait pas gaspiller ses énergies en vain. La seule bonne chose qui avait résulté de ce partenariat était Ti-Bob, le bègue, que Morris lui avait affecté à titre d'aide.

Le jeune homme lui avait été d'un secours indispensable. En plus du fait qu'il avait été facile de le persuader d'accompagner le groupe à Bacouany, la

SurfAir exigeant qu'un représentant de la compagnie soit de la partie. Même s'il était, lui-même, le candidat tout désigné, jamais il n'irait se promener dans un pays en développement! Cette philanthropie était bonne pour les autres. Pour lui, c'était la Côte d'Azur. Dès que les dix clients seraient montés à bord du «Fat Flight» (terminologie qu'il employait dans son for intérieur), il plierait bagage et s'envolerait vers les plages françaises.

Toc. Toc. Toc.

Ah! Douce victoire! Il avait réussi à évincer le gros rat de ville. Il laisserait le bonhomme frapper encore une fois avant de daigner répondre.

Il fut déçu.

On arrêta de frapper.

Morris sourit méchamment en retournant à son bureau. Il connaissait la fable et savait que le petit profiteur lui avait collé le sobriquet de «Morris the rat». Le directeur adjoint avait alors adapté le dicton aux circonstances: *There was more than one way to skin a bloody country francophone rat.* Ce dernier croyait avoir gagné la partie? Tant mieux. Il ne se méfierait pas.

Morris détestait cet arriviste. Haïssait ses airs suffisants. Exécrait son look de jeune ambitieux, à commencer par le menton carré ombragé en permanence d'une barbe naissante et les cheveux en bataille savamment relevés au gel. Il abhorrait tout autant son habillement: chemise et cravate agencées par un modéliste probablement gai, pantalon pressé rectiligne, rebord bouffant sur la pointe de souliers dernier cri.

Il détestait tous ces *damned Francophones* qui venaient chercher de l'emploi à Toronto et étaient immédiatement embauchés parce qu'ils étaient bilingues. La SurfAir, entreprise pour laquelle il travaillait depuis plus de trente ans, avait refusé un poste à son propre fils sous prétexte qu'il ne parlait pas français. Tony, *my foot*! Des recherches discrètes avaient démontré que le jeune blanc-bec avait changé son nom. Il se prenait pour le nombril du monde, mais avait honte de ses origines. Il ne perdait rien pour attendre!

3

Robert Jasmer (Ti-Bob)

TONY ACQUIESÇA AVEC UN GRAND SOURIRE aux lèvres.

— Oui, ils ont accepté.

— Ah! Ex-excel-cel-lent! Fé-félicita-ta-tions, T-To-ny!

— Merci. Mais là, mon Bob, nous avons du pain sur la planche. Premier point à l'ordre du jour: tu vas me trouver des commanditaires pour financer le forfait-cadeau dont nous avons parlé. Je crois qu'un sac, imprimé du logo de la SurfAir, une casquette avec visière... Oh! Minute! J'oubliais. Une main. Ça me prend une main sous la libellule. Trouve-moi un concepteur graphique qui peut me pondre un nouveau logo. Subito presto, parce qu'avant de le faire imprimer sur quoi que ce soit, il doit être approuvé par le conseil d'administration. Entre-temps, tu peux quand même acheter les sacs et les casquettes. De bons sacs à dos en toile qu'on pourra remplir de toutes sortes de choses. Pour les casquettes, format universel. Quoi de plus? De la crème solaire, de l'insecticide. Vérifie si le genre qui se vend ici est tout aussi efficace pour les moustiques qui se promènent là-bas.

— To-n-ny...

— De bons gants de travail, deux paires par participants devraient suffire. Une lampe de poche, des cartes géographiques. Vends notre idée aux compagnies susceptibles de financer un tel projet. Le problème de l'obésité fait les manchettes partout. L'idée d'y apporter une solution va faire fureur.

— To-n-ny…

— En Angleterre, tiens, on vient juste de passer une loi interdisant le *fast food* dans les écoles. Notre gouvernement va sûrement suivre avec sa propre législation, ça ne sera pas long. Va voir Canadian Tire, Roots, la Banque Royale…

— Tony!

Robert resta tout aussi surpris que son patron. Dans son désarroi devant ces multiples directives simultanées, il avait parlé sans bégayer. Tony le fixa et aboya :

— Quoi ?

— Tu-tu as dit là-à-à-bas. Est-ce qu'on a ac-cepté Ba-Ba-couany comme des-desti…

— Oui! J'ai oublié de le mentionner ? Oui. Les membres ont discuté pour la forme, pour montrer qu'ils ont leur mot à dire. Ils aiment s'entendre parler; ça leur donne l'impression d'être importants. Premièrement, ils voulaient savoir où c'était. Deuxièmement, pourquoi le Bénin plutôt qu'ailleurs. Pourquoi pas l'Afghanistan à cause de la présence de nos troupes. Le Darfour à cause de la crise humanitaire. Ou même le Niger. Ils trouvent que ce serait l'endroit idéal pour nos participants. Avec la famine qui sévit là-bas, c'est sûr qu'ils reviendraient tous tout petits, tout petits.

— B-bon, une-une chose ré-réglée. Et le-le vol ? Régu-gulier ou no-no-lisé ?

— Ni un, ni l'autre.

Tony laissa son adjoint confondu mijoter quelques secondes et poursuivit.

— Les patrons veulent que ces premiers clients soient à l'aise pour voyager. Histoire de créer un précédent favorable, alors…

—Non!

— *Yes sir!* Rien d'autre que le jet de la compagnie!

— *Wow!* Et la d-d-date de dé-départ?

— Mi-février. Pour éviter la saison des pluies là-bas. Écoute Bob, les patrons veulent un dépliant.

— Qu-qu-el gen...

— Tu sais, le genre explicatif. Qui donne les réponses à toutes les questions que les clients peuvent poser : durée du séjour, prix, vaccinations obligatoires, logement, vêtements nécessaires, travail prévu, assurance, bref un dépliant complet qui pourra servir aussi pour les voyages subséquents.

— Un dé-dé-pli...

— Oh! Demande à Laura de dresser la liste des requérants. Et de préparer l'horaire des rencontres.

— Les ren-en-contres?

— Oui. Je veux rencontrer chaque candidat personnellement. La sélection des participants est de la plus haute importance. Pour cette première excursion, j'ai décidé de faire le recrutement dans ma région natale; ça me facilitera les choses. J'aurai besoin de locaux à North Bay, Timmins et Kapuskasing. À toi de t'en occuper. Lésine pas sur le prix. C'est important que les clients nous voient comme des gens sérieux, en moyens, et non pas comme une compagnie broche à foin.

— O. K. To-ny. Est-ce-e-e que mon-sieur G-Green est d'ac-cord?

— Morris? Il n'a pas à être d'accord ou non. Il n'a plus rien à faire à ce projet. Oh! Dis à Laura de demander aux candidats d'apporter leur bilan de santé, signé en bonne et due forme par un médecin. C'est tout pour le moment. Tu peux disposer.

4

Karinette

— ENTREZ, MADEMOISELLE, ENTREZ. VOUS ÊTES… ?

— Karinette Bérubé. Je… je préfère Karine.

Tony lui tendit la main.

— Bonjour Karine. Tony Miller. Alors, notre forfait vous intéresse ?

— Oui…, monsieur.

— Venez. Venez. Assoyez-vous. Pas de monsieur s'il vous plaît. Tony suffit.

Il lui était difficile de ne pas fixer cette fille courte et boulotte aux joues rougeaudes; on aurait dit une grosse pomme McIntosh. C'était la première cliente qu'il recevait en entrevue et la présence de la jeune femme validait subitement son projet. Il réalisa avec un coup au cœur qu'il transigerait dorénavant non pas avec des planifications abstraites, mais bien avec des êtres en chair et en os. Contrairement à son habitude, il n'eut pas le réflexe du sourire condescendant à la pensée du mot « chair ».

Pourtant, la personne assise devant lui était immense. Ses fesses débordaient de chaque côté de la chaise. Il s'aperçut avec effarement que les doigts boudinés aux ongles rongés jusqu'au sang, croisés sous les seins monumentaux, tremblaient de nervosité. Tête basse, la jeune fille tentait d'éviter son regard. Il crut quand même déceler, au fond des petits yeux en boutons piqués dans le visage grassouillet, un mal-être sans nom. Il perçut tout à coup la souffrance cruelle des obèses; comprit, sans savoir pourquoi, l'humiliation et la culpabilité corrosive qui rongeaient ces âmes séquestrées derrière les ignobles couches de graisse. Un malaise indéfinissable l'envahit. Son projet prenait une tournure tout à fait inattendue. Il se secoua. La jeune fille attendait. Il lui faudrait revenir plus tard sur ce saisissement déconcertant. Pour l'instant, pris de pitié, Tony fut très doux avec la jeune fille.

— Alors, Karine, ma secrétaire vous a bien expliqué ce dont il s'agit quand vous avez pris rendez-vous ?

— Oui.

— Vous avez apporté votre bilan de santé ?

Pour toute réponse, elle lui remit timidement une grande enveloppe brune.

— Vous comprenez, nous devons nous assurer que les participants sont en mesure de supporter les conditions du voyage…

Elle leva sur lui un regard inquiet.

— … nourriture, logement, climat, travail, ce genre de choses. Certes, personne ne sera obligé de se faire mourir à la tâche. Il ne s'agit pas de travaux forcés, quand même.

Il sourit pour la rassurer.

— Il faut se rappeler, cependant, qu'il s'agit d'une expédition d'aide humanitaire en même temps qu'une cure d'amaigrissement. Toutes les cliniques de ce genre exigent une évaluation santé avant d'y inscrire les clients.

La jeune femme acquiesça d'un signe de tête. Se référant à ses notes, Tony fit alors la présentation générale qu'il avait préparée pour ces rencontres. Il termina en demandant si elle avait des questions. Inaccoutumée à telle considération, Karine sentit les larmes lui monter aux yeux. Elle respira profondément. Cet homme si gentil la prendrait pour une folle si elle se mettait à pleurer. D'une voix fluette, elle s'enquit:

— Pourriez-vous me dire le prix du voyage encore? Vous l'avez peut-être mentionné, mais je... je n'ai pas saisi.

Pour se donner contenance devant ce désarroi, Tony fouilla dans ses papiers. Décidément, ces entrevues seraient plus difficiles qu'il ne l'avait cru. Il lui tendit un dépliant.

— Voici, vous y trouverez tous les détails du forfait. Quant aux coûts, nous les avons divisés en trois catégories soit le prix du billet d'avion, l'hébergement et les repas, ainsi que les visites culturelles qui seront offertes pour ceux qui voudront s'en prévaloir.

La jeune fille ouvrit la brochure et parcourut les différentes sections sans trouver ce qu'elle cherchait.

— Au verso, mademoiselle.

— Ah! Oui, je vois...

— Le tout est payable à l'avance.

Il vit une lueur d'effroi ombrager les prunelles grises, mais la jeune fille s'empressa de baisser les yeux. Elle n'avait peut-être pas la somme requise? Pourquoi alors se présenter à l'entrevue? Il était vrai que cinq mille dollars n'était pas de la petite monnaie, mais quand même pour six semaines! Certes, les participants ne seraient pas logés dans un endroit chic où on leur servirait des repas de gourmets. Tout de même, c'était beaucoup plus économique que les séjours dans les *fat farms*. Et les résultats, garantis. Enfin, presque garantis. Il résuma pour indiquer la fin de l'entretien.

— Votre dossier sera examiné par un médecin et nous vous rendrons réponse d'ici un mois.

La jeune femme partie, il alluma une cigarette. Il eut beau chercher son cendrier porte-bonheur qu'il apportait partout avec lui, il ne le trouva pas. Son castor de verre ciselé avait disparu. Maudits concierges! S'ils croyaient l'empêcher de fumer ici, ils se trompaient royalement!

5

Roselle

Tony ne l'avait pas revue depuis... quoi ? Une dizaine d'années ? Il lui tendit la main tout en se forçant à sourire pour masquer son effarement. Roselle était éléphantesque !

— Allô, Antonin.

Il grimaça.

— C'est Tony, maintenant.

— Oui... c'est vrai. Paulo m'a dit que tu avais changé ton nom.

Il l'invita à entrer et s'asseoir. Elle se dandina pesamment jusqu'à la chaise et s'y laissa choir. La chaise gémit. Il fallait absolument trouver un fauteuil plus solide pour ces entrevues. Il en prit note mentalement.

Par où commencer ? Cet entretien serait différent des autres, car cette candidate ne lui était pas étrangère. Roselle, il se rendit compte avec surprise, était toujours belle. Son visage rosé, encadré d'une masse de cheveux blonds, faisait encore très jeune. Un avantage de l'embonpoint ? La bouffissure empêchait les ridules de creuser ses cruelles tranchées ? Une frange bouffante, dernier cri, surplombait les grands yeux violets, bordés de longs cils dorés. Elle arborait toujours l'adorable fossette qui lui avait conféré autrefois un air mutin. Son expression aujourd'hui, toutefois, n'était pas à la joie. Sa physionomie affichait plutôt un air de profond abattement. Elle jeta sur un ton presque agressif :

— Si je m'engage dans cette aventure, est-ce que Paulo et Justine peuvent m'accompagner ?

Cette question avait été débattue au conseil d'administration. Tous avaient été d'accord pour exclure conjoints et enfants, l'argument étant que c'était le cas pour les séjours en cliniques et centres d'amaigrissement. Tony ouvrit la bouche pour lui faire part de cette décision, mais Roselle le devança.

— Sinon, autant éviter de perdre ton temps.

Comment la convaincre ? Elle le fixait d'un air buté, le défiant de la contrarier. Et lui qui avait presque promis à Paulo d'inclure le nom de sa femme sur la liste des participants…

— C'est que… ce n'est pas moi qui prends ces décisions.

— C'est qui alors ? Quand Paulo m'a parlé de ce projet, il a dit que c'était le tien.

Tony tenta de lui faire comprendre qu'il s'agissait bien de son idée, par contre il devait en répondre à ses patrons. Et ces derniers croyaient que les candidats seraient plus en mesure de se concentrer sur leur objectif s'ils n'avaient pas de distractions.

— Ils qualifient les maris et les enfants de distractions ?

Belliqueuse, la Roselle ! Comment l'amener à s'inscrire au voyage sans la brusquer ? Et puis, tout compte fait, il n'était pas responsable de la femme de son ami, quand même !

— Pour cette première expédition, la compagnie a décidé d'accepter dix participants, le jet de la compagnie ne compte que vingt-quatre sièges. Il faut compter un accompagnateur, l'agent de bord et de l'équipement, alors…

— Alors ? Où est le problème ? Il y a amplement de place!

Elle le bravait du regard quand il la vit subitement s'affaisser sur elle-même. Subissait-elle une attaque ? De quoi ? De cœur ? D'asthme ? Elle respirait par à-coups, tête penchée sur son ample poitrine. Il se leva rapidement pour la secourir. Ne sachant s'il devait appeler du secours ou lui laisser le temps de se reprendre, il resta debout près d'elle, bras ballants, tentant de décider que faire lorsqu'elle hoqueta :

— Vingt-quatre si-èges... Pas de-de place pour les maris et les enfants... Je... je com-prends bien ?

Elle pleurait! De profonds sanglots silencieux lui soulevaient rythmiquement les épaules et faisaient trembloter ses bourrelets. Elle n'osait le regarder, attendait la confirmation des dispositions nécessaires, prévues par la compagnie aérienne. Il n'eut pas d'autre choix que de confirmer ce qu'elle avait deviné.

— Oui. Deux sièges par participant. Il le faut. C'est une longue envolée.

Elle s'était inscrite.

Il classa son dossier médical à part des autres. Elle était automatiquement acceptée. Il devait ça à Paulo.

6

Aimé

On était seulement au début de septembre. Et le bonhomme était vêtu de plusieurs épaisseurs et suait à grosses gouttes. Tony avait offert de prendre son manteau, mais ce dernier avait poliment refusé. Ce candidat au visage grêlé lui paraissait un peu maboul. Tony n'avait pas prévu la possibilité que ce genre de personne se présente aux entrevues. Robert et Laura étaient censés avoir passé au crible toutes les demandes afin d'écarter les indésirables. Il s'agissait peut-être d'un sans-abri détraqué qui avait réussi à se faufiler dans l'immeuble ? Tony revérifia sa liste.

— Votre nom encore ?

— Aimé. Aimé Lerepos. Comprenez ? *Aimer le repos* ? Ça fait drôle, hein ? Fuckaille de fuckaille !

— Monsieur, je vous en prie ! Modérez vos paroles. En fait, qu'est-ce que vous faites ici ?

Le bonhomme se mit à grimacer et à clignoter rapidement des yeux. Stupéfait, Tony vit tout à coup le bras gauche de son interlocuteur quitter subitement la cuisse où il reposait, exécuter trois ou quatre moulinets rapides dans les airs, disparaître derrière le dos du curieux personnage et se mettre à gratter bruyamment le dossier de la chaise. Après quelques efforts, l'homme rattrapa le bras errant de sa main droite, le ramena fermement devant lui et le tint serré sur son gros ventre rebondi. Après quoi il émit une sorte de jappement.

— Yiou! Yiou!

Abasourdi, Tony se leva pour aider le malheureux à sortir. Devinant son intention, celui-ci se cantonna plus profondément dans le fauteuil géant, prit une longue inspiration, sourit et lâcha :

— Tourette.

Tourette! Tourette ou Lerepos? Le pauvre n'était même plus certain de son nom. Convaincu d'avoir affaire à un halluciné, Tony ramassa ses feuilles et, tout en faisant semblant de chercher le nom de Tourette sur la liste, s'approcha lentement du bonhomme. Celui-ci protesta :

— Non, non, monsieur. Vous ne comprenez pas. Je souffre du syndrome de Tourette. Vous ne connaissez pas? C'est un désordre du système nerveux.

Tony s'immobilisa. Il se rappelait avoir vaguement entendu parler de cette affection étrange quoiqu'il n'ait jamais rencontré quelqu'un atteint de cette maladie. Serait-il prudent d'amener un tel individu en Afrique? Quels étaient les effets de cette anomalie? Le bonhomme sembla lire dans ses pensées, car il déclara tout bonnement :

— Il n'y a pas de crainte à avoir. Les gens comme moi ne sont pas dangereux. Quelques tics, des cris parfois ou des obscénités involontaires, mais ce n'est pas pire que les gros mots intentionnels, non? Je suis inoffensif.

Et, sur ce, il sortit un feuillet d'une de ses nombreuses poches et le déposa sur le bureau.

— Voilà, monsieur, vous pourrez lire ce qui en est. Alors, est-ce qu'on peut aller de l'avant avec cette entrevue?

Décontenancé, Tony ne put qu'accommoder l'étrange personnage. Il fit donc la présentation usuelle et termina en demandant :

— Vous avez des questions ?

— Oui.

Tony attendit que l'homme réussisse à maîtriser l'étonnant bras volant, échappé encore une fois pour aller gratter le dossier de la chaise.

— Je ne suis pas toujours comme ça, vous savez. Trou de pet! C'est pire quand je me sens un peu stressé. Yiou! Bon, mes questions. Vous avez dit que nous serions logés dans le village de Bacouany. Dans une espèce d'auberge locale ? C'est bien ça ?

Tony acquiesça d'un signe de tête.

— Ce que vous n'avez pas spécifié est si nous devrons partager une chambre, voire un lit.

Tony comprit immédiatement les appréhensions du bonhomme. Certes, quelqu'un comme lui préférerait une chambre privée. Qui sait ce qui se passait chez cet énergumène pendant son sommeil ?

— Parce que si c'est le cas, autant vous le faire savoir tout de suite, je préférerais partager ma chambre avec une dame.

Tony qui venait de prendre une gorgée de café manqua de s'étouffer. Lorsqu'il réussit à se dégager le larynx à force de tousser, il aperçut à travers un voile de larmes, le bonhomme qui le narguait d'un sourire taquin. Cet excentrique avait le sens de l'humour. Avantage à ne pas négliger… Tony sourit à son tour.

— Je verrai ce qu'on peut faire. Vous avez d'autres questions, monsieur Lerepos?

— Aimé, pour les intimes.

Il voulait savoir si on avait vraiment l'intention de s'en tenir à cet IMC de vingt-six. Parce que si c'était le cas, on allait être obligé de le peser. Son dossier indiquait soixante-treize kilos, ce qui lui donnait un IMC de *presque* vingt-six à cause de sa grandeur d'un mètre soixante-huit. Toutefois, selon ses dires, il avait tellement engraissé dernièrement qu'il avait dû refaire ses calculs. Poids en kilos, divisé par la grandeur en mètres au carré, ce qui faisait qu'il était rendu à vingt-huit! Il balaya la pièce à la recherche d'une balance.

— Est-ce que vous pesez les candidats ?

Tony voulait être pendu si le bonhomme faisait les prétendus soixante-treize kilos. Emmitouflé comme il l'était, peut-être. Il se retint de demander malicieusement si, par hasard, celui-ci n'avait pas aussi raccourci dernièrement. Jetant un regard entendu à son interlocuteur, il répondit :

— Non. L'IMC de vingt-six est pour décourager les obsédés à la recherche de la perte de quelques petits kilos.

Tony, témoin de nouvelles grimaces, clignements d'yeux et jurons sonores, s'empressa de continuer avant que le bras ne se remette à faire des siennes. Le projet visait à aider les obèses, le but étant de soutenir les efforts du ministère de la Santé pour enrayer la terrible épidémie. On parlait même maintenant de pandémie.

— Mais un IMC ? Pourquoi ne pas plutôt spécifier un poids limite ? Un IMC! J'ai dû chercher longtemps pour trouver ce que cela voulait dire.

Quand Tony lui jeta un regard suspect et répondit qu'il s'agissait d'une autre tactique pour éviter les indésirables, l'homme marmonna :

— Oui, oui. Bien sûr… c'est-à-dire que… ce que je voulais dire, c'est que j'ai dû chercher pour trouver la *formule*. C'est la formule que j'avais oubliée. Je sais bien que l'indice de masse corporelle acceptable se situe entre vingt et vingt-cinq, monsieur.

Dès que l'homme eut fermé la porte derrière lui, Tony ouvrit son dossier médical. Bizarre. Aucune mention du syndrome de Tourette. Avait-il subtilisé cette partie de son rapport ? Dans quel but ? S'il avouait lui-même, en toute simplicité, qu'il souffrait de cette maladie ? Drôle de bonhomme.

7

Daniel et Françoise

MINE BONASSE, CHEVEUX COUPÉS EN BROSSE, trois mentons, la stature d'un champion de poids et altères, l'homme, était tout amoché! Une main en écharpe. Un œil au beurre noir. Une chute fortuite. Il y avait de ces êtres malchanceux, enclins aux accidents. Tony songea à son jeune frère, Gérald, qui souffrait de cet affligeant état de choses. Toujours un accroc sur un vêtement, une tache sur la cravate ou une coupure de rasoir au menton.

La femme semblait assez confiante. De grandeur moyenne, plantureuse, épaules carrées, bras charnus, ses yeux pâles disparaissaient derrière une paire de lunettes rondes. Ses nombreux bijoux rutilaient: chaînettes en or au cou et aux chevilles, épinglette sur la poitrine, boucles aux oreilles en plus d'une superbe montre au poignet.

Celle-ci était très amoureuse de son conjoint. Elle ne cessait de lui caresser le bras et de lui faire des yeux doux. Ses expressions d'affection étaient assez cocasses. Tony devait se pincer discrètement, de temps à autre, pour ne pas éclater de rire devant les «gros loup adoré» et les «beau nounours en velours» qui parsemaient son discours. Par contre, il s'était senti mal à l'aise lorsque celle-ci, oubliant sa présence, avait qualifié son mari de «beau gros zizi».

Quand même! Elle y allait un peu fort, la dame. Gêné, l'homme gardait les yeux fixés au plancher. Il n'avait pas l'air d'apprécier ces termes d'engouement farfelus.

— Eh bien, monsieur Perron, votre conjointe et vous êtes le seul couple à présenter une demande pour participer à notre forfait.

Le gros homme s'agita sur sa chaise et voulut prendre la parole, toutefois la femme fut plus vite.

— Vraiment? Le seul? T'entends ça mon gros pata-pouf d'amour? On va être les seuls à profiter de l'occasion pour revivre une lune de miel.

— Ben oui, 'garde don'.

— Aille! Ça va être plaisant!

— Nous allons faire notre possible, madame, pour rendre l'expérience agréable. Il ne faut pas oublier, cependant, qu'il ne s'agit pas d'un voyage de plaisir. C'est avant tout un projet de partage dont le but est la construction d'une dizaine de maisons.

Le mari voulut expliquer:

— Heu… pour le travail…

— Laisse mon gros ballon gonflé; casse-toi pas la tête.

— Mais Min…, Fran…

— Tu peux m'appeler Minoune. Monsieur n'en sera pas offensé, n'est-ce pas monsieur Miller?

— Je vous en prie, faites comme chez vous.

Tony plongea le nez dans ses notes.

— Ce que mon amour de sumo voulait dire c'est: quel genre de travail s'attend-on à ce qu'on fasse? Il s'inquiète, voyez-vous, pour mes capacités physiques.

— C'est comme je vous ai déjà expliqué, les participants vont se joindre à une équipe de bénévoles de Mission Maisons et aider à construire des abris pour les familles qui en ont besoin.

— Oui, oui, je comprends, vous nous avez déjà dit tout ça. Mais, pratiquement parlant, ce que je veux savoir c'est : qu'est-ce nous allons faire Dan et moi ? Nous ne sommes pas des menuisiers. Mon gros Dan n'a jamais rien construit, même pas une cabane d'oiseaux en bâtons de popsicle!

— Fran...

— Non, mais c'est pas vrai mon gros lard?

Franchement, la femme dépassait les bornes : gros lard? Daniel tentait par tous les moyens de se faire petit. Ce qui n'était pas peu dire! Massif et ventripotent, il devait faire les cent trente kilos. Devant l'humiliation évidente du pauvre homme, Tony ignora délibérément celle que dans son for intérieur il qualifiait de sapin de Noël et s'adressa directement à lui.

— Pas de problème. Il ne s'agit pas de bâtons de popsicles. Rassurez-vous; la majorité des participants n'a pas d'expérience, ni en construction, ni en menuiserie, ni en plomberie ou électricité. Tout ce qui est requis, c'est du cœur et de la volonté.

Françoise caressa le bras de son mari.

— Pour du cœur et de la volonté, mon Dan en a à revendre. N'est-ce pas mon beau gros chou-fleur?

« Chou-fleur! Si elle se lançait dans les légumes, le répertoire n'aurait pas de fin. » Les yeux au plancher, l'homme murmura :

— Pour ça, y'a pas à dire...

— Vous voyez? Alors, vous n'avez pas répondu à ma question, monsieur Miller. Pratiquement parlant, qu'est-ce que nous allons faire?

Vexé par la désinvolture et la discourtoisie de la grosse femme, Tony répondit d'un ton sec qu'il faudrait creuser, pelleter, transporter, peinturer, nettoyer. Se débrouiller, quoi! Aider à la construction.

8

Dorys

SOURIANTE, LE PORT NOBLE, LA FEMME S'AVANÇA et tendit une main chaleureuse. Une telle assurance surprit Tony. En majorité, les femmes qui s'étaient présentées en entrevue lui avaient toutes semblé plutôt hésitantes et circonspectes.

— Dorys Villars-Stoyan.

— Tony Miller. Assoyez-vous, je vous en prie.

Il se sentit vaguement intimidé par cette femme de taille imposante, super chic dans un pimpant deux pièces de soie souple, vert pomme et une blouse kaki, accentuée d'un foulard pailleté d'or, lâchement noué au cou. Un choix judicieux qui avivait le riche auburn de sa chevelure. Un maquillage discret lui conférait grâce et distinction.

Il lui vint soudain à l'idée qu'il n'avait jamais pensé aux difficultés que pouvaient éprouver les obèses à trouver des vêtements élégants, dernier cri. Leur choix semblait se limiter à des ensembles amples, extensibles, foncés et sans grâce. Cette Dorys, par contraste, était l'exception à la règle. Elle portait sa haute stature, sa corpulence et ses couleurs avec fierté. Il lui donnait quoi ? Trente-cinq, quarante ans ?

À son grand étonnement, il s'aperçut avec acuité que cette femme, avec son chic et son aplomb, possédait un charme et un pouvoir de séduction indéniables. Non pas qu'il la désirât, mais, sans comprendre pourquoi, il se rendait compte tout à coup qu'un homme puisse la trouver aguichante. Cette constatation le laissa pantois. Il n'avait jamais pensé qu'une femme de cette prestance pouvait être désirable. Pourtant, il la voyait très bien dans des négligés vaporeux ou des dessous de dentelle sexy.

Assise devant lui, la candidate l'examinait avec insistance de ses grands yeux verts. Il lui sembla qu'elle avait suivi le cours de ses pensées et il rougit violemment, lui à qui ce n'était pas arrivé depuis l'adolescence. Pour masquer son embarras, il porta les mains à son visage, se frotta les yeux du bout des doigts dans un geste de feinte lassitude et dit en guise d'excuse :

— La journée a été longue.

— Préférez-vous que je revienne demain ?

Même son français était soigné.

— Non. Non, ça va aller.

Il ramassa ses feuilles et, au lieu de décrire les étapes du voyage de façon décontractée, consultant librement ses notes comme il l'avait fait jusqu'à présent, il les lut du début à la fin sans lever les yeux. Il termina de la façon usuelle à savoir si elle avait des questions.

Calme et posée, la dame répondit qu'elle en avait plusieurs. Premièrement, elle voulait savoir pourquoi on avait choisi le Bénin comme destination pour ce projet original. Personne d'autre ne lui avait posé cette question sinon les membres du conseil d'administration à qui il avait donné les réponses obligatoires. Il lui en fit part. Le Bénin était un pays en développement, politiquement stable, officiellement francophone, doté d'un aéroport adéquat et d'une infrastructure routière acceptable. De plus, l'organisme Mission Maisons y planifiait un gros projet de construction. Elle le surprit en affirmant :

— Je connais plusieurs autres destinations qui répondent à ces mêmes critères.

Il resta bouche bée. Contestait-elle sa décision ?

— Ah oui ? Comme… ?

— Si vous souhaitez absolument nous amener en Afrique, il y a le Burkina Faso, la Côte d'Ivoire, la Guinée, le Sénégal, enfin je ne veux pas toutes les nommer.

— Ah, bon.

— Pourquoi l'Afrique ? Pourquoi pas les Philippines par exemple ? Ou, je ne sais pas, une région en Amérique Centrale, au Guatemala ou au Honduras ?

Elle persistait en le fouillant de son regard limpide, si vert. Stupéfait, il s'entendit admettre :

— En fait, c'est que je connais une jeune femme qui travaille là-bas… du moins, qui y travaillait. Je ne sais pas si elle y est toujours. Nous avons correspondu pendant un bout de temps et je suis resté avec l'impression que je connaissais un peu ce pays.

Il n'avait pas pensé à Isabelle depuis belle lurette : pourquoi maintenant ? Et surtout, pourquoi le dire à cette femme ? Celle-ci sourit, satisfaite, comme si elle avait enfin obtenu la réponse qu'elle cherchait et changea de sujet. Elle voulait maintenant des précisions sur la question des assurances : assurance vie, assurance maladie, assurance transport, assurance contre les accidents. Elle voulait même savoir si des gardes du corps accompagneraient le groupe! Elle semblait obsédée par la question de sécurité. Quelle étrange personnalité. Il la rassura en expliquant les menus détails des polices d'assurance de la SurfAir. Il lui tendit ensuite le dépliant qu'elle accepta avec grâce et partit.

9

Gaétan

Debout devant le candidat, Tony ne respirait que par brèves inspirations. Il avait beau porter discrètement la main à son nez afin de filtrer l'air, il n'arrivait pas à empêcher l'aigre odeur de sueur de lui chatouiller désagréablement l'odorat.

Le requérant, un homme de corpulence olympienne affublé d'un ventre gigantesque, était vêtu d'un complet noir défraîchi et d'une chemise blanche sur laquelle pendait une grosse croix d'argent. Il s'était présenté avec une heure de retard. Juste au moment où Tony s'apprêtait à partir. Depuis, le bonhomme ne cessait de s'excuser et de postillonner.

— Vous comprenez, avec toutes mes *responsibiltés*… j'suis diacre, vous savez…

L'homme se tut pour voir l'effet que ce titre impressionnant aurait sur son interlocuteur. N'en percevant aucun, il continua avec la même détermination enthousiaste.

— Ça m'arrive assez souvent de pas être à temps. C'est qu'hier soir, en fait c'était pas en soirée, mais plutôt pendant la nuit, ma Claire me réveille d'un coup de coude. Gaétan, qu'elle dit : le téléphone. Elle répond jamais elle-même la nuit, voyez-vous. Elle sait que c'est toujours pour moi. Les gens me demandent sans bon sens. Ils connaissent ma *dispolibité* pour les aider. Notre pauvre curé, le père Lurand...

— Mons...

— ... peut pas tout faire quand même! Il prend de l'âge, voyez-vous. Ça r'vient aux *layïcs* de faire leur part. Des gens comme moi...

— Oui, monsieur. Pour ce qui est du voy...

— Non, non, s'il vous plaît, *escusez-moi* d'vous couper comme ça, mais si vous voulez bien m'laisser finir, c'est important. J'disais don': des gens comme moi, j'ai une foi *imbranlabe* voyez-vous, et quand il s'agit de la mort, comment faire autrement? Le bon Dieu attend pas, hein quand il décide de venir *charcher* quelqu'un? C'qui me r'vient à dire que, bon, ma Claire me réveille. C'était le vieux Pinard. Pas en personne puisque c'est lui qui s'mourait. Non, son gars, Gilbert. Gilbert Pinard. Le plus vieux de ses enfants. Du premier lit. Il *charchait* m'sieur le curé. Sachant que j'suis au courant de toutes les activités de la paroisse, il m'appelait pour savoir...

— Monsieur...

Tony jeta un regard significatif sur sa montre. L'homme augmenta la vitesse de son débit.

— ... si j'savais où il s'trouvait. Le père, je veux dire. Pourtant, il l'avait dit notre curé qu'il se rendait à *Nor Bay* pour une rencontre sur l'*escommuniation* des politiciens qui voteront pour les mariages homosexuels. Gilbert l'avait oublié et...

Tony renonça à endiguer ce flot de paroles et attendit patiemment que le bonhomme ait terminé ses justifications assommantes. Son regard tomba sur les pieds du gaillard. Il portait de gros souliers difformes, choisis de toute évidence pour le confort plutôt que l'apparence. Les pauvres chaussures tout écornées avaient fait leur temps. Quant au pantalon, écourté parce que tenu en otage par les cuisses colossales, il laissait entrevoir, entre l'ourlet et de vilaines chaussettes blanches, une tranche de chair bleuâtre parsemée d'éruptions cutanées.

— C'qui m'amène à vous d'mander : ce pays, le *Banin*, est-ce un pays catholique ?

Tiré de ses tristes observations, Tony ne sut que répondre : catholique ? Quel rapport avec un voyage d'amaigrissement ? Ce n'était pas un point auquel il s'était arrêté. Pour la première fois depuis son arrivée, le gros individu se taisait et attendait.

— Pour être franc, je n'en ai pas la moindre idée. Tout ce que j'en sais c'est que le vaudou y a son origine et y est apparemment encore pratiqué.

— Le vaudou ?

Les yeux du bonhomme s'étaient allumés de plaisir : que complotait-il ? Une séance de sorcellerie ? Pourquoi alors s'enquérir au sujet de la religion catholique ? Ce dernier persistait.

— Pas la moindre idée hein ? Ouais. Humm... Écoutez, j'peux toujours me débrouiller pour faire des *cérébrations* de la Parole. Mais, pour la messe *domicale*, là, rien à faire. Nous, les diacres, avons pas encore ce pouvoir-là, voyez-vous. Le Vatican, c'est-à-dire, notre nouveau pape... blah, blah, blah...

Bon, le bonhomme était reparti! Exaspéré, Tony lui tendit le dépliant. Inutile de lui présenter les modalités du voyage, l'individu ne s'intéressait de toute évidence qu'à ses propres dires.

— C'est comme j'vous dis, j'vais faire les *recharches* nécessaires pour m'informer sur la religion du *Banin* et vous r'venir là-dessus.

Tony l'accompagna à la sortie, le poussa doucement mais fermement à l'extérieur, referma la porte. L'homme parlait encore.

— Il doit ben y avoir quelques égli…

Tony n'eut pas le temps de revenir prendre son manteau que le gaillard rappliquait.

— J'ai oublié de d'mander : est-ce qu'y a l'*élestricité* où nous coucherons ?

À bout de patience, Tony fit signe que oui.

— Tant mieux! Parce que je souffre d'apnée et j'ai besoin d'une prise.

Un autre énergumène avec une maladie impossible ? Une prise ? Devant sa mine renfrognée, Gaétan crut devoir expliquer :

— C'est ma Claire qui m'a *dinostiqué* ça. L'apnée du sommeil qu'ça s'appelle. Tu vas aller t'faire prescrire une machine qu'elle m'a dit un bon dimanche matin. C'est pas possible de dormir, tu ronfles comme un dix roues. Moi, j'connaissais pas ça ces machines-là. Mais là, ma Claire peut dormir. J'branche ma machine anti-ronflement…

Avant d'avoir droit à un exposé complet sur le machin en question, Tony coupa le bonhomme.

— Oui, oui, je connais; mon père en a une.

Il n'avait jamais entendu parler du machin chose, ni d'apnée du sommeil. Encore une fois, il pressa l'homme de sortir. Il aurait pu lui dire qu'il aurait besoin d'un adaptateur et que «l'élestricité» pouvait s'avérer sporadique, mais il n'en pouvait plus d'écouter cet homme et surtout de respirer son odeur.

10

Jacquie

Dernière entrevue! Tony s'en félicitait. Il avait rencontré une centaine de candidats et candidates, et commençait à en avoir assez.

Jacquie Chelon, une jeune femme à la physionomie affable, se présenta avec une amie... de cœur. L'amie, Marie-Ève, était aussi grande et maigre que Jacquie était courte et ronde comme un tonneau. Beaucoup plus fonceuse aussi. Ce fut elle qui prit la parole lorsqu'il eut terminé la description et les exigences du forfait. La première question fusa comme une attaque.

— Alors, qu'est-ce qu'elle va manger là-bas? Parce que ma Jacquie est diabétique! Elle ne peut pas manger n'importe quoi! En plus, elle doit manger à des heures fixes et de façon régulière.

Jacquie voulut interrompre.

— Marie...

Mais Marie-Ève persista.

— Six semaines, c'est long! Notre petite entreprise d'antiquités va souffrir de son absence. Voir aux clients et retaper les vieux meubles en même temps, c'est exigeant. Combien pensez-vous qu'elle peut perdre en un mois et demi? Il faut savoir si le projet en vaut la peine!

Il était évident que Marie-Ève n'était pas d'accord pour que sa copine participe au voyage. Eh bien, Tony se dit qu'il n'avait pas à la convaincre. Il avait assez de choix parmi tous ceux qui s'étaient présentés en entrevue pour faire la dizaine requise. Quant à savoir de combien de kilos Jacquie se délesterait, il ne pouvait le deviner!

Pourtant, plusieurs requérants avaient posé cette même question. Les gens voulaient des garanties. Chaque fois, il avait poliment répondu que sa tâche se résumait à organiser un voyage d'aide humanitaire au Bénin. Il parlait le moins possible d'obésité.

Marie-Ève, cependant, ne se satisfit pas de cette réponse. Elle sortit la petite annonce de son sac à main, ajusta ses lunettes sur son long nez pointu et lut avec insistance.

— Aucune diète astreignante, aucun exercice physique pénible. M'est idée que ma Jacquie pourrait tout aussi bien rester ici et manger moins. Je dois vous dire qu'on a tout essayé, monsieur. Tout, je vous dis, pour l'aider: diètes, hypnotisme, yoga, même l'acupuncture! Il ne nous reste que deux choix: la gastroplastie et ce voyage. Ma copine a opté pour le voyage. Elle a… (Marie-Ève reprit sa lecture) la volonté d'aider son prochain, voir du pays, élargir ses horizons…

Elle leva les yeux sur Tony.

— … mais quand il s'agit de rétrécir sa silhouette, là n'est pas son but. Enfin, d'une certaine manière, oui. C'est-à-dire qu'elle doit perdre du poids; bien qu'il ne s'agisse pas d'une question d'apparence, vous comprenez? C'est une question de santé. À cause de son diabète.

— Marie…

11

Le médecin

TONY FINISSAIT DE RANGER SA PAPERASSE dans deux grosses pochettes classeur. Il prenait l'avion de dix-sept heures pour Toronto. Il était satisfait des entrevues et persuadé que la liste des participants serait finalisée sous peu. Il ne restait qu'à soumettre les dossiers médicaux des requérants à un spécialiste en obésité pour évaluation. Les risques d'infarctus n'étaient pas à négliger. Un malheur et l'avenir de son projet était à l'eau.

Il attendait avec impatience le départ de ce premier vol. Il avait déjà prévu une conférence de presse du tonnerre. Il anticipait une couverture médiatique phénoménale qui placerait la SurfAir et lui-même, par conséquent, à la une de tous les écrans et journaux du pays. Plongé dans ses pensées, il sursauta lorsqu'il entendit :

— Bonjour. C'est bien ici que l'on s'adresse pour ce fameux voyage d'amaigrissement ?

L'homme devait faire dans les soixante-dix ans. Grand, voûté, maigre au point d'être émacié, il ne souffrait certainement pas d'embonpoint. Probablement un type qui avait récemment épousé une jeune poulette et qui cherchait un passe-droit pour sa nouvelle femme.

—Oui, c'est ici, mais les entrevues sont terminées. Comme vous le voyez, je plie bagage. Mon avion décolle sous peu.

—Est-ce qu'un médecin vous accompagne ?

Devant son air perplexe, l'homme ajouta :

—À Bacouany. Avez-vous pensé à amener un médecin ?

—Heu… non.

—Vous ne croyez pas que ce serait un atout ? On ne sait jamais ce qui peut arriver lors d'un tel voyage.

—Et vous êtes ?

L'homme s'avança et tendit la main.

—Bertrand Touchette. Docteur Bertrand Touchette, généraliste. Quarante-deux ans de pratique familiale. Je viens vous offrir mes services. Gratuitement. Votre projet m'intéresse beaucoup.

Vêtu sans prétention d'un pantalon gris, chemise sport et chandail bleu marine, l'homme avait une mine sympathique et un regard perçant où se reflétaient bonté et perspicacité. Quelle coïncidence! Juste au moment où il pensait à un médecin. Et ce dernier voulait être de la partie ? Services gratuits ? Intrigué, Tony délaissa sa paperasse et invita l'individu à s'asseoir.

—Alors, vous avez lu notre promo ?

Le médecin acquiesça, ajoutant qu'il l'avait trouvée géniale. Il en avait même refilé des copies à quelques patients.

—Merci, c'est chic de votre part.

—Oh! Je ne l'ai pas fait dans le but d'être chic, mais bien pour les aider.

L'homme s'était exprimé aimablement, d'une voix lente et posée. Tony eut pourtant l'impression d'avoir été subtilement corrigé. Il voulut se reprendre, toutefois son visiteur ne lui en laissa pas le temps. Il sortit un morceau de papier de son porte-monnaie, le déplia soigneusement et le lui montra. C'est vous qui avez rédigé cette annonce publicitaire ?

— Non. C'est une firme attitrée.

— Ahhh…

Il étirait le « ah » en hochant de la tête comme si la réponse de Tony venait confirmer une opinion douteuse. Tony se sentit obligé de préciser que la SurfAir était une entreprise avant-gardiste et, comme toute entreprise qui se respecte, devait assumer certaines responsabilités sociales. La SurfAir avait donc décidé de s'attaquer au problème d'obésité. À cause…

— … des proportions épidémiques dont on ne cesse de parler dans les médias ?

Tony sourit. Le bonhomme comprenait.

— Justement. Et quoi de mieux que de s'impliquer tout en aidant des pays nécessiteux ? Faire d'une pierre deux coups, quoi.

Le vieux médecin eut une moue sceptique.

— Ouais, les compagnies aériennes ont la vie dure depuis quelque temps… Ce voyage d'amaigrissement, c'est votre idée ?

— Oui, monsieur.

— C'est comme l'heureuse découverte d'un puits de pétrole, n'est-ce pas ?

Un puits de pétrole ? Avait-il encore affaire à un désaxé ? Décidément, les petites annonces attiraient les gens les plus bizarres. Heureusement que ces entrevues étaient terminées. Lors du prochain voyage, parce que prochain voyage il y aurait, il confierait cette tâche ingrate à un subalterne. Il revint au médecin. Le vieil original l'intriguait. Il décida de se prêter à son jeu.

— La découverte d'un puits de pétrole ?

L'homme se lança alors dans une longue explication sur l'origine des réserves pétrolifères, créées des milliers d'années passées, ainsi que l'histoire de la chaîne alimentaire. Les plantes avaient absorbé l'énergie du soleil, l'avaient transformée en énergie chimique par le processus de la photosynthèse afin de la stocker dans leurs cellules. Cette énergie avait ensuite été ingérée par les animaux préhistoriques qui étaient morts et avaient graduellement été enterrés avec leurs précieux joules, calories si on préférait, sous des montagnes de gravats et débris. Résultat : d'incroyables sources d'énergie. Si lucratives…

— Vous voyez l'analogie ?

Tony commençait à comprendre et n'aimait pas l'insinuation. C'était un tantinet trop près de la réalité.

— Heu…

— C'est là. Dans votre promo. L'homme agita doucement l'article. *Mettez à profit toute cette énergie emmagasinée dans ces méchants bourrelets…*

— Écoutez, monsieur… ?

— Touchette. Vous pouvez m'appeler Bertrand.

— Monsieur Touchette, j'ai encore du travail à faire et un avion à prendre. Votre histoire de pétrole est fascinante, cependant je ne vois pas le rapport. Alors, si vous permettez… ?

— Vous voulez sincèrement aider ces gens ou vous cherchez à les exploiter ?

— Pardon !

L'homme s'empressa de s'excuser, avouant qu'il avait la mauvaise habitude d'être trop direct. Sa femme le lui reprochait souvent, mais quant à lui la vie était trop courte pour perdre son temps à jouer des jeux. Il réitéra qu'il trouvait idée géniale.

— Je suppose que, même si vous avez embauché une firme pour fignoler votre pub, c'est vous qui avez guidé les auteurs ?

— Je vous l'ai déjà dit.

— *Une idée nouvelle! Il s'agissait d'y penser!* Oui. Pour ma part, je suis convaincu que votre affaire va marcher. Et vous savez pourquoi ?

— Parce les obèses sont prêts à n'importe quoi pour maigrir ? Voyez ? Je peux, tout comme vous, être assez direct.

Nullement offensé, le médecin poursuivit.

— Peut-être… mais, moi, je crois que c'est plutôt parce que votre proposition va au-delà du problème d'obésité. Vous avez mis le doigt, consciemment ou non, sur un besoin humain fondamental : *la volonté d'aider son prochain.*

— Écoutez. Je ne comprends pas : puits de pétrole, besoin fondamental. Qu'est-ce que vous me voulez au juste ?

— Puis-je être franc ?

— Vous est-il possible d'être autrement ?

Le médecin sourit.

— Je crois que la SurfAir s'apprête à exploiter une réserve d'énergie, mais pas, comme on pourrait s'y attendre, dans les sables bitumineux de l'Alberta. Non, plutôt celle qui se trouve entre la peau et les os des obèses. Pour son propre compte. C'est ce que je lis, ici. Bien sûr, les lecteurs sont censés croire que le profit sera au compte des résidants de Bacouany…

— Mons…

— Et ils auront raison. Ces chers Béninois en profiteront, c'est sûr. Tout autant que vos participants. C'est une excellente idée! Je vous le répète. Il n'y a pas de mal à servir son propre intérêt lorsque celui du prochain l'est du même coup. Je vous félicite pour votre initiative. Pour répondre à votre question, à savoir ce que je vous veux, eh bien, j'aimerais être du voyage.

— Pourquoi ? Vous n'avez certainement pas de poids à perdre.

De nouveau, le médecin agita le bout de papier.

— Volonté d'aider mon prochain, voir du pays, élargir mes horizons.

— Allez monsieur Touchette, vous pouvez faire tout cela sans nous. Pourquoi insister pour nous accompagner ?

Bertrand ne le savait pas… exactement, mais depuis qu'il avait lu l'annonce publicitaire, il ne pouvait s'empêcher d'y penser. Il aimait l'idée d'aider à la construction de maisons. Il songeait même à offrir ses services d'omnipraticien à la population locale une fois sur place. Il confia que s'il était plus jeune, il s'inscrirait à l'organisme *Médecins sans frontières*. Il était veuf, sa femme étant décédée il y avait quelques années déjà. Il n'avait qu'une fille qui vivait en Colombie-Britannique ; il ne l'avait pas vue depuis des…

Le vieil homme se perdait dans ses souvenirs. Le temps avançait. Tony l'incita :

— Vous avez parlé de services gratuits…

— Oui. Je suis prêt à payer le coût du voyage. Aucun problème de ce côté. Tout en offrant mes services à vos clients. On ne sait jamais… Qu'en est-il des hôpitaux au Bénin ? Vous êtes-vous renseigné ?

— Évidemment.

Bacouany était bien situé, à mi-chemin entre Djougou au nord-est et Parakou au sud-ouest, deux villes où se trouvaient de bons hôpitaux. La route entre les deux faisait environ 160 kilomètres et était complètement asphaltée.

— Pourquoi Bacouany ?

— Parce que c'est là où se trouve le projet de construction de Mission Maisons.

— Et c'est là que vos prenants vont faire don de leurs bourrelets ? Vous savez que c'est une région reconnue pour le paludisme ?

— Évidemment.

Tony expliqua que tous les candidats devaient se soumettre aux injections recommandées pour les voyages subsahariens : vaccination obligatoire contre la fièvre jaune, traitement préventif antipaludéen, en plus des vaccins habituellement facultatifs, mais qui avaient été rendus obligatoires : tétanos, poliomyélite, méningite, typhoïde, hépatite A et B, même celui contre la rage.

— Je suppose que vous avez prévu une trousse de secours ?

— Bien sûr. Traitement contre la diarrhée, aspirine, sparadraps, protection contre les moustiques, crème solaire, désinfectant à base d'alcool.

— Impressionnant. Avez-vous songé à un plan d'urgence en cas d'accident ou de maladie grave ?

— Un plan d'urgence ? Non. Oui, c'est-à-dire qu'on suivrait la même procédure qu'ici. Puisqu'il y aura toujours un véhicule à notre disposition, il s'agira d'amener le malade à l'hôpital le plus près.

— Un médecin sur place serait beaucoup plus efficace.

Le bonhomme avait raison. La présence d'un médecin serait d'un secours inestimable. Et ce Bertrand Touchette était certes perspicace… sympathique.

— D'accord. Laissez-moi en parler à mes supérieurs.

12

Bertrand

Bertrand sortit du bureau, le pied léger. Ce voyage des plus singuliers le tentait de plus en plus…

L'obésité était devenue une véritable pandémie. Il ne savait plus que prescrire à ses patients souffrant de ce mal des temps modernes. Arrêter de s'empiffrer ? On n'écoutait plus les vieux médecins de famille comme lui. On cherchait plutôt les causes dans une glande thyroïde paresseuse, un métabolisme lent ou un penchant héréditaire. Puis, on courait les gourous, les cliniques d'amaigrissement, les clubs d'exercices ou on avait recours aux aiguilles chinoises, psychisme oriental, jeûnes prolongés, diètes farfelues, diurétiques, laxatifs et drogues. On allait même parfois jusqu'aux opérations chirurgicales radicales.

C'était à sa plus grande surprise que l'Organisation mondiale de la santé avait reconnu l'obésité à titre de maladie en 1997. On la qualifiait d'hypertrophie de la masse adipeuse, un mauvais fonctionnement de l'organisme qui engendrait une foule de problèmes comme l'arthrose, les maux de dos, le diabète, l'hypertension, les troubles cardiaques, jusqu'à la possibilité accrue de cancer.

Bertrand soupira.

La maîtrise de soi était un art révolu, une idée dépassée, incompatible avec les théories de la pensée moderne. On exigeait aujourd'hui des causes physiologiques précises avec médicaments correctifs immédiats ou des rationalisations psychologiques compliquées accompagnées de sessions thérapeutiques curatives. Pilules ou divan. Rien de moins. N'importe quoi, pour camoufler ce qu'on appelait communément dans sa jeunesse, le péché de la gourmandise. Suggérer tout bonnement de réduire la bouffe suscitait les mêmes sursauts d'horreur que la mention des crimes ignobles de sexisme ou de racisme. Était-il coupable « d'obésitéisme » ?

Il trouvait regrettable que le Créateur ait gratifié l'estomac de cette faculté de dilatation excessive. Tout aurait été tellement plus facile s'Il avait plutôt doté cet organe musculaire de parois rigides. Comme le réservoir à essence d'une auto.

Cette comparaison saugrenue lui était venue un jour alors qu'il faisait le plein au garage du coin. Le préposé, un jeune adolescent au visage couvert d'acné, s'était empressé de le servir, dévissant le bouchon du réservoir en un tournemain, y insérant rapidement l'embouchoir du tuyau de la pompe pour venir ensuite honteux, le regard fuyant, s'accouder gauchement à la fenêtre.

Bertrand savait à quoi s'en tenir. Son statut de médecin étant bien connu dans la région, il avait l'habitude de ces adolescents gênés, à l'œil anxieux. Diagnostic certain : problème relié à une sexualité naissante. Il avait tenté de deviner ce dont il s'agissait cette fois-ci. Masturbation accompagnée d'inquiétudes superstitieuses ? Auto-diagnostic d'éjaculation précoce ? Miction douloureuse ? Herpès génital ? Petite amie enceinte ? Non, celui-ci se croyait atteint du sida parce qu'il avait… vous savez…

touché avec sa bouche à... à... toujours est-il, qu'absorbés par leur conversation, ni l'un ni l'autre ne s'étaient aperçus que le réservoir, rempli à ras bord, avait éjecté le boyau d'alimentation et que le carburant coulait sur le pavé. Ce fut la forte odeur d'essence qui les avait alertés. Contrit, le jeune homme s'était excusé encore et encore, puis lui avait timidement accordé un rabais dérisoire sur le montant de la facture.

Cet incident lui était resté. Par une curieuse juxtaposition d'idées, il y voyait la cause et la solution au problème d'obésité. Si seulement l'Ingénieur en chef avait conçu l'estomac sur le même principe qu'un réservoir d'automobile! Ce contenant inflexible n'avalait jamais au-delà du volume prescrit et, le cas échéant, bloquait ou rejetait automatiquement la source de ravitaillement. En outre, ce récipient attendait poliment que l'énergie pétrolifère ingurgitée soit presque entièrement consommée avant de crier famine par le biais d'un dispositif d'avertissement.

Ce n'était pourtant pas compliqué. L'alimentation avait un but: l'ingestion d'énergie calorique pour permettre au corps de fonctionner. Cette manie de manger pour passer le temps, agrémenter un film, socialiser, se délecter, se consoler, se divertir ou simplement pour ne pas gaspiller de restants, foutaises! Il sourit en pensant à son vieux père, médecin lui aussi, décédé depuis longtemps. Ce dernier aurait été d'accord avec lui, mais aurait articulé sa conclusion autrement: «Mon Bartrand (il n'avait jamais pu prononcer son nom correctement), c'est la tête qui gâche tout! C'est bête, mais c'est comme ça, mon garçon. Une auto, ça n'a pas de caboche, mais ça sait quand ça en a assez. Un estomac, même si c'est accroché à une tête, batêche, ça ne le sait pas!»

Au cours de ses longues années de pratique, Bertrand avait fini par déduire que la bouffe excessive recelait une faim autre que celle du corps et que l'échec des multiples moyens pour contrer la goinfrerie et réduire la masse corporelle était dû à une absence d'idéaux. Il était convaincu que le désir d'altruisme brûlait toujours au fond de la conscience humaine et qu'un programme d'amaigrissement qui répondrait à cet appétit secret connaîtrait le succès. L'être humain avait besoin de dépassement pour combler les aspirations de l'âme. Aspirations que la pensée moderne lui avait volées en mettant de l'avant les théories du moi, moi, moi.

Il revint à l'annonce publicitaire. Géniale! Tellement plus salutaire que les séjours dans les *fat farms* où on exigeait des prix fous pour le privilège de se gaver de laitue saupoudrée de germe de blé, courir sur place et se battre contre des machines à poulies. Une proposition tellement plus édifiante que la dilapidation de sa sueur en vain. Sueur qui pouvait servir à des fins bénéfiques au lieu d'être gaspillée sur les planchers de gymnases cossus en de futiles efforts qui ne menaient souvent nulle part, sinon invariablement à la même décourageante case départ. De plus, quel meilleur incitatif à un changement de mode de vie que de côtoyer des indigents ? Et, bien sûr, tout bon programme d'amaigrissement exigeait un tel changement.

Puis, Bertrand se morigéna. À bien y penser, il était probablement dépassé pour réduire ainsi le problème complexe de l'obésité à la simple maîtrise de soi d'antan. Tout était plus compliqué aujourd'hui. La variété et la disponibilité des aliments, le prêt-à-manger, les émissions cuistots télévisées jour et nuit, les étalages savamment disposés pour titiller le palais, les annonces publicitaires alléchantes, omniprésentes, tout était conçu pour avoir raison des meilleures volontés. Sans parler du désœuvrement chronique ainsi que de la télé et des jeux vidéo. On parlait aussi de prédisposition génétique.

Il devrait se ressourcer davantage sur le sujet. Prendre connaissance des résultats des multiples recherches que l'on publiait de façon presque journalière. Quoique certaines étaient assez surprenantes. Juste hier encore, on faisait dire à quelques statistiques qu'avoir des amis obèses pouvait donner lieu à l'embonpoint. La semaine dernière, c'était un virus qui pouvait causer l'obésité. Néanmoins, tous ces efforts dénotaient un intérêt réel de la part de la société pour trouver des solutions. Et à titre de médecin, il ne pouvait se permettre de faire preuve d'étroitesse d'esprit. Cette attitude lui avait déjà coûté assez cher par le passé. Si les directeurs de la SurfAir acceptaient son offre, ce qu'il espérait de tout cœur, il se mettrait sérieusement à l'étude de cette maladie. Il avait un urgent besoin de remplir son temps. Depuis que son Évelyne bien-aimée était décédée, il devait rester occupé. Sinon, il deviendrait fou.

13

Tony

TONY FULMINAIT DANS LE TAXI QUI L'AMENAIT à l'aéroport. Depuis une semaine, il ne décolérait pas. Morris lui payerait ce coup bas, fallut-il qu'il contracte personnellement quelque maladie tropicale mortelle pour la lui transmettre! Le vieux baveux avait poussé l'injure jusqu'à lui laisser présenter Ti-Bob comme accompagnateur responsable lors de la rencontre préparatoire!

C'était lui-même, Tony, qui avait présidé à cette journée de formation. Il avait commencé par souhaiter la bienvenue aux candidats sur quoi Gaétan l'avait interrompu, insistant pour débuter par une prière. Indulgent, il avait laissé le zélé faire à sa guise. Ce dernier aurait beau prier tant qu'il voudrait pendant les six prochaines semaines, il s'en foutait. Il partait sous peu pour la Côte d'Azur. Nice, plages, gastronomie, seins nus, Monaco, roulette, *Here I come!*

Il s'était évertué à vanter Ti-Bob aux participants, expliquant avec force détails les responsabilités qui seraient siennes lors de leur séjour en Afrique. Ils s'en remettraient à lui pour tout : hébergement, travail, excursions, accidents, maladie, etc. Chacun s'était ensuite présenté. Tony avait insisté sur l'utilisation de la deuxième personne du singulier. Ne passeraient-ils pas un mois et demi ensemble dans la fraternité ?

À l'aide de l'ordinateur et d'un écran géant, il avait situé les endroits pertinents sur la carte du Bénin. Il avait revu les points saillants relatifs à leur sécurité, résumé les buts de Mission Maisons, repassé l'horaire des activités prévues et répondu à toutes les questions.

La participation de Bertrand à titre de médecin-accompagnateur avait été accueillie avec enthousiasme. Aimé, gesticulant et poussant ses yiou sporadiques, avait distribué des feuillets expliquant le syndrome de Tourette. Les participants, qui l'avaient zieuté avec suspicion au début, l'acceptèrent tout bonnement. Un Ti-Bob, tout sourire, avait distribué les sacs promotionnels, bourrés d'articles de toutes sortes. Les gens étaient repartis satisfaits, prêts pour la grande aventure.

Tout allait comme sur des roulettes.

Jusqu'à la dernière minute quand le PDG l'avait sommé dans son bureau pour lui dire que Ti-Bob n'était plus disponible pour se rendre en Afrique et que ce serait lui, Tony, qui aurait la charge de ce premier voyage. Il avait eu beau protester, le patron avait été inflexible. Dépité, il avait dû annuler son billet pour la Côte d'Azur. Et refaire ses bagages. Qu'aurait-il besoin de maillots ou de smoking ? Comment Morris avait-il réussi à manigancer ce coup de Jarnac ? Il ne le saurait probablement jamais.

De surcroît, deux participants, un frère et une sœur, choisis parmi la centaine de candidats qui s'étaient présentés aux entrevues pour faire la dizaine requise, s'étaient désistés à la dernière minute. Sans explication! Puisqu'il avait été trop tard pour les remplacer, son fameux voyage «super forfait», planifié avec tellement de minutie, était maintenant réduit à huit candidats.

Poings serrés, respiration saccadée, Tony rageait encore en descendant du taxi. Pour comble de malheur, lorsqu'il voulut récupérer sa grosse malle, celle-ci resta coincée. Tempêtant, il tira sur la poignée d'un coup brusque. Sa main glissa et il ne réussit qu'à se frapper le coude sur le loquet. Jurant ouvertement, il plongea la tête dans le coffre pour dégager la malle qui s'entêtait à ne pas bouger. « C'était à croire qu'elle ne voulait pas, elle non plus, aller se balader sur ce maudit continent!»

Impassible, le conducteur de taxi qui en avait vu d'autres (les gens avaient de drôles de réactions à l'aéroport) s'avança poliment.

— Laissez-moi faire, monsieur…

Et il souleva sans problème la malle récalcitrante. Tony la lui arracha des mains, lui remit rageusement une poignée de billets et se dirigea vers les portes automatiques. Celles-ci restèrent obstinément fermées, bloquées par une croûte de glace. Il eut beau piétiner sur place, rien. Le vent glacial qui soufflait par ce matin de février le fit frissonner dans son léger coupe-vent. Bouillonnant, jurant de plus belle, il se retourna pour aller tenter sa chance aux portes suivantes lorsqu'on le héla.

— Hey, Tony!

Le gros Gaétan! En voilà un qu'il ne souhaitait pas voir ce matin. Lui et sa maudite mine perpétuellement réjouie. Tony grimaça un sourire dans sa direction.

En sueurs, ahanant, traînant ses bagages, le bonhomme s'approcha. La porte s'ouvrit. Celui-ci demanda:

— D'autres surprises?

Tony lui jeta un regard irrité. «Surprises? Quelles surprises?»

Hors d'haleine, le bonhomme pointa la malle rétive. Excédé, Tony dut expliquer le changement d'accompagnateur de dernière heure. Comme il devrait le faire pour le groupe en entier. Oui, Morris le lui payerait cher!

Il dut pourtant mettre de côté ces pensées meurtrières, car les journalistes descendaient en trombe des divers taxis qui arrivaient l'un derrière l'autre. Les fourgonnettes des différentes chaînes de télévision se garaient elles aussi derrière la file. Tony se força à sourire pour les médias tandis que Gaétan tripotait fièrement sa grosse croix d'argent. Il lui fallait prendre les devants avant que le bonhomme ne lance les journalistes sur une fausse piste.

14

À l'aéroport

RÉDUIT AU VULGAIRE RÔLE DE GUIDE TOURISTIQUE ! Lui, un cadre destiné à des promotions dans les plus hauts échelons de la compagnie ! Tony ricana au souvenir de ses réponses aux journalistes. Lorsque ceux-ci lui avaient fourré leurs microphones sous le nez et demandé de commenter l'apport de Morris Green à ce voyage extraordinaire, il avait répondu : aucun. Et clamé l'exclusivité. Petite consolation.

Les adieux terminés, les proches laissés derrière le contrôle de sécurité, Tony fit l'appel des participants. Planchette en main, il cocha les noms au fur et à mesure. Les huit participants étaient présents. Curieux groupe ces grosses personnes qui attendaient de monter à bord de ce vol spécial. Les autres passagers qui allaient et venaient ne pouvaient s'empêcher de les observer à la dérobée, certains s'arrêtant même pour les reluquer avec un grossier sans-gêne.

Tony ne comprenait pas comment les obèses parvenaient à transiger avec ce traitement. Il jeta un regard furtif du côté de Roselle. Celle-ci était assise près de Dorys. «Quelle différence entre ces deux femmes!» pensa-t-il. Là où Roselle, piteuse, semblait au comble du malaise, Dorys, fière et imposante, rayonnait dans un superbe ensemble sport bleu marine accentué d'un foulard beige et d'un sac à main en cuir de même teinte.

La conjointe de Paulo pressentit-elle son regard ? Elle leva soudainement les yeux sur lui et son beau visage rosé s'empourpra. Tony eut la conviction qu'elle avait lu ses pensées, car elle tourna la tête vers sa voisine, examina ses vêtements chics, baissa la vue sur son habillement à elle. Lorsqu'à nouveau elle le fixa, Tony vit les grands yeux violets se remplir de larmes. Ému, il se détourna pour ne pas ajouter à son malaise. Et espéra de tout cœur que les semaines à venir seraient bénéfiques pour la femme de son ami.

« Les gens sont imprévisibles », se dit Tony. Si lui-même était obèse, il était convaincu qu'il réagirait comme Roselle. Par contre, Gaétan, qui était probablement le plus corpulent du groupe, se dandinait d'une personne à l'autre, dans la même paire de souliers difformes qu'il avait portés à l'entrevue, importunant tout le monde de ses postillons et de son prêchi-prêcha, certain que les gens accueillaient sa personne et ses bonnes paroles avec gratitude. « Véritable mouche du coche ! » Tony prévoyait déjà des plaintes à l'endroit de ce phénomène ambulant.

Le couple qu'il avait baptisé « Fran/Dan » était assis devant le grand mur vitré et regardait les avions décoller : Françoise avait-elle épuisé la liste des légumes et amorcé le répertoire des fruits ? Lequel débutait par la lettre « A » ? Abricot. Je t'aime mon bel abricot poché ? Parce que le pauvre Dan avait justement une joue meurtrie comme un de ces fruits laissés trop longtemps dans le fond d'un bac. Ensuite « B » pour banane ? Fruit qui avait bien des connotations ! « C » pour citron ? Hummm… Cantaloup ? Un melon rondelet. Possible. Et après ? Pourquoi ne pas invoquer les épices ? Cannelle, clou de girofle, gingembre ? Tony sourit pour la première fois de la journée.

Quant à Aimé, il longeait les murs, tenant son bras récalcitrant et semblait aux anges. « Probablement parce qu'il a déjà perdu considérablement de poids», conclut Tony, surpris. Ses yiou d'exaltation retentissaient de temps à autre. Personne ne s'en formalisait.

Le bonhomme finit par se laisser choir près de Jacquie qui dévorait avec enthousiasme un sandwich au jambon. Ce faisant, il perdit le contrôle de son bras. Le membre indiscipliné traça quelques rapides moulinets dans les airs avant que son propriétaire ne réussisse à le rattraper. Heureusement, car une demi-seconde de plus et le bonhomme tâtait un sein dodu. Aimé s'excusa et offrit aimablement à Jacquie de lui acheter une boisson gazeuse. Celle-ci accepta avec plaisir et le gaillard se dirigea vers le restaurant-bar juste en face.

Cet attouchement malavisé, évité de justesse, fit sourire Tony pour la deuxième fois aujourd'hui. La circonstance lui rappelait une histoire de sa grand-mère prétendument basée sur un fait vécu. Un pauvre homme revenait de la messe avec un œil au beurre noir. Interloquée, son épouse lui demandait ce qui avait pu se passer à l'église pour l'amocher ainsi. Le mari rejetait la faute sur une femme assez corpulente qui avait pris place dans le banc devant lui. Au moment de l'offertoire, lorsque le curé avait exhorté les fidèles à se lever, l'homme s'était aperçu que la robe de ladite dame était restée coincée entre ses deux fesses. Afin de lui éviter l'humiliation de se rendre ainsi plantée (mot de son aïeule) à la communion, il avait avancé la main et tiré doucement sur la robe pour la dégager. Vexée, la dame s'était retournée et lui avait lancé un regard meurtrier. Je suppose que c'est à ce moment qu'elle t'a frappé ? demandait sa femme. Non, de répondre le mari. Elle est retournée à ses prières. Alors quoi ? de s'enquérir l'épouse perplexe. C'est que... voyant que je l'avais insultée, j'ai voulu me racheter en remettant tout en place...

Debout près du comptoir libre-service, Bertrand et Karinette bavardaient avec d'autres passagers en attente. Tous riaient de bon cœur quand une vieille femme échevelée, essoufflée, bouscula Aimé qui s'amenait avec un verre de boisson et fondit sur le groupe. Elle attrapa Karinette par la manche et la tira violemment vers la sortie en insistant :

— 'Rinette! Te v'là, toi! Marche à maison!

Éberluée, la jeune fille fit volte-face.

— M'man!

— Tu ne t'attendais pas à voir ta mère ici, hein? Marche à maison, 'tite fille. Avant qu'il t'arrive malheur!

— M'man, comment es-tu parvenue jusqu'ici?

— Qui veut, peut, ma belle!

La vieille femme balaya le groupe d'un regard fou et continua à s'époumoner, tirant toujours sur la manche qui menaçait de céder.

— Jésus, Marie, Joseph, 'Rinette! Tes parties privées! C'est juste ça qu'ils veulent ces pervers-là! Viens! Viens-t-en que je te dis!

Les gens avaient figé devant cet assaut furieux. Toutes les conversations s'étaient tues. Chacun fixait la scène sans comprendre. Aimé qui avait failli tomber à la renverse restait, fait assez surprenant, totalement immobile. Devant la consternation de la jeune fille, Bertrand voulut se porter à son secours.

— Une minute, madame, vous ne...

Avant qu'il ne puisse continuer, deux gardiens de sécurité arrivèrent au pas de course. Leur présence aggrava la colère de la vieille femme qui se déchaîna de plus belle.

— Des suppôts de Satan, 'tite fille! Viens! Viens-t-en avant qu'il soit trop tard! 'Tite naïve! Tu vas encore te faire avoir! Hypnotisée! C'est ça qu'ils t'ont fait hein? Bande d'écœurannnts...

Les deux vigiles, quand même assez costauds, eurent peine à restreindre la mégère qui se débattait et menaçait tout le monde des feux de l'enfer pour enfin l'amener avec eux. Tremblante, honteuse, Karinette se laissa conduire par Bertrand et se laissa choir sur un banc. Le médecin se pencha sur elle avec sollicitude.

Le calme revint. On annonça l'embarquement. Les voyageurs se levèrent avec peine pour s'aligner devant la porte de sortie. Parce que le transporteur aérien n'était pas un aérobus, on ne sortit pas la passerelle téléscopique. Erreur. Les participants durent se rendre sur la piste pour monter à bord. De plus, l'escalier étroit et à pic se révéla une difficulté embarrassante. Arrivés sur le palier, les gens devaient reprendre leur souffle avant de s'engager dans l'allée centrale qui s'avéra trop exiguë. Les passagers durent se faufiler de côté, s'accrochant bras, cuisses et fesses aux bancs. Il était évident que le jet de l'entreprise n'était pas approprié et Tony se dit qu'il lui faudrait songer à un autre type d'avion pour les voyages subséquents. Les participants le noteraient sûrement dans leur carnet de bord. Car, pour cette première, la SurfAir avait demandé à tous de noter leurs impressions, préférences, lacunes et problèmes, ceci dans le but d'aider la compagnie à améliorer ses services et rendre l'expérience le plus agréable possible lors de la prochaine excursion.

Tony suivit l'agent de bord dans l'allée. Pendant que ce dernier vérifiait si tous les bagages à main avaient bien été «placés sous le siège devant soi», il s'assurait que les clients de la SurfAir respiraient toujours après le pénible embarquement.

Comme prévu, chacun avait deux sièges à sa disposition. Tony avait réservé les deux premiers pour lui-même et l'agent de bord. Suite au malheureux incident avec la mère de Karinette, le médecin qui voyait la pauvre jeune fille encore ébranlée avait pris place à côté d'elle de l'autre côté de l'allée. Fran/Dan étaient assis derrière eux dans des fauteuils adjacents. Venaient ensuite Roselle et Dorys.

Aimé, qui paraissait avoir jeté son dévolu sur Jacquie, l'avait suivie et s'était installé dans les fauteuils jouxtant les siens. Quant à Gaétan, il avait choisi des bancs, tout au fond.

—Mesdames et messieurs, veuillez boucler vos ceintures, le vol 346 pour le Bénin…

Tony regagna son siège. Les puissants moteurs grondèrent; l'appareil frémit de tout son long et se mit à rouler lentement, puis de plus en plus vite jusqu'à ce que, d'un vaillant effort, il quitte le sol avec son lourd cargo pour s'envoler vers le soleil levant.

Tony jeta un coup d'œil à sa montre. Neuf heures vingt. En comptant le décalage horaire et l'escale à Paris, ils atterriraient à Cotonou en plein cœur de la nuit. Dommage. Il aurait aimé voir le Bénin du haut du ciel avant d'y poser le pied. Isabelle s'y trouvait-elle toujours ? Ou s'était-elle envolée vers d'autres cieux ? Son statut d'infirmière et son ardente volonté de changer le monde l'amenaient partout sur la planète. Malheureusement, c'était toujours à des endroits misérables comme le Kirghizistan pour y enseigner la planification des naissances aux femmes ou le Guatemala pour mettre sur pied des programmes d'immunisation pour enfants ou encore, les Philippines pour faire connaître les droits de la personne.

Leur dernière correspondance datait de quoi ? Quatre ans ? C'était elle qui lui avait dit de prendre ses affaires et de «faire de l'air». Il ne pouvait l'en blâmer…

15

Karinette

—NON! NON! NON! Qu'est-ce que c'est ça, 'tite fille? Le cœur de Karinette lui manqua. Sa mère avait déniché sa cachette! La voilà qui hurlait depuis sa chambre. Pièce qu'elle époussetait trois fois par jour. La jeune fille n'était pas dupe. Elle savait que sa mère l'espionnait. Sans lui laisser le temps de répondre, celle-ci avait continué à se déchaîner.

—Bacouany! 'Rinette! En Afrique! Des pays remplis de pervers et de dégénérés! Tu risques le viol, les maladies honteuses, le sida en plus de la malaria et quoi d'autre encore! Perds-tu la tête? Où, sacrifice? Où t'as pris ça? Dans une de ces revues cochonnes qui traînent dans les arrière-boutiques? C'est comme ça qu'on attire les belles jeunes filles destinées à la traite des Blanches! Tes parties privées, c'est tout ce qu'ils veulent! Tu vois? C'est pour ça que je ne peux pas te laisser sortir sans moi! On sait jamais ce qui peut arriver! T'es tellement naïve, 'tite fille!

Karinette croyait avoir bien dissimulé l'annonce publicitaire à l'intérieur de la housse protectrice de sa taie d'oreiller. «'Tite fille. Belle jeune fille.» Elle en aurait pleuré. Il n'y avait pas pire aveugle que quelqu'un qui ne voulait pas voir. Et sa mère refusait de la voir. Ce n'était pas difficile pourtant, elle faisait presque cent vingt-cinq kilos.

La jeune fille savait que sa mère « faisait du chapeau ». Elle le reconnaissait. Et la situation ne faisait qu'empirer. Elle ne pouvait même plus se rendre seule au dépanneur du village sans que celle-ci ne se mette à la houspiller et la menacer de toutes les catastrophes possibles pour ensuite l'accompagner, l'obligeant à lui tenir la main. Selon elle, chaque maison, chaque voiture, chaque arbre, chaque personne recelait un agresseur. Que sa « 'tite fille » parte en voyage, elle capoterait pour de bon. Cette fois-ci, cependant, Karinette était déterminée. Elle ne se laisserait pas intimider. « Intimider ? » Le mot était faible selon Sylvain. « Terrifier, abuser » était plus juste. Du moins, c'étaient les termes que son nouvel ami avait employés. Karinette en avait assez de se faire traiter comme une enfant de quatre ans alors qu'elle en avait vingt-deux.

— 'Rinette! 'Rinette! M'entends-tu? D'où ça sort cette invitation vicieuse là ?

Le ton montait, devenait affolé, presque dément. La mère dévalait les escaliers quatre à quatre en criant.

— Un voyage d'amaigrissement! Pourquoi ? Jésus, Marie, Joseph! Tu vois pas que c'est pour t'attirer dans les griffes du diable ? Donner ses kilos! Une histoire de fou! T'as pas de kilos à donner, ma 'Rinette! Viens. Viens ici. Regarde, je t'ai fait une belle tarte aux pommes. Je t'en coupe un morceau et j'ajoute de la bonne crème glacée.

Karinette se laissa convaincre, comme toujours. Elle adorait les desserts. Tête basse, elle s'assit à la table de cuisine pendant que sa mère, fébrile et hors d'haleine, la servit. La jeune fille sourit pour donner le change. Et avala tout. C'était tellement bon. Elle prépara ensuite une tasse de thé pour sa mère. Y fit fondre quelques somnifères piqués à la pharmacie. Et pendant que sa mère dodelinait de la tête sur le divan, elle fouilla dans le sac à main maternel, prit deux billets de vingt dollars pour un taxi et sortit sans bruit.

Il lui fallait absolument perdre du poids. Pour ce faire, elle devait s'éloigner. Partir le plus loin possible. C'était ce que Sylvain lui avait galamment suggéré. Contrairement à ce que pensait sa mère, c'est à lui qu'elle destinait ses parties privées.

Le médecin la tira de ses pensées.

— Ça va mieux, Karine ?

— Oui, merci, monsieur.

Bertrand lui rappela la directive de Tony.

— On m'a enseigné à respecter les personnes âgées. Ma mère...

— Ta mère n'est pas ici; tu peux me tutoyer. Allez! Dis-le. Bertrand.

Karinette baissa discrètement les yeux et murmura :

— Bertrand.

— Pas si difficile n'est-ce pas ?

Bertrand se rendait en partie responsable de ce groupe d'infortunés. Il avait pris la décision de s'enquérir au sujet de chacun. Pour ce faire, il demanderait à Tony et au superviseur de Mission Maisons de l'assigner à différentes tâches afin de côtoyer chaque personne tour à tour. Ainsi, il mènerait discrètement une enquête pour mieux connaître ses compagnons de voyage. Il se voyait déjà poussant une brouette de ciment, tout en bavardant avec Daniel. Le pauvre s'était présenté à la journée de formation un bras en écharpe et voilà qu'aujourd'hui, il était arrivé avec une joue éraflée. « Type maladroit ? Ou… ? » Bertrand en avait vu de toutes sortes au cours de ses années de consultation.

Le médecin était convaincu que connaître ces gens serait un atout dans l'éventualité où il devrait les soigner. Il s'emploierait premièrement à s'informer, dans la mesure du possible, au sujet des attentes de chacun à l'égard de ce forfait d'amaigrissement, sachant que les motifs donnés n'étaient pas toujours les motifs véritables. La conscience humaine avait cette surprenante aptitude à se leurrer. « Mon Bartrand, un médecin doit souvent guérir l'âme avant de guérir le corps. Parfois, il faut sonder les consciences pour trouver le mal, batêche ! »

Il semblait bien que ce fut le cas pour l'obésité. Bertrand avait lu abondamment sur le sujet depuis qu'on avait retenu sa candidature pour cette aventure extraordinaire. Il avait consulté plusieurs collègues, incluant des spécialistes, et il avait conclu que son vieux père avait raison. En partie, du moins.

Chose curieuse, il croyait que Gaétan serait d'accord. « Quel bonhomme que celui-là ! » Ce dernier l'avait apostrophé lors de la rencontre préparatoire et l'avait accaparé une bonne quinzaine de minutes pour lui dire en toute confidentialité, en l'aspergeant de « son eau bénite personnelle », qu'ils travailleraient ensemble à « l'amioration » de la santé des « patricipants et patricipantes ». Bertrand sourit en lui-même et se réprimanda : un peu de charité quand même le vieux.

— Mons… Bertrand ?
— Oui, ma belle ?

Karinette sourit coquettement et demanda.

— Pensez-vous que je vais vraiment maigrir pendant ces six semaines ?
— Tout dépend.
— De… quoi ?

— De toi-même, surtout.

— Je ne sais pas à quoi m'attendre là-bas… Qu'est-ce que je dois faire ? Pas trop manger ? Passer mon temps à travailler ?

Bertrand fut tenté de répondre par l'affirmative. Il opta plutôt pour renseigner la jeune fille, se disant que les connaissances offraient souvent la meilleure chance de réussite. Il existait tellement de mythes relatifs à l'obésité et tellement de solutions proposées. Il en avait entendu dans son cabinet qui lui avaient fait dresser les cheveux sur la tête. Plus cette maladie prenait des proportions épidémiques, plus le nombre de charlatans pour abuser de ces malheureux augmentait.

— Sais-tu ce qu'est un kilojoule ?

— Non…

— Une calorie ?

— Oui. Ça, tout le monde le sait.

— Tu peux l'expliquer ?

Elle fit mine de chercher et admit.

— Pas vraiment. Est-ce que ça va m'aider de le savoir ?

— Un homme averti en vaut deux, n'est-ce pas ?

Elle lui jeta un regard qu'elle voulait perplexe, fit les yeux doux. Bertrand ajouta :

— Une fille aussi, bien sûr.

— Dans ce cas, oui, j'aimerais savoir. Kilo… quoi, encore ?

— Kilojoule. C'est le terme qu'on emploie maintenant au lieu de calorie.

Tony tendit l'oreille : kilojoule ? Contenu de gras dans les aliments ? Mesure d'énergie ? Définitivement un rapport à la nutrition. Il n'aurait pu toutefois en donner l'explication. Karinette poursuivait :

— Alors, kiloquelquechose ou calorie, c'est quoi, au juste ?

— Une mesure d'énergie.

La grosse fille haussa exagérément les sourcils. Selon Bertrand, elle portait trop de maquillage. On aurait dit une fillette de cinq ans qui avait fait main basse sur les produits de beauté de sa mère.

Le médecin enchaîna :

— Tout comme le kilomètre est une mesure de distance et le kilowatt une mesure d'électricité.

— Ah!

— Les aliments contiennent de l'énergie; c'est pourquoi on les mange : pour absorber cette énergie. Le kilojoule mesure la quantité d'énergie contenue dans chacun.

Karinette afficha une expression d'incompréhension. Impatienté devant ce qu'il percevait comme un petit jeu de comédie, Bertrand suggéra :

— Prends les arachides que tu manges, par exemple.

Elle baissa la vue, sortit furtivement la main du sac que l'agent de bord venait de distribuer.

— Par une série de réactions compliquées au cours de la digestion, ces arachides produiront de l'énergie. En quelle quantité ? Regarde sur le sac.

Elle lut d'un ton doucereux.

— Cent soixante-cinq calories.

— Pense au corps comme si c'était une automobile. Ça prend du carburant, n'est-ce pas, pour faire tourner le moteur ? Qu'on mesure en litres ? Ces arachides serviront de carburant qu'on mesure en kilojoules. Ce carburant est nécessaire pour faire fonctionner les cellules du cerveau, les muscles, les poumons, les reins et tous les autres organes vitaux. Même assis à ne rien faire, ces tissus ont besoin d'énergie pour continuer à faire leur travail.

Ce dernier fait sembla capter l'intérêt de la jeune fille. Elle se redressa tant bien que mal sur ses fauteuils.

— Même assis ? Vous êtes certain ?

— Oui, mais attention.

— Pourquoi ?

— Quand un aliment fournit trop d'énergie, le corps ne peut l'utiliser en entier. Et c'est là le problème. Le corps n'est pas une auto. Une fois qu'il a utilisé les kilojoules d'énergie dont il a besoin, il convertit le reste en énergie stockée.

— C'est quoi de l'énergie stockée?

— De la graisse.

Karinette rougit, referma le sac d'arachides et le déposa dans la pochette devant elle.

— Le corps transforme chimiquement le surplus de kilojoules en graisse. Graisse qu'il emmagasine dans les tissus adipeux. Pour se défaire de cette graisse, le corps doit recevoir une demande d'énergie de surplus qui l'oblige à puiser dans ses réserves. À ce moment, des hormones spécifiques donnent le signal aux cellules de faire couler le gras dans le sang. C'est de cette façon que le corps se défait de cette énergie stockée.

Tony qui avait suivi la conversation avec intérêt voulut savoir.

— Comment sait-on que ce sac d'arachides contient cent soixante-cinq calories, ou kilojoules comme vous dites? Comment les mesure-t-on?

— Avec un calorimètre. C'est un processus assez compliqué.

— Allez-y, Bertrand, expliquez-le-moi.

— Dans un petit récipient entouré d'eau, on procède à la combustion de l'aliment. La chaleur qui se dégage réchauffe l'eau qui entoure le récipient. On mesure la hausse de température de l'eau et calcule la quantité d'eau réchauffée. Une calorie est définie comme la quantité d'énergie nécessaire pour élever la température d'un gramme d'eau d'un degré Celsius.

— Pas si compliqué. Et calorie, kilojoule, ce sont vraiment des termes interchangeables?

— Ce sont deux unités de mesure d'énergie. Mathématiquement parlant, mille calories équivalent à 4,18 kilojoules.

16

Roselle et Dorys

ROSELLE AVAIT UN URGENT BESOIN D'URINER. L'idée d'affronter, une deuxième fois, cette allée trop étroite et de s'accrocher les bourrelets au passage lui répugnait. Pourtant, avait-elle le choix ? Des douleurs lui irradiaient le bas-ventre tellement elle avait envie. Elle se tassa inconfortablement sur ses sièges, tâchant de trouver une position qui soulagerait sa vessie. Peine perdue.

Elle tenta de se convaincre mentalement qu'elle n'avait rien à craindre. « Ces passagers-ci comprendraient. Ils étaient tous dans le même bateau… avion. Dieu merci, la SurfAir avait eu l'obligeance de mettre un appareil à leur seule disposition ! »

Un frisson désagréable la parcourut au souvenir de sa dernière et unique envolée où elle avait dû se battre pour s'extraire de son fauteuil, lutter pour remonter l'allée jusqu'au cabinet si ridiculement minuscule et où, à sa plus grande honte, elle était restée coincée. L'agente de bord avait dû venir l'aider à se relever de la cuvette et sortir du maudit cagibi. Paulo, dans une vaine tentative pour la consoler, avait affirmé que ces damnées cabines avaient été planifiées pour des échalotes bâties comme des deux par quatre et que, si ses bécosses à lui étaient ainsi construites, personne ne s'en servirait. Ce qui n'avait réussi qu'à aggraver son humiliation.

— Ça ne va pas?

Elle tourna la tête vers Dorys qui l'observait.

— C'est que... je dois... j'ai besoin...

— Moi aussi! J'y pense depuis presque une heure. J'attendais que quelqu'un s'y rende en premier. Mais, je ne peux plus attendre. Si on y allait toutes les deux?

Roselle lui en serait reconnaissante pour le reste de ses jours: qui d'autre, sinon une obèse comme elle, aurait compris? Elle avait peut-être mal jugé cette femme? Parce que celle-ci s'exprimait en excellent français avec un léger accent parisien, elle l'avait crue snob. Elle se sentait toujours mal à l'aise en présence de ceux qui possédaient une bonne éducation, elle qui n'avait même pas terminé son secondaire. Si seulement elle n'avait pas succombé aux caresses de Paulo! Elle aurait pu poursuivre son rêve et devenir décoratrice d'intérieur.

Dorys Villars-Stoyan. D'où pouvait venir cette femme avec un nom pareil? Et cette élégance! Pourrait-elle s'en faire une amie?

— Alors, ça va mieux?

— Oui, merci. Et v... toi?

Roselle eut un mouvement d'impatience: pourquoi ce stupide réflexe de vouvoyer les gens qui parlaient le «bon français»? «Perlait» comme on disait dans sa famille pour se moquer.

Dorys sourit de ce sourire chaleureux qui semblait faire partie de sa personnalité et répondit:

— Beaucoup mieux. Embêtant ce monde fait pour les maigrichons n'est-ce pas?

Elle baissa la voix au point où elle chuchotait et confia:

—Tu veux que je te dise? J'ai même eu l'idée de m'acheter des *Depend* pour le voyage. Pas que je souffre d'incontinence, mais justement à cause de ces ridicules W.- C. de malheur.

Roselle en aurait pleuré. De soulagement cette fois. Comment résister à une telle franchise et à ce brin d'humour? Devant ce visage à l'expression bienveillante, elle sentit ses appréhensions fondre comme du beurre au soleil. Elle ne serait donc pas seule pour les six semaines à venir. Elle se pencha à son tour vers cette nouvelle amie et avoua:

—Imaginez... imagine-toi que j'ai eu la même idée.

Elles s'esclaffèrent toutes deux et rirent jusqu'aux larmes. Dorys s'essuya le coin des yeux avec des index au manucure impeccable et réussit à bafouiller entre deux hoquets:

—Nous ne sommes probablement pas les seules, tu sais.

L'agent de bord qui arrivait avec le chariot leur bloqua la vue, ce qui leur permit de reprendre un peu de sérieux. Le préposé déposa devant chacune une assiette à compartiments, enveloppée d'une pellicule transparente. Roselle défit le tout et s'attaqua immédiatement au poulet mariné.

Dorys commença par placer son couvert en plein milieu de la tablette, s'assurant que les espaces de chaque côté étaient bien équivalents. Elle sortit les ustensiles qu'elle aligna parfaitement avec l'assiette. Elle insista ensuite pour glisser la serviette sur ses genoux donc, en partie sous la tablette. Tâche impossible, car il n'y avait pas d'espace. Il lui fallut relever la tablette et tout recommencer. Roselle l'observait du coin de l'œil. Quelle méticulosité! Et elle qui s'était littéralement jetée sur sa nourriture. Elle déposa sa fourchette et demanda:

—Est-ce que tu voyages beaucoup?

—Assez. Pour mon commerce surtout. J'ai une boutique de vêtements féminins au centre-ville de North Bay.

— Ah!

— J'achète habituellement mon stock à Montréal, mais il m'arrive de retourner chez moi pour compléter mon inventaire. Plusieurs de mes clientes aiment se vanter de porter des vêtements européens.

— Et chez toi, c'est…?

— Charleroi. En Belgique.

— Ça fait longtemps que tu vis au Canada?

— Vingt-huit ans. Je suis arrivée à l'âge de dix-sept ans.

— Avec tes parents?

— Ma mère.

— Tu es mariée? Des enfants?

Une ombre passa dans les yeux de la femme. Elle hésita puis répondit:

— Non. Toi?

— Oui, j'ai un mari et une petite fille, Justine.

— Adorable, je suppose?

— Bien sûr!

Roselle aurait aimé lui demander si elle avait un ami, mais ne voulut pas paraître fouineuse. Elle avait vu un homme à la joue couverte d'une de ces taches de vin distinctives suivre Dorys à son arrivée à l'aéroport. Celui-ci avait insisté pour porter ses bagages, toutefois elle l'avait rabroué avec une telle brusquerie qu'il était difficile de croire qu'il s'agissait d'un proche. Penaud, l'homme avait fait une deuxième tentative de rapprochement devant l'aire de contrôle de sécurité. Dorys s'était alors prestement faufilée devant le contrôleur de sorte que l'agent l'avait sévèrement sommée de revenir sur ses pas et attendre son tour. L'homme mystère ainsi éconduit était resté là, bras ballants, mine déconfite. «Soupirant importun? Un ex-conjoint?» Ce genre de confidences viendrait plus tard. Peut-être. Quand elles auraient épuisé les sujets superficiels. Pour le moment,

Roselle voulait surtout connaître l'opinion de cette femme distinguée qui semblait si sûre d'elle-même.

— Crois-tu vraiment que ce voyage puisse nous aider? J'ai suivi tous les programmes d'amaigrissement et diètes possibles et impossibles. Tellement que je ne peux plus les compter. J'ai essayé tous les diurétiques et laxatifs sur le marché. J'ai même entrepris de donner du sang régulièrement! Et regarde-moi.

— Pour ma part, je *dois* y croire. Je n'ai pas le choix.

Devant le regard inquisiteur de cette nouvelle amie, Dorys expliqua qu'elle devait subir une hystérectomie radicale à cause de fibromes utérins impossibles à enlever par voie vaginale. Deux médecins avaient refusé de pratiquer l'intervention sous prétexte qu'elle posait trop de risques de complications graves. Tous les deux avaient carrément affirmé qu'il était impératif qu'elle perde du poids avant qu'ils ne considèrent une chirurgie. Elle devait «démontrer une volonté de s'aider».

— Pas sérieuse!

— C'est la tendance. De plus en plus. On ne peut blâmer les médecins lorsqu'on tient compte des longues listes d'attente et des coûts exorbitants des soins médicaux. L'opinion publique est contre nous. On dit que nous faisons preuve de comportements autodestructeurs, au même titre que les fumeurs et les drogués. Alors, pourquoi dépenser temps et argent sur nos personnes si nous ne voulons pas, soi-disant, nous aider nous-mêmes?

— Pas sérieuse!

Dorys confia qu'elle aurait pu consulter d'autres chirurgiens, bien entendu. Ils ne pensaient pas tous ainsi. Il aurait été possible d'en trouver un qui aurait accepté de prendre les risques. Mais risques pour qui? Le danger n'était-il pas toujours de son côté?

— Oui, c'est vrai, mais quand même…

Quand cette dernière avait vu l'annonce publicitaire de la SurfAir, elle avait immédiatement pris la décision de tenter l'expérience. Et, tant qu'à se rendre en Afrique, elle confia qu'elle avait l'intention d'y étudier la mode vestimentaire. Sait-on jamais? Elle pourrait peut-être importer des boubous et convaincre ses clientes plus corpulentes d'en porter.

— C'est tellement confortable! Et toi?

— Moi? Je ne sais même pas ce qu'est un boubou!

— Non, je veux dire, pourquoi as-tu choisi de t'inscrire à ce voyage?

— C'est… à cause de Paulo, mon mari. Et puis, non, autant être franche… je ne peux plus m'endurer. Je me déteste et… et… j'ai même eu l'idée d'en finir…

— Une solution à laquelle nous avons toutes pensé un jour ou l'autre… et pas nécessairement toujours à cause de notre embonpoint…

17

Jacquie et Aimé

JACQUIE AVAIT PEINE À CROIRE que le bonhomme la draguait! Une lueur enjouée alluma son regard. Marie-Ève en crèverait de rire. Et puis elle se dit que peut-être que non. Sa grande Marie n'avait pas le rire facile. Encore moins depuis ce diagnostic de diabète. Dès l'atterrissage, il lui fallait l'appeler pour lui dire comment le voyage s'était déroulé. Si elle avait bien mangé. Quoi? Rien de défendu au moins? Avait-elle ressenti des palpitations? Des étourdissements? Autres symptômes inquiétants? L'avait-on bousculée, menacée de quelque façon? Bref, faire le premier de nombreux rapports qu'elle aurait à soumettre pendant les six semaines à venir.

Et si elle la laissait languir pour une fois?

Jacquie se sentait étrangement libre. Délestée de tout poids autoritaire. Toute légère. Curieuse sensation pour une obèse. Elle avait l'impression que dès qu'elle mettrait le pied sur le sol africain, elle pourrait s'élever de terre par lévitation. Comme la Sainte Vierge à son ascension. Son seul souci? Ce qu'elle mangerait. Elle avait effectué des recherches sur le web pour voir ce qu'on offrait comme bouffe là-bas. Dans les grandes villes béninoises, il semblait que le menu était le même qu'au Canada:

sandwich, pizza, hamburger. Du moins dans les hôtels et restaurants. Cependant, elle ne serait pas logée dans une grande ville, mais à Bacouany. Petit village qui n'était même pas indiqué sur la carte. Il fallait donc s'attendre à un menu local. Tony l'avait dit d'ailleurs lors de sa présentation.

En quoi consistait la nourriture des Béninois de campagne? Retour au web. L'igname revenait le plus souvent à titre de mets quotidien. D'après les sites consultés, il s'agissait d'un tubercule qui ressemblait à une grosse patate aux formes étranges. On parlait de goût farineux. Jacquie fit la moue. Pas nécessairement appétissant! Une bouchée de farine, ça faisait pâteux. Apparemment, ces légumes se mangeaient pilés, rôtis, soufflés ou frits. «Aimerait-elle?»

— Jacquie Chelon!

Elle avait sursauté sur sa chaise. Absorbée dans sa recherche, elle n'avait pas entendu arriver Marie-Ève.

— Si tu penses que tu vas te rendre jusqu'en Afrique pour te bourrer la face de ce légume qui est aussi engraissant que nos patates, tu te trompes. Ton diabète? Qu'est-ce que t'en fais?

— Voyons, Marie! Je me renseignais, c'est tout.

Parce que sa Marie était trop susceptible, Jacquie s'était assurée, par la suite, de continuer sa quête d'information lorsqu'elle était seule. Heureusement, car elle avait trouvé des sites qui donnaient comme denrée courante de la viande de rat, photos incluses. «Ugh!» On y voyait des vendeuses béninoises portant sur la tête de grandes assiettes remplies de petites boules de chair roses et rondes. Il semblait que les fesses des rongeurs étaient les morceaux prisés. Avertissement en bas de page: puisqu'on brûlait ces animaux pour faire disparaître leur fourrure, il arrivait qu'il restât quelques poils. «Beurk! Si c'était là le menu, c'était définitif, elle maigrirait!»

Le rat, par ailleurs, n'était pas la seule viande disponible. On parlait de volaille (défendue par Marie à cause de la grippe aviaire), du poisson (devait être frais!) et de l'agouti. Retour au web. Agouti: rongeur qui ressemble au cochon d'Inde, «double beurk!» Elle lut aussi qu'on y mangeait parfois du chat, «triple beurk!» Et fin au chapitre. Elle avait pris la décision de se convertir au végétarisme pour la durée du voyage. Au moins, il y avait le riz, maïs, arachides, pâtes, haricots, tapioca, ananas, bananes et plantain.

Au cours de ses recherches, elle avait trouvé beaucoup de détails captivants sur le minuscule pays. Elle s'était surtout intéressée aux antiquités. Après avoir satisfait sa curiosité quant à la nourriture, bien sûr.

Jacquie s'était emballée. Le Bénin était riche en art africain. Art en demande grandissante sur le plan mondial. Les sculptures, notamment, avaient retenu son attention. Les sites en regorgeaient. On y trouvait idoles, reliquaires, poupées, bijoux, décorations, instruments de musique et plusieurs autres façonnés à partir de matériaux aussi divers que la pierre, le bois, l'ivoire, la terre cuite, le fer, le cuivre, le bronze, l'or et l'argent. Elle rêvait de dénicher un de ces masques d'ébène, sculpté dans ses moindres détails, marqué par l'âge, vieilli à la perfection. Sa Marie serait aux anges. Et si fière d'elle! Elle comptait sur cet intérêt emballant pour tromper cette maudite faim qui lui dévorait les entrailles jour et nuit.

Une ombre passa sur son assiette. Jacquie tressauta. Une main lui effleura un sein.

— Oh! Pardon! Excuse-moi! Yiou! Je ne voulais pas…

— Aimé!

Il restait là, penaud, clignotant des yeux, debout dans l'allée, lui tendant son dessert aux pêches.

— Tu... Tu le veux? Je n'ai plus faim.

— Oui... merci.

Elle tendit la main pour prendre l'assiette tout en surveillant le membre voltigeur. Le bonhomme sourit, repentant. Jacquie en eut pitié. « Ce devait être humiliant de vivre ainsi à la merci d'un tel bras.» Elle lui rendit son sourire pour montrer qu'elle ne lui tenait pas rigueur. Il reprit ses fauteuils et, pendant qu'elle engloutissait ce deuxième dessert, il se mit à lui lire des bouts de paragraphes d'un manuel intitulé *L'Afrique du Nord-Ouest*. Lecture ponctuée de marmottements, jappements bizarres, grands sourires amicaux et commentaires personnels.

— ... Bénin... mbl... mbl... ancien royaume du Dahomey, comprend une superficie de cent quatorze mille kilomètres carrés...

Il s'arrêta, réfléchit et enchaîna :

— ... comparé à l'Ontario qui en fait plus d'un million. On pourrait mettre neuf Bénin dans notre province. Yiou! mbl... mbl... population de 6,3 millions d'habitants... tandis que chez nous, laisse-moi voir... oui, fuckaille! 12,5 millions.

Médusée, Jacquie aurait aimé savoir où il prenait ces données sur l'Ontario. Ce ne pouvait être dans le manuel.

L'agent de bord revint pour ramasser les restes du repas et offrir un digestif. Immédiatement, Aimé lui demanda ce qu'elle aimerait et paya sa consommation. Pendant qu'elle sirotait sa crème de menthe, il continua sa lecture à haute voix.

— mbl... mbl... Langues parlées : le français, le fon, le yoruba. Taux d'alphabétisation : trente-six pour cent. Pas trop impressionnant, hein?

Tentait-il de lui en imposer par ses connaissances? Difficile à déterminer avec ces curieuses grimaces et ces explétifs.

— mbl… Quarante pour cent des Béninois vivent en dessous du seuil de la pauvreté… mbl… Trente-cinq pour cent des enfants de moins de cinq ans souffrent de malnutrition. Yiou!

Il vérifia si elle le suivait toujours. Constata que c'était le cas et poursuivit.

— Pas d'eau potable… nombreux problèmes sanitaires… infrastructures insuffisamment développées… Dix-huit pour cent seulement… accès à un service de santé… mbl… mbl… Économie basée sur l'agriculture… manioc, sorgho, coton…

«Quel curieux bonhomme! Le capitaine Haddock l'aurait traité de véritable olibrius», pensa Jacquie.

18

Françoise et Daniel

—Tiens, mon oncle Dan, prends ceux-là aussi. Ça me fait pus.

— Certain, mon homme?

— Oui. En as-tu assez? Parce que 'garde, j'en ai d'autres.

— Non, non. C'est bon. J'peux pas prendre toutes tes affaires, 'Ti-loup.

—Mon père a dit que je pouvais donner tout ce que je voulais. Maman a dit qu'elle était d'accord. Pis c'est la même chose pour ma tante Joanne, ma tante Lori pis mon oncle Yvan. Maman a dit que t'en as besoin de beaucoup pour apporter dans ton voyage. C'est-tu vrai que les enfants là-bas se promènent tout nus? Parce que, tiens, apporte-leur des bobettes au moins. 'Garde, j'en ai en masse.

Daniel éclata de rire. Son neveu fouillait à grands tours de bras dans ses tiroirs et lui remettait tout ce qui s'y trouvait en babillant sans arrêt. Depuis qu'il avait confié à sa famille qu'il partait pour l'Afrique et mentionné son désir d'aider les enfants là-bas, on s'était passé le mot pour remplir plusieurs malles de vêtements d'enfants. Sa mère s'était exclamée:

— Cher Dan, va! C'est ben comme toi. Toujours le cœur su'a main. Quand c'est que tu vas te décider à me donner des petits-enfants à ton tour?

— M'man, commence pas…

— C'est Fran, j'suppose, qui veut pas?

— Tu sais que…

— Quand c'est que tu vas te décider, mon Dan?

— Disons que je me donne les six semaines qui viennent. Après, je t'en reparlerai…

— C'est-tu une promesse?

— Je… pense que oui.

Les larmes aux yeux, sa mère lui avait saisi le visage à deux mains et l'avait embrassé sur le front.

— À quoi tu penses mon bel ursus en pluche?

Ursus? Non, mais elle les prenait où ces maudits mots-là? Daniel jeta un regard autour de lui pour voir si on l'avait entendue. Il semblait bien que non. Du moins, il n'avait détecté aucun coup d'œil moqueur. Il remercia le ronronnement du moteur qui assourdissait les conversations et répondit.

— À rien.

— Voyons donc! Ça ne se peut pas, penser à rien.

— Tu m'as pas laissé finir. Je pensais à rien *d'important*.

— Comme?

— L'histoire du Bénin.

— Quelle histoire?

— Ben l'histoire… comme l'histoire du Canada.

— Qu'est-ce que tu en sais?

— Assez. J'ai lu…

— Ouais, pendant que tu lisais, c'est moi qui faisais les valises.

Le cœur lui manqua.

— Minoune, t'as pas…

— Ben non, inquiète-toi pas, mon gros lard, tes guenilles pour les enfants sont encore là.

Ouf, il respira. Il s'agissait là des petites joies auxquelles il aspirait pendant le mois et demi à venir. Il comptait distribuer un à un les t-shirts, jeans, bobettes, bas et sandales qu'il avait glanés un peu partout. Françoise sourit méchamment.

— Tu as eu peur, hein?

— Ben... oui. Su' l'coup. Mais j'sais ben qu'tu m'aurais pas fait ça.

Daniel avait lu et relu le dépliant promotionnel. Les visites culturelles l'intéressaient au plus haut point. Deux endroits en particulier avaient retenu son attention : Ouidah, le centre du culte au serpent et Ganvié, une agglomération construite sur pilotis au cœur de la région côtière, couverte de marécages inhospitaliers et infectés de moustiques. Une lueur brilla dans son regard.

19

Gaétan

—Vous pensez pas que j'devrais y aller, m'sieur le curé? C'est même pas deux mois! Vous pouvez vous passer de moi pour six petites semaines! Avec ma grande foi et mes talents de *pradicateur*, j'pourrais gagner plusieurs âmes à Dieu, vous croyez pas?

Le père Lurand avait fermé les yeux, pris une longue respiration et s'était passé la main dans les cheveux. Gaétan avait l'impression que le prêtre ne comprenait pas ses bonnes intentions. Celui-ci savait pourtant qu'il avait toujours souhaité devenir missionnaire et que, n'eût été sa femme devenue enceinte «avant l'temps», c'est-à-dire avant le sacrement du mariage, il serait actuellement en Afrique, se dévouant auprès des pauvres.

—Qu'en dit Claire?

Il avait dû ravaler le nœud dans sa gorge avant de répondre.

—Ma Claire? Que voulez-vous qu'elle dise? Elle sait bien que j'dois être aux affaires de mon Père.

Le prêtre avait levé les yeux au ciel et s'était exclamé:

—'Tit Jésus de chrysostome!

Gaétan avait sursauté. Le prêtre avait de ces expressions qu'il ne saisissait pas toujours.

—Mais c'est un voyage d'amaigrissement, Gaétan. As-tu l'intention de te mettre au régime?

— Ben non! Pantout! J'suis très correct de ma personne. N'est-ce pas Dieu qui m'a fait ainsi?

— Donc, tu projettes de te faufiler sous de faux motifs? Ça frise un peu le mensonge, tu ne penses pas?

— Pas nécessairement. Une récolte d'âmes vaut bien un petit *suberfuge*, vous trouvez pas, m'sieur le curé?

Maurice Lurand s'était contenté de se lever pour indiquer que l'entretien était terminé.

— Mesdames et messieurs, nous abordons notre descente à Cotonou, veuillez…

La voix tira Gaétan de son sommeil encore une fois. Exaspéré, il bougonna à mi-voix : quand ce n'est pas le pilote qui *baragousse* dans le microphone, face de bouette, c'est l'agent de bord qui veut quequ'chose!

Puis, il s'admonesta, se disant qu'il ne s'agissait pas d'un voyage de plaisir, mais d'une mission pour le Christ. Et pour Claire.

Il jeta un regard par le hublot et vit un scintillement de lumières qui s'étendait à des kilomètres à la ronde. Il en ressentit une grande déception et se demanda où était ce tiers-monde pauvre et démuni qu'il comptait évangéliser? Si Cotonou était une métropole industrielle avec écoles, églises, hôpitaux et universités, qu'aurait-il à faire ici, lui qui avait rêvé de prêcher aux humbles, aux déshérités et aux analphabètes?

À partir de l'image de mère Teresa, il s'était construit tout un scénario où il jouait le rôle de prêtre missionnaire. Certes, il ne se voyait pas dans le même contexte exactement et il ne s'attendait pas non plus à cette ville moderne qu'il survolait. Toutes ces lumières! Lui qui avait cru que l'électricité poserait problème.

À la papeterie, où il travaillait à titre de machiniste-soudeur, il avait tenté par tous les moyens de répandre la Bonne Nouvelle, mais ses efforts n'avaient pas donné les résultats escomptés. Ses collègues n'étaient pas intéressés. Il lui était arrivé parfois de capter des sourires en coin lorsqu'il parlait du Christ. Il croyait même avoir entendu l'expression « maudit faux prêtre » à quelques reprises. Puis, il avait conclu que Claire avait probablement raison; il devenait paranoïaque, mot qui, selon elle, voulait dire qu'il s'imaginait des choses.

Gaétan admettait avoir une bonne imagination. En fait, il se voyait dans un petit village africain où il impressionnait les habitants par son exemple de dévouement et de charité. Les gens comptaient sur lui pour tout. On le consultait en matière de religion, santé, éducation, finances. C'était une vie tellement plus valorisante que celle qu'il vivait présentement où il devait se contenter de réparer et maintenir des machines.

Il regarda devant lui. Vit les têtes se trémousser. Comme lui, ses compagnons de voyage se bataillaient avec leur ceinture afin de parvenir à la boucler. Quelques jurons étouffés retentirent dans le ronronnement sourd des moteurs. Peiné, il se questionna à savoir pourquoi les gens s'en prenaient toujours à Dieu quand les choses n'allaient pas.

L'appareil perdit subitement de l'altitude et Gaétan sentit son cœur flancher. Une sudation à odeur désagréable lui couvrit le corps. Il remercia le ciel que Claire ne l'accompagne pas, car elle lui aurait encore reproché de s'être mal lavé.

L'avion descendit ensuite graduellement, visant la piste entre deux rangées de feux rouges. Ploc! Ploc! Les roues tressautèrent sur le sol africain. Il sentit ses joues ballotter et son estomac faire des pirouettes. L'appareil se stabilisa et roula jusqu'à l'aérogare.

— Bienvenue au Bénin, mesdames et messieurs.

Tony fut le premier à se lever, sa planchette en main. Gaétan lui trouva la mine fatiguée. Le jeune homme était certainement frustré de devoir les accompagner.

— Votre attention, s'il vous plaît. Soyez prêts à présenter votre passeport, visa et preuve de vaccination aux autorités. Après les formalités d'usage, veuillez vous rassembler devant la porte de sortie où un autobus attendra pour nous conduire à l'Hôtel de la Côte. Voici l'horaire des prochaines journées : demain en matinée, repos. À deux heures, rencontre dans le hall de l'hôtel, pour le début de la visite officielle de Cotonou. Après demain, deuxième partie de la tournée. Lundi matin, huit heures précises, départ pour Bacouany.

Un applaudissement accueillit ces paroles et les voyageurs se mirent à faire des efforts pour se lever. Gaétan dut s'agripper à deux mains au dossier du fauteuil devant lui pour s'extirper de son siège. Quand enfin il réussit à se hisser debout, il piétina pour faire descendre les jambes de son pantalon coincées en accordéon autour de ses grosses cuisses.

Un air horriblement chaud et humide, saturé d'une odeur tropicale indéfinissable, l'accueillit quand il émergea de l'avion. Il s'arrêta en haut de l'escalier pour reprendre haleine et goûter à ce moment extraordinaire. «L'Afrique! Il était en Afrique!» Il y avait si souvent rêvé, avait si longuement cru qu'il y dédierait sa vie. Dieu en avait décidé autrement, par le biais de Claire. Et de Benoît. Son fils Ben qui avait quitté le foyer sur un coup de tête à dix-neuf ans pour aller vivre sur une ferme en Alberta avec un groupe de polygames. Il ne voulait pas y penser. La blessure était encore trop douloureuse. Il soupira : «Six semaines. Dieu lui donnait six semaines. Serait-ce assez?»

Tony, debout au pied de l'escalier, le tira de ses réflexions.

— Gaétan! Gaétan? Viens-tu?

Dans la pénombre, Gaétan vit ses collègues fatigués clopiner en file vers l'aérogare, un long bâtiment de briques à deux étages qui ressemblait plutôt à un modeste entrepôt, ce qui le rassura. Il suivit les derniers passagers qui mettaient lourdement le pied à terre. À l'entrée, un bonhomme plus noir que du charbon les enjoignait à grands signes de bras à s'aligner devant deux comptoirs à guichet.

— Par ici, mesdames et messieurs, par ici.

Malgré l'heure tardive, la place grouillait de monde. Il faisait chaud à mourir. Les pales fatiguées d'un ventilateur sur pied brassaient un air rassis. Gaétan se reprit à espérer. Cette scène était beaucoup plus conforme à l'idée qu'il s'était faite du pays. Il souhaita, néanmoins, que l'autobus et surtout l'hôtel soient munis de climatiseurs.

Des policiers à l'expression hébétée ouvrirent de grands yeux à la vue de ce groupe étonnant. Puis, ils reprirent leur air impassible et se mirent à distribuer des formulaires en répétant sur un ton ennuyé :

— Numéro de passeport, numéro de vol, provenance, mesdames et messieurs. Par ici s'il vous plaît. Numéro de passeport, numéro de vol...

Papiers en main, Gaétan jeta un coup d'œil autour de lui.

Il vit que le médecin semblait avoir adopté la jeune fille dont la mère avait fait toute une scène avant l'embarquement. Il avait oublié son nom, « Rhino » ou quelque chose du genre. D'après lui, les parents donnaient les noms les plus bizarres à leurs enfants, aujourd'hui. Presque aussi surprenants parfois que ceux qu'on donnait aux chevaux de course !

Le couple marié s'était laissé choir sur le premier banc disponible en entrant. La femme houspillait le mari à voix basse. Gaétan devina à l'expression de l'homme que celui-ci était à bout. Il le vit se lever soudainement et jeter d'une voix désespérée : « Coudon, Minoune, j'peux pas faire plus ! Faut attendre notre tour ! »

Il tourna son regard du côté de Roselle et Dorys. « Deux belles femmes ! » Elles discutaient de mode en examinant discrètement quelques Africaines massées dans un coin derrière un grand homme maigre, bâton en main, à l'aspect sinistre.

Aimé, le participant qu'il considérait comme un véritable «craquepote» et qu'il avait secrètement nommé «le matou en chaleur», suivait Jacquie. Celle-ci dévorait une *Kit Kat* à belles dents. Gaétan zieuta son gigantesque fourretout : était-il bourré de chocolat? Pourquoi s'inscrire à ce voyage alors? Il se souvint que Claire avait lu quelque part que plusieurs obèses mangeaient pour combler un vide psychologique. L'idée le remplit d'un fort sentiment d'aise : pourquoi ne pas proposer de combler ce vide avec Dieu? Il décida d'en discuter avec cette femme pendant le séjour.

Pendant qu'il songeait comment il pourrait s'y prendre, il vit le bras d'Aimé planer dans les airs et atterrir avec la précision d'un pilote des *Snowbirds* sur la fesse gauche de sa compagne. Celle-ci tressaillit, poussa un croassement de corneille apeurée et laissa tomber sa tablette de chocolat. Aimé rattrapa le membre coupable et se mit à émettre des excuses ponctuées de ses yiou retentissants tandis que les policiers se rassemblaient comme des vautours autour du couple, matraques levées.

— Qu'est-ce qui se passe ici? Madame? Cet homme vous a agressée?

La bouche bourrée de chocolat fondu, Jacquie se mit à faire de vigoureux signes de négation et s'étouffa. Son visage tourna au violet. Elle se mit à tousser et à cracher. Quelqu'un réclama :

— De l'eau, de l'eau!

Un des policiers s'amena au pas de course avec un verre d'eau qu'il tendit à la femme. Celle-ci hésita le temps d'une seconde puis saisit le verre et but une longue gorgée de ce liquide dont elle ne connaissait pas la provenance. Hoquetant, les yeux pleins de larmes, se tapant la poitrine, elle remercia l'homme. Ce dernier la poussa gentiment de la main.

— Par ici, madame. Venez. Venez vous asseoir un moment.

Le policier jeta un regard noir à Aimé qui, toujours agrippé à son bras, se coula en douce dans la file près du guichet le plus proche. C'est alors qu'une vive altercation éclata.

— Renoir! Renoir Girondais! Rends-moi immédiatement mon tampon!

— Mais… mais, je ne l'ai pas!

— Mon tampon a disparu. Il n'est certainement pas parti de son propre chef faire une petite balade en mer.

— Et tu crois que c'est moi qui l'ai pr…

— Qui vient toujours effrontément fouiner dans mon tiroir?

— Mais…

— Et qui, sinon toi et pas plus tard qu'hier, s'est servi de mon agrafeuse sans permission?

— Mais…

Le ton montait. Éberlué Gaétan ne comprenait pas pourquoi les deux préposés se disputaient pour un tampon. Il étira le cou pour mieux voir. Les deux hommes s'engueulaient à partir de leur cagibi vitré. Alertés, les policiers délaissèrent la femme qui venait de s'étouffer pour converger vers cette nouvelle occurrence.

— Qu'est-ce qui se passe ici? Les gens attendent. Allez, faites avancer ces files!

— Comment voulez-vous que j'estampille les passeports sans tampon? Renoir me l'a pris!

— Salaud! M'accuser ainsi! Tu vas me le payer!

Avant que les préposés n'en viennent aux coups devant les voyageurs médusés, une femme sortit d'un bureau adjacent et s'amena avec un tampon qu'elle donna au plaignant. La file se remit à avancer. Karinette dont le passeport venait d'être estampillé suivit un des policiers qui lui indiquait une porte à gauche.

— Par là, mademoiselle, pour les bagages.

La fille lui fit un grand sourire et se dandina jusqu'à l'endroit désigné. Ce fut ensuite au tour du médecin à s'y diriger, suivi à tour de rôle des autres voyageurs. Gaétan transpirait à grosses gouttes quand enfin il se retrouva devant le carrousel dans une pièce bondée et surchauffée elle aussi où fourmillait une armée de porteurs en chemise jaune. Immédiatement, un petit homme à l'allure d'un gnome, le visage ratatiné comme une noix, l'accosta.

— Bagages, môssieur?

— Mes bagages?

Le petit homme fit signe que oui, tout en guettant du coin de l'œil quatre collègues qui avaient vite entouré ce client potentiel. Avant que Gaétan n'ait le temps de donner son accord, le gnome porteur avait chassé la compétition et s'était attaché à ses pas.

L'attente fut interminable. «Pourquoi ne déchargeait-on pas l'avion?» Impatienté Gaétan pensait que ce n'était pas comme si l'appareil se trouvait à des kilomètres de là; il pouvait le voir par les grandes fenêtres, couché à côté de l'immeuble comme une baleine blessée, soutes grandes ouvertes. La piste grouillait de travailleurs, mais toujours pas de valises. Les voyageurs se tournèrent vers Tony en maugréant. Celui-ci quitta la pièce d'un air décidé pour revenir du même pas.

— Quelques minutes, seulement, mesdames et messieurs.

Gaétan poussa un long soupir. «Enfin!» Il ne se doutait malheureusement pas, tout comme ses collègues d'ailleurs, que les minutes africaines n'avaient pas la même valeur numérique que les minutes canadiennes. Lorsque finalement, après plusieurs incursions auprès des autorités de la part d'un Tony excédé, la première malle glissa sur la courroie, les gens étaient épuisés et de mauvaise humeur. Tony était furieux. Qu'à cela ne tienne, ils devaient encore passer aux douanes. Tous maintenant regrettaient de s'être embarqués dans cette maudite aventure.

Les porteurs traînèrent les bagages aux douanes où les policiers se mirent à les marquer à la craie. Dieu merci, aucun ne choisit de les ouvrir. Et finalement Gaétan se retrouva dans l'autobus, air conditionné inclus, en route pour l'Hôtel de la Côte. Il était trois heures du matin. «Simonac!»

20

Daniel

FRANÇOISE ÉTAIT MORTE. Et le *zem* n'avait même pas ralenti. La moto continuait sa route en pétaradant, soulevant des nuages de poussière, effrayant marchands, acheteurs, piétons, enfants, mendiants, chiens, chèvres et poules.

Un attroupement se forma aussitôt autour d'eux pendant qu'un vieillard qui avait observé la scène se mit à gesticuler et crier à tue-tête en le pointant du doigt. Terrifié, Daniel jeta un regard circulaire autour de lui. Aucun policier. Aucun visage familier. Il se pencha sur sa femme.

Et puis, non. Le corps massif, affalé sur la route, frémit telle une masse gélatineuse et Françoise, les lunettes de travers, le visage maculé de la terre rougeâtre du marché, ouvrit les yeux. D'une voix tremblante, Daniel demanda :

— Minoune ? Minoune ? M'entends-tu ?

Elle gémit et tendit la main vers lui avec effort. Il la lui prit.

— Es-tu capable de bouger ?

Elle lui jeta un regard hébété. Des sueurs froides lui couvrirent le dos malgré la chaleur écrasante : sa femme avait-elle subi un choc au cerveau ? Si elle était frappée d'incapacité pour le reste de ses jours ?

— Minoune ? Es-tu capable de parler ?

—Elle fit signe que oui en se raclant la joue sur sol durci.

—Dis-moi où t'as mal. Penses-tu que t'as quequ'chose de cassé?

—N... on.

—Bon ben, viens, j'vas t'aider à te l'ver.

Il la prit par la taille et, dans un puissant effort, tenta de l'amener à s'asseoir. Impossible. Encore sous le choc de l'impact, elle ne s'aidait pas. Deux hommes quittèrent alors le cercle des spectateurs et vinrent à son secours, l'un soutenant les épaules, l'autre faisant suivre les jambes tout en tirant sur la jupe pour cacher les cuisses exposées aux regards des passants. Ils parvinrent à la dresser sur son séant. Elle chancela quelque peu, mais réussit à rester assise. Une femme qui s'était empressée de ramasser le grand sac de toile qui avait atterri plus loin le tendit à Daniel. Il le tâta. Il semblait plein. «Ouf!»

Le vieux gueulard, devenu enragé, s'avança en glapissant de plus belle. Il sembla à Daniel que les gens commençaient à s'intéresser à ses propos. Il entoura alors Françoise de ses bras et lui murmura à l'oreille:

—Viens, lève-toi avant qu'ça tourne mal. Y zieutent tes bijoux pis j'ai l'impression qu'y savent que le sac est plein d'argent. J'pense que le vieux là nous a vus le bourrer de francs CFA à la banque. 'Garde, y'a un restaurant juste là. Viens, on va s'asseoir un peu.

Ébranlée, Françoise grommela:

—Qu'est-ce que ça veut dire encore CFA?

—Communauté financière africaine.

—Et on en a eu combien pour un dollar?

—Quatre cent soixante.

—Ils sont encore tous dans le sac?

— Je pense que oui.

— Compte-les.

— Pas ici, Minoune! Ça pourrait être dangereux.

Daniel examina leur entourage. Après les avoir observés avec curiosité à leur arrivée, les dîneurs ne semblaient plus s'intéresser à eux. Quand même, mieux valait être prudent. Françoise continua sur le même ton agressif.

— Ça va être fatigant de traîner un pareil paquet d'argent tout le temps.

— On n'a pas le choix, Mine. Les cartes de crédit pis les chèques de voyage serviront à rien à Bacouany. Pis les guichets automatiques, faut pas y penser.

— As-tu vérifié tes poches? Ton portefeuille?

— Oui, oui, tout est là. On a été chanceux.

— Parle pour toi-même gros bélouga. Regarde-moi. Je suis toute sale, toute dépeignée, les bras égratignés, la jupe toute tachée.

— Ça aurait pu être pire…

— Ils ne regardent pas où ils vont ces maudits conducteurs-là?

— Y conduisent tous comme des maniaques. Faut faire attention.

— Attention! Attention! On m'a poussée!

— Voyons don'!

— J'ai senti une main me pousser devant ce maudit *zem*!

— La rue est pleine de monde. Quelqu'un t'a bousculée, en passant, sans faire exprès.

— Sans faire exprès! Je te dis, gros dino, que quelqu'un m'a poussée.

Une expression de crainte envahit subitement son regard et elle s'exclama :

— Mon Dieu! Penses-tu qu'ils seraient prêts à… à… tout pour nous voler?

— J'pense pas ; 'garde y nous ont redonné ton sac. Écoute, y'a rien qu'on peut faire, asteure. T'es toute correct. Oublie ça. Qu'est-ce que ça te tente de manger pour souper ?

Françoise lui jeta un regard noir, ouvrit le menu placé devant elle et commanda du poulet rôti, du riz, des frites, du pain, une limonade sur glace et deux beignes pour dessert. Daniel se contenta d'un hamburger et d'une bière froide. Françoise déclara :

— Je vais aller essayer de réparer les dégâts en attendant.

— C'est ça Mine. Prends ton temps.

— J'espère que les salles de bains sont propres, au moins. Ce que j'ai vu dans les rues et les places publiques…

— Pas si fort ! Les gens parlent français ici.

— Français ! Faut le dire vite. Avec leur bouche en cul-de-poule, je ne comprends pas la moitié de ce qu'ils disent.

— Quand même…

Daniel resta seul à la table. Mains tremblantes, il prit une gorgée de bière tout en observant l'activité à l'extérieur. On aurait dit un nid de fourmis menacé. Les gens arrivaient de partout, se dirigeant sans but semblait-il dans toutes les directions, louvoyant nonchalamment entre camions, autos, motos, bicyclettes, charrettes et brouettes, sous une chaleur insoutenable. Le soleil, véritable gril chauffé à blanc, plombait encore sans merci, même à cette heure-ci. Les émanations puantes des milliers de *zemidjans*, ces fameuses motos-taxis qui zigzaguaient partout et dont un avait presque tué Françoise, rendaient l'air irrespirable.

La journée précédente, ils avaient participé à la tournée organisée et visité plusieurs sites touristiques, dont la Place des Martyrs. Ce matin, ils avaient vu le Port de Cotonou et la superbe plage de Fidjrossè pour ensuite s'arrêter à la *Financial* pour l'échange de devises. Après quoi, avec force avertissements de se méfier des voleurs à la tire et autres maraudeurs, chacun avait été libre de faire à sa guise. Puisqu'on avait fortement recommandé le célèbre marché Dantokpa (vingt mille stands et plus de trente mille marchands ambulants, mesdames et messieurs!), Françoise et lui s'étaient frayé un chemin parmi la foule compacte du boulevard Saint-Michel.

Ils avaient été surpris par le contraste entre l'ancien et le moderne dans ce pays qu'ils trouvaient étrange. Le boulevard était large, aéré, flanqué à la fois d'imposants immeubles, petits commerces en béton et huttes de terre. Des hommes en habits et cravates bavardaient ici et là dans leur cellulaire tandis que d'autres, vêtus de cafetans et coiffés de chapeaux ronds et plats, flânaient en compagnie de gracieuses Africaines en robes fleuries, balançant sur leur tête des paniers remplis de produits de toutes sortes.

Les ventes se faisaient à partir de boutiques variées : kiosques, tentes de toile, parasols où simples paniers installés par terre au bord de la route. Des objets d'art ancien, tam-tams, calebasses, paniers, tapisseries et couvertures faites sur place côtoyaient journaux, piles, ampoules électriques, ustensiles de cuisine, cassettes et CD tant d'artistes locaux qu'étrangers et autres objets hétéroclites.

Chaque pas apportait une odeur nouvelle, parfois captivante comme le parfum des comptoirs de produits de beauté ou le fumet délicieux de mets inconnus, grillés sur braseros à charbons, parfois intéressante comme l'arôme exotique des épices, fruits, légumes, fromages et remèdes, parfois carrément dégoûtante comme les effluves nauséabonds des poissonneries et charcuteries où pendaient des viandes sanguinolentes, impossibles à identifier.

Daniel sourit au souvenir d'une pancarte aussi surprenante qu'amusante. Il s'agissait d'un panneau d'interdiction fiché parmi le fouillis d'affiches publicitaires lequel présentait une silhouette humaine accroupie, occupée à faire ses besoins par terre. On y lisait en grosses lettres « Pas de matières fécales ». Il en avait pris une photo souvenir à la sauvette pour son neveu. Il aurait bien aimé faire de même pour les féticheurs qui vendaient des recettes pour l'acquisition du bonheur, de la richesse ou de la connaissance de l'avenir; tout comme il aurait souhaité photographier les étalages d'os, de grenouilles croupissant dans des bassines, de crânes de singes, de paniers débordants de becs d'oiseaux et de caméléons vivants ou séchés; toutefois, cela était interdit sans autorisation préalable et souvent moyennant une somme d'argent.

Partout dans ce bazar, le marchandage était de mise. Puisqu'on recommandait de ne jamais accepter le premier prix, Françoise s'était fait un plaisir de discuter les coûts proposés. Les vendeurs ne se montraient jamais agressifs. Même lorsqu'elle avait décidé de ne rien acheter, ils avaient continué à sourire. Enchantée de constater la popularité du boubou, elle en avait choisi plusieurs en gloussant devant le vendeur : « Ça va être pratique à Bacouany, hein, mon gros jambon ? »

Et, comme il songeait à elle, Daniel l'aperçut qui revenait justement vers lui, s'accrochant aux tables. « Une Françoise bien en chair et, malheureusement, toujours vivante, ciboîte ! » Une colère froide l'envahit à l'idée que c'était pour cette vipère malavenante qu'il avait délaissé son rêve de devenir un lutteur de sumo. « Le sumo requiert non seulement de la force, mais également une grande souplesse», avait-il lu dans une revue sportive. Il les possédait ces attributs dans sa jeunesse. Avant Françoise. Le sentiment de haine qu'il tentait de refouler depuis longtemps remonta violemment à la surface. Comme il la haïssait! Pourquoi n'avait-il pas écouté sa mère? Elle l'avait averti que ce n'était pas une femme pour lui. Son cœur de mère avait pressenti la méchante sous les belles paroles et les gestes d'amour hypocrites. Même encore, elle ne cessait de l'exhorter: «Laisse-la don', Dan; tu l'sais qu'a t'aime pas. A rit tout le temps de toué pis même, a te tapoch...» Il l'arrêtait toujours avant qu'elle ne dise ce qu'il ne voulait pas, ce qu'il ne pouvait pas, entendre.

Il était gros. Il avait toujours été gros. Tout au long de son enfance, on s'était moqué de lui. On le traitait de «gros canot» à cause de sa démarche chaloupée. Il avait donc tenu pour acquis qu'il n'aurait jamais d'amie de cœur. Alors, bien sûr, quand il avait rencontré Françoise, il s'était cru au ciel. Elle lui portait attention, ne le ridiculisait pas, le trouvait charmant! «Lui! Un homme charmant!» Convaincu que jamais pareille chance ne se reproduirait, il avait abandonné ses ambitions et l'avait demandée en mariage quatre mois après leur premier rendez-vous.

Et voilà qu'il avait tenté de la tuer. Lui, un homme habituellement si doux. Daniel, un meurtrier! La tentative avait échoué, mais qu'arriverait-il si d'autres occasions se présentaient? En Afrique, les services de police et de sécurité n'étaient pas aussi efficaces qu'au Canada... Heureusement, car Daniel était certain que le vieux braillard l'avait vu faire.

21

Tony

« MAUDITE MALCHANCE ! » Harvey Prentice ne s'était pas montré. Tony devait le rencontrer dans le hall de l'hôtèl, cet après-midi à seize heures. Il était dix-huit heures dix et toujours pas de Harvey.

Coordonnateur du projet de construction pour Mission Maisons, ce dernier était censé avoir organisé le transport de ses clients de Cotonou à Bacouany : manque de communication ? Erreur de la part de Ti-Bob ? Ou un autre coup bas de ce Morris de malheur ?

N'ayant pas prévu une telle éventualité, Tony n'avait pas de numéro de téléphone pour joindre le bonhomme. Il jura à haute voix : n'y aurait-il rien qui irait de l'avant sans problème dans ce voyage de merde ? Il serra les poings, sachant qu'il lui faudrait maintenant se démener comme un diable dans l'eau bénite pour louer des minibus ou s'enquérir au sujet de billets pour le train.

— 'Tonin !

Il fit volte-face si rapidement qu'il faillit tomber.

— Isabelle ? Mais… mais qu'est-ce tu fais ici ?

Tout aussi ébahie, la jeune fille jeta :

— Je travaille.

— Tu travailles ?

— Ben oui. Comme tu vois.

À deux mains, elle indiquait ses vêtements. Tee-shirt et short de coton vert armée étaient couverts de poussière. Même la visière de sa casquette était tachée. Ses grosses bottes de travail à semelles épaisses avaient laissé des traces de boue derrière elle.

— Veux-tu me dire d'où tu sors comme ça?

— J'arrive de Bacouany, avec des amis. Nous étions à défricher et…

— Bacouany? Pas sérieuse!

— Tout ce qu'il y a de plus sérieux.

— Tu défrichais?

— Oui. Je participe à un projet de Mission Maisons. Le patron, Harvey, m'a demandé de le remplacer à la dernière minute et…

— Harvey! Prentice?

— Celui-là, oui. Tu le connais?

— Non. Oui. C'est-à-dire que je devais le rencontrer ici cet après-midi et…

Un éclair de compréhension alluma le visage de la jeune fille et, stupéfaite, elle s'exclama :

— Tu veux dire que c'est *toi* qui accompagnes ce groupe de Canadiens obèses qui vient nous donner un coup de main?

— Oui. Oui, c'est bien moi…

Elle se mordit la lèvre inférieure. Geste qui, chez elle, était signe de réflexion. Il fut surpris de constater que cette mimique avait toujours le pouvoir de lui remuer l'intérieur.

— On m'avait donné le nom de Robert Jasmer.

— Ti-Bob, oui. C'est une longue histoire. Mais… toi? Mission Maisons? Je te croyais partie à…

Il décrivit un grand geste de la main comme pour englober la terre.

— … je ne sais pas… Tombouctou?

— Au Mali? J'y suis allée, mais j'en suis revenue. J'ai terminé mon contrat avec la Croix Rouge.

Elle était sérieuse! Il avait nommé cet endroit à tout hasard et voilà qu'elle s'y était rendue!

— On avait besoin de moi ici. Et, puisqu'on me connaît bien…

Devant son air sceptique, elle lui rappela, non sans ironie, qu'elle avait passé plusieurs années dans la région, surtout à l'hôpital de Parakou. Ne se souvenait-il pas que c'était de là qu'elle lui écrivait? Lorsque Léhady avait reçu la confirmation de son projet de construction, il lui avait demandé de venir donner un coup de main.

— Léhady?

— Léhady Aboh, le maire de Bac.

— Bac?

— Bacouany.

Devant sa confusion, elle ajouta :

— Tu vas t'habituer à notre jargon.

Elle secoua la tête et esquissa une moue d'incrédulité.

— 'Tonin, toi ici! J'en reviens pas! Je te paie un verre?

Isabelle n'avait pas changé d'une miette. Trente-deux ans, l'air d'en avoir dix-huit. Un mètre soixante-deux, de l'énergie à revendre, décisive, souriante, éternelle optimiste. Queue de cheval sautillante, elle était déjà partie à la recherche d'une table dans le restaurant de l'hôtel. Il ne lui restait plus qu'à la suivre. Isabelle Poitras ici! Il n'en revenait pas lui non plus.

— Alors, depuis quand as-tu décidé de te lancer dans le bénévolat?

Assise au bar, à côté de lui, elle le regardait d'un air narquois. Pour toute réponse, il la fixa longuement d'un regard réprobateur et prit une longue gorgée. Elle savait très bien qu'il n'était pas ici à titre de bénévole. Cette divergence d'opinions fondamentale entre lui, l'homme de carrière, et elle, la bohème incorrigible, avait été la cause de leurs éternelles disputes. Elle ne se déroba pas, mais le fixa à son tour, attendant qu'il dépose son verre et reprit:

— Sérieusement, 'Tonin, qu'est-ce que tu es venu faire ici?

Il eut envie de lui dire qu'il avait changé son nom, cependant il n'osa pas. Elle rirait de lui et il avait toujours craint ses moqueries. L'année et demie pendant laquelle ils avaient cohabité, elle l'avait constamment accusé de se prendre trop au sérieux. Il répondit:

— Même chose que toi. Je travaille.

— Je croyais que tu avais un poste important dans la grande ville de Toronto avec la SurfAir.

— En plein ça.

Elle attendit qu'il s'explique. Il resta coi voulant garder la main haute, l'obligeant à le questionner. Elle le devina et le petit sourire malicieux qu'il redoutait tant éclaira le visage mutin.

— Alors, la SurfAir ouvre un bureau à Cotonou?

Il ne put s'en empêcher; il pouffa.

— Tu ne changeras donc jamais, Isabelle?

— Pourquoi changerais-je? Je m'aime bien comme je suis.

Elle hésita quelques secondes, baissa les yeux et ajouta:

— C'est regrettable que tu n'aies pu faire de même.

Tony ignora le commentaire et lui expliqua son projet de long en large. Elle l'écouta sans interrompre tout en sirotant sa consommation. Quand il se tut, elle voulut savoir:

— Alors, si je comprends bien, tu ne souhaitais pas venir ici?

— Bien sûr que non.

— Ton idée est géniale, tu sais. Je suis surprise que tu y aies pensé.

Il haussa les sourcils. Elle se reprit.

—Non, non, je n'ai pas voulu insinuer… Je songeais plutôt à l'aspect… disons philanthropique de ton projet. Je ne savais pas que tu avais tant de sympathie pour les grosses personnes. Tu dois admettre que ce n'est habituellement pas ton genre?

Cette chère Isa était toujours aussi directe et sans prétention. Tony contourna la question.

—Tu me rappelles le médecin qui accompagne le groupe. Soit dit en passant, tu vas le trouver très sympathique. Selon lui, mon projet correspond à l'exploitation d'un puits de pétrole.

—Puits de pétrole? Là, 'Tonin, tu m'as perdue.

Il lui parla alors de Bertrand. Et des autres. Elle resta à l'écouter jusqu'à ce qu'on vienne les inviter à une table où ils commandèrent un repas de fruits de mer. Curieuse, souhaitant mieux connaître chacun des participants, Isabelle posa question après question jusqu'à ce qu'il finisse par crier grâce.

—Après demain, Isa. Après demain, tu les rencontreras tous. Nous allons passer six semaines ensemble. Tu pourras faire ta propre opinion de chacun d'eux. À quelle heure le départ?

—Il est prévu pour huit heures. Les minibus attendront devant le hall.

—Combien de temps pour se rendre à Bacouany?

—De Cotonou à Parakou, il y a quatre cent quarante kilomètres, Parakou à Bac, soixante. Chez nous, ça serait… quoi? Cinq heures, cinq heures et demie de route? Ici, on ne sait jamais. En plus du fait que, si tu permets, j'aimerais vous faire visiter quelques sites extraordinaires en chemin.

—D'accord. Donc, mettons…?

—Mettons… toute la journée.

22

En route

— JE REFUSE DE PARTIR SANS MA PANTHÈRE. Elle m'a coûté 82 399 francs CFA !

Deux minibus Toyota et un Land Rover alignés tel un convoi ronronnaient pendant que Jacquie protestait et refusait de monter à bord. Tony était au désespoir. Ils étaient déjà en retard sur l'horaire à cause de Gaétan qui avait décidé d'assister à une messe matinale à la cathédrale Notre-Dame où il avait rencontré l'évêque. Le prélat l'avait félicité pour ses bonnes intentions et l'homme avait oublié l'heure. Alors que Tony rageait intérieurement et que les participants commençaient à grommeler, Isabelle s'avança et demanda d'une voix douce :

— Tu veux me la décrire ?

Reconnaissante que quelqu'un s'intéresse à son problème, Jacquie se lança dans une description de l'objet mystérieusement disparu. Il s'agissait d'une belle sculpture en bois dur, représentant un visage de panthère, grosse comme ça (elle en indiqua la taille en plaçant ses mains comme si elle tenait un ballon d'enfant) entièrement piquée de clous de laiton. Un de ces masques que l'on tenait devant son visage avec un bâton.

— Oui, je vois.

— C'est une œuvre d'art qui représente l'animal royal des rois anciens. Je l'ai payée très cher. C'est pour ma collection. Ma copine et moi avons une petite boutique d'antiquités et…

Avant qu'elle ne se lance dans l'histoire de sa vie, Isabelle offrit d'aller déposer une plainte officielle auprès de l'administration de l'hôtel. Elle jeta à l'endroit de Tony :

— Je reviens dans quelques minutes.

Tony leva les bras en l'air dans un geste de frustration.

Fidèle à sa parole, la jeune femme reparut presque aussitôt. S'adressant à Jacquie, elle lui dit qu'elle devait revenir à Cotonou dans quelques jours. Elle s'assurerait alors que tous les efforts auraient été faits pour retrouver le masque, sinon elle exigerait que celle-ci soit remboursée.

— Qu'en dis-tu ?

— Ai-je le choix ?

— Pas vraiment, il faut partir.

— Tu crois que l'on me remboursera ?

Isabelle ne pouvait rien garantir, mais promit de faire son possible. Sur ce, elle conseilla à Jacquie de garder ses choses à l'œil en tout temps.

— Ça commence bien !

Et, bougonnant, celle-ci monta finalement à bord. Un touriste, portant un chapeau safari et des verres fumés, se faufila discrètement derrière elle et prit place dans le minibus. Exaspéré, Tony le suivit pour expliquer que les véhicules avaient été retenus exclusivement pour son groupe. Mécontent, l'homme s'excusa et descendit.

Enfin, le convoi put se mettre en branle. Tony, Isabelle et Bertrand dans le Land Rover suivi des deux minibus chargés des participants et des bagages.

Ils filèrent vers le nord et la ville s'estompa graduellement derrière eux. Bertrand sortit une carte routière achetée à l'hôtel et l'étala, tant bien que mal, sur le dossier de la banquette.

— Alors, jeune fille, montre-moi l'itinéraire pour ce fameux Bacouany.

Isabelle sourit, posa son doigt sur Cotonou et se mit à suivre lentement le tracé de l'autoroute. Comme Tony l'avait prédit, elle s'était immédiatement prise de sympathie pour le vieux médecin.

— Première ville d'importance, Bohicon, ensuite Dassa où nous arrêterons pour prendre une bouchée, nous étirer les jambes et visiter.

— Visiter?

— Oui. Dassa-Zoumè est l'une des plus belles régions du Bénin. Elle est reconnue pour ses collines et ses formations rocheuses impressionnantes. Je vous y réserve une surprise. Il y a tellement de choses à voir ici, Bertrand! Le Bénin est petit, mais c'est un très beau pays riche en histoire, en culture, en couleur. Des paysages splendides, une architecture unique.

Le médecin sourit devant l'enthousiasme d'Isabelle. Elle revint à la carte routière.

— Après ce sera Tchaourou, ensuite Parakou qui est une des villes importantes du Bénin et finalement le village de Bacouany.

— Et tu dis que la route est belle?

— Asphaltée tout le long.

Des nausées lui taraudaient l'estomac depuis son réveil; la fenêtre du bus était sale; l'individu portait des verres fumés et un grand chapeau à rebord flou. Voilà pourquoi Roselle n'aurait su dire si c'était bien l'homme au visage à la tache de vin qui était monté et redescendu du bus derrière le sien.

La peur la tenaillait : si elle avait mangé quelque fruit avarié ? Bu de l'eau insalubre ? Ou été piquée par un de ces fameux moustiques ? Les haut-le-cœur étaient-ils un premier symptôme de la malaria ? Cette maladie pouvait-elle se manifester si vite ? Et si c'était une allergie à la savarine ? Et qu'elle ne puisse se prévaloir de ce médicament ? Dès le premier arrêt, elle irait consulter le médecin. Ses nausées, cependant, semblaient diminuer en intensité. Alors que tôt le matin elle avait fait des efforts pour vomir, elle ne ressentait maintenant que de vagues malaises. Elle décida de grignoter lentement un des biscuits glissés dans son sac la veille.

Elle jeta un regard discret sur Dorys. Celle-ci, assise derrière le conducteur, était toujours absorbée dans sa conversation avec lui. Elle n'avait donc rien vu. Roselle se tracassait : devrait-elle lui faire part de ses soupçons ? Cet homme que sa nouvelle amie avait si brusquement éconduit à l'aéroport la suivait-il ? Si oui, posait-il un danger ? Et puis, elle se raisonna : à bien y penser, il était beaucoup plus probable que ce bonhomme-safari soit un touriste confus.

Roselle cependant revint vite à ses craintes : si elle avait attrapé une de ces terribles maladies tropicales ? Qu'elle doive être hospitalisée ? Oh ! Elle aurait dû rester chez elle ! Ce voyage ne serait qu'une autre faillite dans sa longue liste d'échecs. Qu'avait-elle besoin d'un rappel de ses incompétences ? Elle ne perdrait pas un gramme de cette maudite graisse qui s'était attachée à elle comme une pieuvre. Elle aurait dû s'en tenir à sa solution à elle au lieu d'écouter Paulo : en finir une fois pour toutes !

Le bus démarra.

— Roselle. Roselle. Allôôô !

Dorys tapota le bras de sa compagne de voyage. Celle-ci sursauta.

—Eh…?

—Tu as l'air bien triste. Ça ne va pas?

Roselle se força à sourire.

—Un peu fatiguée.

—Ah! Bon. As-tu entendu ce que notre conducteur a dit?

—Non…

—Il est propriétaire d'une de ces maisons que nous aiderons à construire.

—Vraiment?

—Oui. Clovis. Il a six enfants. Il a toujours vécu dans une hutte de terre. Difficile à s'imaginer n'est-ce pas?

—Oui… difficile… Écoute Dorys, penses-tu que nous avons fait une grave erreur en nous embarquant dans une pareille aventure? Nous ne savons pas ce qui nous attend, ni dans quelle sorte d'auberge nous devrons coucher. Si c'est inacceptable, qu'allons-nous faire? Et si quelqu'un tombe malade?

Dorys ouvrit la bouche pour répondre, mais avant qu'elle n'ait le temps de proférer quelques paroles encourageantes, Gaétan fit sursauter tout le monde.

—Un autre! R'gardez! Là! Le voyez-vous?

Il frappait la fenêtre du doigt avec force.

—Un wigwam de paille! Qu'est-ce que vous pensez qui font avec ça, face de bouette? Des feux?

Ce fut Aimé qui répondit.

—Ce sont des yiou! yiou! des fétiches.

—Des fétiches?

—Oui, trou de pet! Des espèces d'anges gardiens. Ils protègent les gens et chassent les mauvais esprits.

Faisant son possible pour ignorer les tics et le bras nomade qui venait d'atterrir sur l'épaule de Roselle, Gaétan demanda:

— Comment tu le sais?

— Je le sais, fuckaille! Même que parfois, ils abritent des revenants. Yiou! Il ne faut pas les toucher sinon on risque de disparaître. Il faut leur faire des offrandes. En francs CFA, mais préférablement en dollars américains.

Aimé ponctua cette affirmation par un glapissement sonore.

— Yiou! Yiouaahhh!

Le minibus fit une embardée. Et puisque les passagers étaient tous penchés du même côté à zieuter les revenants, le véhicule s'inclina dangereusement vers la gauche. Clovis se ressaisit et donna un violent coup de volant pour redresser le véhicule.

L'homme au bras ensorcelé le fascinait. Il possédait une mystérieuse force vaudou si puissante que, malgré lui, elle s'échappait de son corps en spasmes et gémissements sporadiques. L'étrange personnage connaissait même les revenants ainsi que leurs pouvoirs secrets.

Clovis ne se considérait pas comme un homme superstitieux. Du moins pas comme son vieux père. Il était mécanicien quand même! Enfant, il avait cru que c'était un esprit caché dans les autos qui les faisait avancer. Maintenant, cette idée le faisait rire. Néanmoins, il savait que la nature et ses phénomènes étaient directement reliés aux ancêtres et aux divinités. Comme, par exemple, il savait que les gens nés avec un bec-de-lièvre étaient des réincarnations de défunts et que l'acte chirurgical correcteur était vu par les esprits comme un pied de nez à leur dignité.

Selon lui, les coïncidences n'existaient pas. Tout relevait de la volonté des dieux. Et si les dieux se mêlaient d'envoyer une force spéciale à Bacouany pour aider au projet de construction, il ne lui restait qu'à s'assurer que l'homme au bras magique soit assigné à la construction de *sa* maison. Restait à savoir comment manœuvrer. Il irait voir un *bokonon* pour consulter l'oracle *Fa*.

Dans le deuxième bus, Daniel observait Karinette assise derrière le conducteur. Elle flirtait avec le jeune homme; il n'y avait pas d'autre mot pour qualifier son comportement. Et Soulé, tout sourire, répondait à ses avances avec une amabilité exagérée.

Daniel avait bavardé avec le jeune Noir pendant que Jacquie créait une scène au sujet d'une panthère perdue. Le jeune homme lui avait confié qu'il avait fait deux années d'études en pharmacologie à Paris, qu'il aurait bien aimé continuer, mais, à court de moyens, son visa expiré, il était rentré au pays et s'était improvisé conducteur de taxi.

Daniel était tenté de dire au chauffeur qu'il ferait mieux de regarder en avant s'il voulait garder son emploi. Il le voyait se retourner pour caresser le genou de Karine et trouvait que le Béninois était vite en affaire: pourquoi un beau, grand, jeune homme comme lui, qui pouvait assurément attirer n'importe quelle belle fille, chantait-il la pomme à Karinette? Simple politesse envers une touriste? Ou une manœuvre pour confirmer ses charmes auprès d'une victime qu'il laisserait ensuite tomber? C'était un sport cruel. Daniel ne le savait que trop bien.

Rebuté, il tourna son regard vers sa femme et l'examina avec intérêt. Elle dormait paisiblement. L'image même de ce dont elle aurait l'air, morte. Il fut surpris de constater que cette pensée ne lui apporta aucune joie.

Il lorgna du côté de Jacquie. Encore frustrée par la perte de son bibelot, celle-ci dévorait rageusement un sandwich au poulet. Selon lui, cette femme perdait son temps dans un voyage d'amaigrissement. À part ses protestations du matin, manger était la seule chose qu'il l'avait vu faire depuis leur départ de Toronto.

Jambes coincées dans l'espace restreint, Daniel avança le torse avec difficulté pour essuyer la fenêtre avec le coin de sa chemise. Transpirant sous l'effort, l'air conditionné promis ne fonctionnant qu'à moitié, il s'essuya le visage avec le même bout de tissu et se cala confortablement pour observer le paysage.

Petites parcelles de terre cultivée, palmeraies, buissons et broussailles sèches défilaient le long de la route au même rythme que les poteaux portant les fils électriques. Du moins, l'électricité promise serait disponible.

Ils croisaient fréquemment des poids lourds chargés de ballots de coton, bottes de foin ou sacs de riz; rencontraient des camions à benne regorgeant de passagers, certains debout sur le marchepied, dangereusement agrippés au rétroviseur ainsi que des taxis-brousse, la majorité en piteux état. En conséquence, plusieurs se retrouvaient capots ouverts, jonchant le bas-côté de la route, ses voyageurs assis par terre, attendant patiemment. Ici et là surgissaient des postes d'essence, petits commerces réduits à une table branlante sur laquelle reposaient des bouteilles et jerricans de pétrole. Et partout dans ce décor, les fameux *zem* zigzaguaient impunément.

Des odeurs de feux de bois annonçaient les villages. Des agglomérations de cabanes et de huttes de terre apparaissaient alors flanquées de cordes à linge, de poteaux garnis d'amulettes, de bancs, tables, bassines, paniers, amas de rondins de bois, bref tout ce qui servait à la vie quotidienne. Soulé devait ralentir ou stopper pour éviter d'écraser piétons, enfants et animaux domestiques de toutes sortes.

À un de ces villages, un garçon de l'âge de son neveu, un bambin sur le dos, croisa son regard et sourit. Le moment ne dura que quelques secondes, car le bus avait vite repris son allure. Daniel, néanmoins, avait eu le temps de constater que l'enfant ne portait qu'un pantalon sale, effiloché, coupé aux genoux. Le bambin, lui, était nu. Cette rencontre lui rappela ses malles remplies de vêtements et une bouffée de joie lui gonfla le cœur. Il avait hâte d'en faire la distribution.

Le conducteur freina tout à coup si brusquement que n'eut été sa corpulence qui le retenait coincé entre deux sièges, Daniel se serait sûrement fracassé le visage sur le dossier devant lui. «Que se passe-t-il encore?» se demanda-t-il, curieux.

Soulé avait déjà ouvert la portière et sauté à l'extérieur. Étirant le cou, Daniel aperçut plusieurs représentants de la gendarmerie qui bloquaient la route. À sa grande surprise, il vit le jeune conducteur sortir de l'argent de sa poche et le remettre aux policiers sans se cacher ni protester. L'arrêt ne dura que quelques minutes. Soulé remonta dans le bus et reprit la route.

23

Isabelle

MÊME SI HARVEY L'AVAIT MISE AU COURANT du projet de la SurfAir, Isabelle avait eu de la difficulté à masquer sa surprise en apercevant le groupe qu'elle avait pour mission de ramener à Bacouany. Elle savait qu'il s'agissait de grosses personnes, mais elle ne s'attendait pas à ce qu'elles soient si énormes. Son travail des dernières années dans les régions sous-développées l'avait conditionnée à voir des hommes, des femmes et des enfants plutôt émaciés.

Son empathie naturelle l'amena cependant à percevoir une similarité entre ces obèses et les gens mal nourris qu'elle côtoyait habituellement. Le regard était le même. Tous ces yeux, qu'ils soient agrandis comme des soucoupes par la faim ou réduits à des boutons de divan par l'adiposité, affichaient souffrance et résignation. Elle résolut donc d'aider ces gens au même titre qu'elle portait secours à tous les malheureux qui se trouvaient sur sa route.

Elle avait appris, cependant, à se méfier de sa tendance à l'apitoiement. Elle savait maintenant que la meilleure façon d'aider les autres était de les amener à s'aider eux-mêmes, même si elle devait parfois faire preuve d'intransigeance. Ces bénévoles improvisés voulaient perdre du poids? Aussi bien commencer tout de suite.

Quoi de mieux que d'expérimenter de plein fouet la culture du pays? Y goûter, littéralement!

Isabelle sourit en se remémorant sa première expérience de la cuisine béninoise. Elle était arrivée fraîche émoulue du nord ontarien, prête à plonger dans cette vie de nomade qu'elle avait choisie. S'asseoir par terre pour manger du riz avec les doigts l'avait amusée. Ce fut une tout autre histoire lorsque ledit riz fut suivi d'un plat de chien agrémenté d'une sauce piquante. Elle avait perdu six kilos lors de son premier stage de travail en Afrique. Depuis, elle s'était départie de ses préjugés. Elle avait mangé du singe, du rat, du porc-épic, de la panthère et de l'antilope. «De la viande cuite c'est de la viande cuite, s'était-elle répété souvent alors.» Les voyageurs de la SurfAir devraient faire de même. À Bacouany, il n'y avait pas de McDonald ni de Tim Horton.

Tony la ramena au présent.

— Sais-tu, Isa? Le paysage est superbe. Beaucoup plus beau que ce à quoi je m'attendais. Même l'hôtel, hier soir, m'a surpris. Propre, belles grandes chambres, air conditionné, piscine.

— C'est comme je disais à Bertrand plus tôt, le Bénin est un beau pays. Cependant, c'est un lieu de contrastes; même les paysages sont différents. Au sud, c'est la forêt tropicale, au nord, la savane.

En effet, à mesure qu'ils progressaient vers Bacouany, la vue s'ouvrait sur de plus grands espaces. L'épaisse végétation devenait de plus en plus clairsemée. Des collines commençaient à bosseler l'horizon. Isabelle les pointa du doigt.

— Tu vois, là-bas? Ce sont les collines sacrées. Et tout derrière, Dassa.

— Enfin!

— Fatigué?

— Disons que ça va faire du bien de se dégourdir. J'espère que tout se passe bien dans les bus.

— Dois-je comprendre que tu t'inquiètes pour tes clients?

— Ben… oui. Pourquoi pas?

— C'est que… ce n'est pas le 'Tonin que j'ai connu.

Vexé, Tony rétorqua:

— J'ai tout à gagner à mener cette excursion à bien.

— Là, je te reconnais mieux.

Pressentant un autre différend, Bertrand intervint.

— Alors? Cette surprise, jeune fille?

Isabelle se tourna vers le médecin et le taquina.

— Tiens! Et moi qui croyais que les personnes âgées avaient acquis une certaine patience?

— Au contraire. Moins de temps il nous reste, plus nous sommes pressés. Pour ma part, j'ai encore bien des choses à voir et à faire avant d'être relégué à une maison pour vieux.

— Et manger? Ça ne vous intéresse pas?

— Oui. Oui, bien sûr.

— Alors, premier point à l'ordre du jour, trouver un maquis.

— Tu nous prends pour des membres de la résistance française maintenant?

— Pas vous, Bertrand. Seulement le beau 'Tonin ici.

Tony fit la grimace et le médecin comprit que la jeune femme le piquait à dessein. Encore une fois. Une animosité, qu'il ne s'expliquait pas, existait entre ces deux jeunes gens.

Isabelle poursuivit sans se soucier de Tony.

— Un maquis, c'est un restaurant.

Elle s'adressa alors au conducteur.

— Au Cœur d'Afrique, Adrien, s'il te plaît.

L'homme se tourna vers elle, sourcils froncés. Isabelle sourit et inclina imperceptiblement la tête. Adrien haussa les épaules.

Incrédules, les participants restaient debout près des bus sans bouger, se regardant les uns les autres. Ils avaient fait plus de quatre heures de route; ils avaient chaud, avaient les membres ankylosés, avaient besoin d'aller aux toilettes. Mais surtout, surtout, ils avaient faim. Terriblement faim.

Françoise fut la première à briser le silence consterné.

— Pas sérieux! On ne mange pas ici!

Le Cœur d'Afrique se résumait à un toit de tôle ondulée assis sur des pieux de bois, adossé à d'autres petits commerces semblables, tous alignés le long d'une allée poussiéreuse. Au milieu de cette gargote, un feu couvait sous un baril rouillé, installé sur des blocs de ciment. Sur le baril, on avait posé une grande feuille de métal et, sur ce réchaud improvisé, fumaient des lambeaux de chair rôtie, prêts à servir. Deux tables de bois à peinture écaillée flanquaient le baril. Sur l'une se trouvaient deux bassines de boulettes dorées; sur l'autre, un grand plat contenant une sauce brunâtre ainsi que des feuilles de palmiers. À leur arrivée, un homme aux yeux globuleux s'était levé. Stupéfait, il fixait le groupe sans rien dire.

Isabelle confirma d'une voix enjouée:

— Nous voici au Cœur d'Afrique, mesdames et messieurs!

Tony lui jeta un regard noir. Ignorant les mines déconfites, la jeune femme s'avança et commanda de l'agouti et des boulettes d'ignames frites. L'hôte se ressaisit et, inclinant le buste à la manière japonaise, salua cérémonieusement le groupe. Sans se presser, il prit alors une feuille de palmier et la posa sur la table près des bassines. À l'aide d'un bâton pointu, il piqua quelques morceaux de viande qu'il déposa au milieu de la feuille. Il choisit ensuite avec soin plusieurs boulettes qu'il attrapa avec des pinces de métal et les plaça à côté de la chair cuite. Il arrosa le tout d'une cuillerée de sauce, replia la palme sur elle-même et la tendit à Isabelle. La jeune fille la prit, remercia, s'assit par terre en tailleur et se mit à manger avec délices se léchant les doigts à chaque bouchée au plus grand effarement des voyageurs.

Soulé, une main fureteuse dans le dos de Karinette la pressa d'avancer.

— Viens, tu vas voir, c'est très bon.

Aux anges, la jeune femme demanda d'une voix câline :

— C'est quoi de l'agouti?

— Un petit rongeur.

C'est alors que Françoise déclara tout de go :

— Viens-t-en, Danbo. Allons voir plus loin si on peut trouver autre chose. Du rat, moi, je ne mange pas ça.

Gêné, Daniel voulut protester, mais sa femme s'éloignait déjà. Il la suivit. Jacquie se détacha alors prudemment du groupe, s'avança et se pencha sur le plat de sauce pour en humer le contenu.

— C'est quoi?

— Une sauce de sorgho aux épices, madâme. Très bon!

Jacquie se tourna vers Isabelle. Celle-ci, la bouche pleine, fit signe un signe de tête affirmatif.

— Mmmm…

Jacquie songea à Marie-Ève. Si sa copine avait pu la voir considérer manger dans un endroit pareil, elle aurait sûrement fait une syncope. Aussi, c'est avec une joie perverse qu'elle commanda la même chose qu'Isabelle.

Dorys, hésitante, voulut l'imiter, mais Roselle la retint.

— Manger ici ? Tu n'as pas peur d'être malade ?

— Si Isabelle le fait… elle semble s'y connaître… et puis, j'ai vraiment faim…

Les deux femmes se tournèrent instinctivement vers Bertrand. Celui-ci, amusé, les observait. Il s'empressa de les rassurer.

— De la viande rôtie sur le feu et des légumes frits dans l'huile, je ne vois pas de problème.

Et, à son tour, il commanda le seul repas au menu. Sans sauce. Roselle toutefois ne voulut pas se hasarder. Les longs doigts noirs, fuselés qui maniaient les ustensiles ne lui semblaient pas des plus propres.

Gaétan qui était resté songeur, observant ses collègues, se décida.

— Écoutez, face de bouette, la raison pour laquelle on est venu ici, c'est pour aider les Africains et maigrir. Pas pour les insulter en crachant sur leur manger et leurs coutumes ! Donc, moi, si y'a du ketchup, j'en prends deux de ces feuilles de ragoût là. Sans ketchup, j'suis pas capable de manger. Ça passe pas.

L'hôte qui avait suivi cette déclaration avec attention, se pencha sous une table, fouilla dans une boîte en bois et, triomphant, sortit une vieille bouteille de Heinz poussiéreuse, à moitié vide. Tous se tournèrent vers Gaétan dont le visage avait considérablement pâli. Aimé s'esclaffa :

— Trou de pet ! Du ketchup, ici ! T'es chanceux en saint Simoton, mon Gaétan ! Yiou !

Le bras volant fit trois ou quatre tours dans les airs. Dorys eut à peine le temps de faire un saut de côté pour l'éviter. Clovis, émerveillé, attendit que le membre ensorcelé se calme pour s'approcher d'Aimé et murmurer à son oreille. Interdit, celui-ci fit vigoureusement non de la tête. Clovis insista. Même réaction. Le conducteur de bus s'adressa alors à l'hôte en fon. Le visage de ce dernier s'éclaira d'un grand sourire et le blanc de ses yeux, même si cela paraissait impossible, s'agrandit encore plus. L'hôte s'inclina très bas devant Aimé et, évitant le bras magique, se saisit de l'autre et entraîna Aimé au fond du maquis. Par terre gisait une vieille couverture roulée. L'homme s'agenouilla et la déroula avec révérence. À sa grande stupéfaction, Aimé y aperçut une patte au pelage jaune mouchetée de noir, munie de longues griffes maculées de sang séché. Tout heureux, l'hôte la lui offrit :

— Je fais cuire pour toi.

Aimé recula d'un pas.

— Non, non. Merci !

— Très bon ! Excellent pour la chance !

— Non. Fuckaille ! Non. Yiou ! Yiou ! Yiouaahh !

L'homme accroupi recula si vite qu'il tomba à la renverse et resta étendu par terre, les yeux fous, braqués sur Aimé. Clovis s'avança avec circonspection et l'aida à se relever. Blême, Aimé bégaya :

— Câ-câlisse, je man-mangerai b-ben ce que j-je veux ! Cer-cer-tainement pas une de patte de léo-léo-pard !

Ébranlé, surveillant le bras d'un œil vigilant, l'hôte prépara alors une feuille de viande-boulette-et-sauce pour Aimé et Clovis que les deux hommes mangèrent en silence, Aimé étonnement calme sous le regard intrigué du conducteur de bus.

Daniel et Françoise revenaient lorsque Tony donna le signal du départ. Isabelle annonça qu'ils s'arrêteraient dans les collines pour marcher un peu, histoire de digérer et ils feraient ensuite un court détour pour se rendre voir la rivière Ouémé. Bertrand demanda sur un ton taquin si c'était là le divertissement promis ou si la fameuse surprise consistait en ce charmant petit bistro folklorique qu'ils se préparaient à quitter. Isabelle répondit sur le même ton qu'il verrait bien en temps et lieu.

Les véhicules grimpèrent un escarpement jusqu'à mi-flan avant de s'arrêter. Les voyageurs n'eurent donc pas à marcher trop loin pour accéder au sommet du site choisi. Suant et soufflant, ils trouvèrent néanmoins l'énergie pour s'exclamer devant la beauté spectaculaire des lieux. Du haut de la saillie rocheuse qui surplombait Dassa, ils purent admirer la ville sise au fond d'un bassin, entourée d'un collier de collines parfaitement rondes. La vue panoramique englobait plusieurs petits villages pittoresques, une mosaïque de champs cultivés ainsi que des forêts qui moutonnaient jusqu'à la ligne d'horizon. Un paysage superbe sous la coupole d'un bleu des plus purs. Enchantés, les voyageurs remercièrent chaleureusement Isabelle.

La jeune femme les amena ensuite visiter la grotte mariale d'Arigbo, une caverne naturelle, taillée à même le roc d'une colline sacrée. Transporté, Gaétan ne pouvait croire sa bonne fortune.

— T'es certaine, Isabelle? La Sainte Vierge est vraiment apparue ici?

— C'est ce qu'on dit. Elle serait apparue à une villageoise qui passait pour aller puiser de l'eau. C'est un endroit de pèlerinage qui existe depuis plus de cinquante ans.

Gaétan admira la basilique toute neuve juste à côté. «Trois mille places! De toute beauté!» Lui qui avait cru que le «Banin» était un pays sous-développé. Sûrement qu'en un tel endroit sa prière serait exaucée…

Ils s'arrêtèrent ensuite sur les rives du Ouémé, un fleuve impressionnant, bordé de villages de pêcheurs. Isabelle expliqua que le gouvernement songeait à y construire un mirador afin de permettre aux visiteurs d'observer les hippopotames. Pour l'instant, plusieurs pirogues attendaient pour y faire monter ceux qui voulaient voir les pachydermes de plus près.

Ce ne fut pas nécessaire, car, émerveillé, le groupe de la SurfAir vit les hippopotames, nez à flot, s'avancer jusqu'à une petite crique sur leur droite et s'y arrêter pour manger, ce qui mit Clovis dans tous ses états. Jamais, affirmait-il, depuis toutes les années qu'il amenait des touristes ici, les hippopotames ne s'étaient approchés de telle façon. Même les pêcheurs, étonnés, suspendirent leurs activités et poussèrent sans bruit leurs pirogues à grands coups de perche pour venir observer le phénomène.

— Honnêtement, Dorys, dis-moi à quoi ils te font penser.

Roselle, avait posé la question les yeux fixés sur les formidables animaux qui s'ébrouaient tout près. Dorys ne répondit pas immédiatement. Elle savait très bien à quoi voulait en venir son amie. Puis elle soupira :

— Peut-être que les six prochaines semaines vont aider...

— Penses-tu vraiment?

— Pour ma part, je n'ai pas choix; j'ai besoin de cette chirurgie. Je vais y mettre tout mon cœur. Je suis déterminée.

Roselle acquiesça.

— Moi aussi, mais j'ai tellement faim que je pense que si je le pouvais, je partagerais ce que mangent ces hippos!

Dorys sourit.

— Les sept premiers jours d'un régime sont toujours les plus difficiles.

Tony rappela tout le monde. Ils se remirent en route. Le convoi dut s'arrêter à deux autres occasions. Chaque fois, après des palabres qui semblèrent interminables aux voyageurs fatigués, des francs CFA changèrent de main. Isabelle expliqua que ces arrêts faisaient partie de la vie au Bénin tout comme dans les pays avoisinants. Sous prétexte d'assurer des mesures de sécurité, la gendarmerie, la milice et les syndicats des routiers se graissaient ainsi abusivement la patte. Il fallait s'y habituer.

À Parakou, Tony insista pour souper dans un restaurant où on servait la nourriture dans des assiettes et où on mangeait avec des ustensiles. Isabelle se moqua de lui. Elle resta à souper avec les participants après quoi elle les quitta, expliquant que les travailleurs de Mission Maisons étaient tous logés dans un modeste hôtel de Parakou. Ils faisaient la navette au chantier de construction matin et soir puisqu'il ne s'agissait que d'une soixantaine de kilomètres. Tony et Bertrand montèrent à bord d'un des bus.

Quand enfin, les participants au projet de la SurfAir parvinrent à l'Auberge des rois anciens à Bacouany, ils étaient épuisés et, pour reprendre les paroles de Gaétan: «Il faisait noir comme su' l'diable».

24

Bacouany

LE CHOC CULTUREL S'ATTÉNUAIT PEU À PEU et Bertrand se félicitait de s'être inscrit à ce voyage. Malgré sa pauvreté, le Bénin n'était pas tout à fait le pays rétrograde qu'il avait imaginé, mais plutôt un mélange d'archaïsme et d'actualité qui ne cessait de surprendre.

Il sourit au souvenir d'une scène en particulier : un *zangbeto*, fétiche vaudou, sis dans un abri à côté d'un cybercafé. Il aurait bien aimé photographier cette discordance intéressante, toutefois il lui était impossible à cause de la malencontreuse interdiction. Françoise avait presque causé une émeute la journée précédente alors qu'elle avait pointé son appareil photo sur un groupe de vachers qui passait avec son troupeau sur l'autoroute derrière l'Auberge des rois anciens.

Bertrand était content : un cybercafé! Quel avantage, même si on n'y servait malheureusement pas de café. L'accès au web lui faciliterait grandement la tâche, ses connaissances en matière de maladies tropicales étant assez limitées. Le mot s'était vite passé qu'il était médecin et déjà on venait le consulter pour toutes sortes de malaises. Il pratiquait donc sa profession de façon discrète et informelle à partir d'une des salles communales de l'Auberge.

Afin de se familiariser avec la géographie des lieux et s'imprégner de la culture locale, Bertrand avait déambulé dans les rues de Bacouany tout en se demandant : aimerait-il vivre ici ? S'y sentirait-il bien ? Les gens l'accepteraient-ils ? S'habituerait-il au climat ? À la nourriture ? Pourrait-il pratiquer légalement sa profession ?

La rue principale, large et goudronnée, comportait un agglomérat de commerces entassés les uns sur les autres. L'établissement le plus imposant, le Temps en Temps, un hôtel-bar-restaurant, affichait fièrement son nom sur une planchette de bois clouée de façon rudimentaire sur sa façade. Juste à côté, un pan de mur couvert de roues et de pneus annonçait un atelier de réparation de bicyclettes et *zemidjans*. Plus loin, des baguettes de pain, debout au garde-à-vous dans un panier d'osier, gardaient l'entrée d'une boulangerie. En face, sous un appentis de tôle, on vendait des bouteilles d'eau et de pétrole. Le propriétaire avait expliqué avec fierté que l'eau provenait de la fameuse source thermale de Possotomè et avait fortement recommandé une visite à l'usine d'embouteillage. Moqueur, il s'était ensuite vanté du fait que le pétrole, au contraire, était de la contrebande volée dans les raffineries et les pipelines du Nigeria voisin.

Juste en face, une baraque de bois sur laquelle on avait écrit à grands coups de pinceau, *La Guérison rapide*, avait également attiré son attention. Une forte odeur d'humidité mêlée d'effluves de végétation en décomposition l'avait assailli à la porte. Dans la pénombre de l'intérieur, il avait trouvé une pharmacopée d'herbes, d'os, de cornes, de plumes et de copeaux de bois. Intrigué par une bassine remplie de ce qui semblait être des squelettes de têtes d'oiseau, Bertrand avait demandé au propriétaire, un jeune homme à l'aspect un peu sinistre, de quoi il s'agissait. Peu amène, ce dernier, avait répondu :

— Des têtes de toucan.

— Et ça sert à…?

— Des porte-bonheur. Très efficace pour les voyageurs.

— Strictement pour les voyageurs?

L'homme l'avait toisé du regard.

— Ça dépend, monsieur. Est-ce que vous voyagez?

Bertrand avait bluffé.

— Jamais.

Sans perdre une seconde, le vendeur avait précisé :

— Tout aussi efficace pour les résidants, les Blancs surtout.

Le médecin avait réprimé un sourire. Le jeu de la négociation était universel.

— Combien pour une de ces fameuses têtes d'os si efficaces?

— L'homme avait affirmé sur un ton sans réplique :

— C'est l'esprit qui décide.

— L'esprit?

— Oui, monsieur.

— Et comment saurais-je ce que dit l'esprit?

Le vendeur avait joint les mains en prière, rejeté la tête en arrière, roulé des yeux jusqu'à ce que les iris en disparaissent. Marmottant et respirant très fort, il était resté ainsi deux bonnes minutes pendant que Bertrand avait patiemment attendu le verdict.

— Deux mille trois cents francs CFA.

Calcul mental rapide. Cinq dollars canadiens. Pour une tête d'oiseau mort!

— Mais pour vous, monsieur, seulement deux mille. Efficacité garantie. Regardez.

L'homme avait montré le mur derrière lui où étaient punaisées des cartes postales défraîchies, témoignant de soi-disant clients satisfaits. Croyant que Bertrand hésitait à cause du coût, il s'était empressé d'ajouter :

— Mille huit cents, c'est à prendre ou à laisser. Le bonheur n'a pas de prix.

Bertrand avait poliment refusé et s'était retourné pour partir. Plus vite que l'éclair, le vendeur lui avait agrippé le bras.

— Vous vous attirez une grande malchance, monsieur! Mille cinq cents CFA. Dernière offre.

Le médecin avait voulu protester, cependant quelque chose dans le regard du jeune homme l'en avait empêché. Ébranlé, il avait payé et était reparti avec une petite tête d'os dans un sac de plastique sur lequel se lisaient les lettres IGA.

Ses randonnées l'avaient ensuite mené à un temple. Il s'agissait d'une grande façade de béton en forme d'ogive percée d'une entrée triangulaire qui abritait une petite enceinte à ciel ouvert, entourée d'une muraille de ciment. À l'entrée, on pouvait lire: *Divinité Tron*. Avant de lui permettre de visiter les lieux, le prêtre résidant, qui aurait pu rivaliser en âge avec Mathusalem, avait consulté son oracle pour déterminer si le médecin était une personne acceptable. Bertrand avait entendu des chuchotements suspects derrière un rideau après quoi le prêtre l'avait invité à entrer, déclarant que l'oracle lui était favorable.

L'endroit comportait un palmier géant au pied duquel on avait érigé un autel primitif. Des offrandes de nourriture ainsi que quelques fétiches, rappelant vaguement les fameuses poupées vaudou, y avaient été déposées. Des chaises de plastique longeaient le mur. Le patriarche l'avait invité à s'asseoir à ses côtés. Sceptique, il avait demandé:

— Vous êtes avec le groupe du Canada?

— Oui.

— Et vous êtes venus nous construire des maisons?

— C'est-à-dire que, pour ma part, je suis venu aider un groupe qui s'est donné comme mission de fournir des habitations pour certaines familles qui en ont besoin.

Le vieillard n'avait pas réagi. Même qu'il était resté si longtemps sans bouger que Bertrand l'avait cru endormi.

C'est la raison pour laquelle la question suivante l'avait pris au dépourvu.

— Pourquoi?

Le médecin avait dû réfléchir afin de retrouver le fil de la conversation.

— Pour leur venir en aide.

— Pourquoi?

Le prêtre s'exprimait d'une voix monocorde, sans émotion.

— Pourquoi je veux leur venir en aide?

Un autre long silence.

— Oui.

Bertrand avait sondé sa conscience: pourquoi, en fait, était-il venu ici, au Bénin? Par esprit missionnaire? Altruisme? Curiosité? Non, pour être honnête, il s'agissait plutôt d'...

— Vous êtes venu par ennui.

Le médecin était resté sans voix. Le prêtre semblait avoir lu ses pensées. Ce dernier était resté à attendre, fixant toujours le vide. C'est alors que Bertrand avait réalisé que l'homme était aveugle. Le vieillard avait finalement affirmé de sa voix neutre.

— Vous n'avez plus de femme.

— Non...

— Vous ne savez que faire de ces dernières années qui vous restent.

— C'est-à-dire que...

De sa voix de prophète, le patriarche avait déclaré:

— Le Bénin est un pays enjôleur. Tout est déjà décidé pour vous.

Le prêtre s'était alors affaissé sur lui-même comme un ballon qui se dégonfle. Comme Bertrand s'était levé pour le secourir, croyant le vieillard évanoui, celui-ci s'était redressé comme un pantin à qui on aurait subitement tiré les ficelles et avait demandé:

— Avez-vous entendu parler du grand Kenyan, Jomo Kenyatta?

— Non…

— Un homme sage. Voici ce qu'il a dit. Écoutez bien. «Quand les missionnaires sont arrivés ici, les Africains possédaient la terre et les missionnaires, leur bible. Ils nous ont enseigné à prier les yeux fermés. Quand nous avons ouvert les yeux, ce sont eux qui possédaient la terre et nous, la bible.» Et sans plus, le vieil homme s'était levé et, tâtonnant le sol avec un bâton tordu, avait disparu derrière le temple.

Le prêtre catholique, Narcisse Després, un Français de Montpellier qui œuvrait au Bénin depuis quinze ans, avait été plus amical. Il avait invité Bertrand à visiter son église, une bâtisse neuve dont il était très fier. Le médecin avait appris que Gaétan était déjà venu offrir ses services à titre de diacre et agent de pastorale. Le père Després était donc au courant du projet de la SurfAir et espérait que les Canadiens assisteraient aux offices religieux. Il avait posé quelques questions au sujet de Gaétan qui avaient fait sourire le médecin. Ne voulant néanmoins pas être indiscret, ni indisposer le prêtre contre un de ses collègues voyageurs, Bertrand avait été vague dans ses réponses. Mieux valait laisser le bon père se faire sa propre idée à l'égard de Gaétan.

En périphérie du centre-ville, la vie était plus primitive. Bertrand y avait découvert des petites exploitations agricoles balayées par la poussière, des cases de terre à toit de chaume et des petites maisons de briques regroupées autour de fours extérieurs. Fours qui ressemblaient à d'énormes souches creusées, percées d'un trou sur le côté pour y mettre le feu. Divers aliments y mijotaient en permanence dans de grandes marmites. Deux puits communaux approvisionnaient ces zones en eau. Poules, coqs et chèvres avaient le champ libre et se promenaient partout. Curieux, le médecin se promit de s'enquérir à savoir comment les propriétaires tenaient compte de leurs animaux. Quelques arbres fruitiers, palmiers, fromagers et cocotiers jetaient un peu d'ombre sur cette terre battue, aussi dure que du ciment, par les rayons implacables d'un soleil sans merci. Des latrines creusées en retrait dégageaient des odeurs infectes.

Et partout, des fétiches : chapelets d'ossements et de coquillages accrochés ici et là, dessins sur les murs, statuettes de terre, de bois, de métal posées çà et là, peaux d'animaux pendus sur des cordes, monticules de terre revêtus d'oripeaux et, bien sûr, les fameux *zangbétos*. Narcisse Després avait du pain sur la planche. Bertrand aurait donné cher pour connaître les pensées de Gaétan quant à ces étalages idolâtres.

Lentement, ses collègues de la SurfAir se remettaient, eux aussi, du choc culturel. Choc qui s'avérait plus grand pour eux que pour lui. Ce qu'eux qualifiaient de conditions terribles, lui, Bertrand en avait vu des semblables. Souvent. Dans sa jeunesse. Au Canada.

Il se souvenait d'un temps où presque tous dans son coin de pays se contentaient de bécosses à l'odeur tout aussi nauséabonde que les latrines d'ici. Il se souvenait des cuvettes de tôle dont une seule eau servait au bain hebdomadaire à tous les membres d'une famille. Il avait souvent accompagné son père lorsque ce dernier attelait le cheval pour se rendre en campagne. Des cabanes à une pièce, sans eau courante ni électricité, presque sans meubles, il en avait vues plusieurs.

Il se souvenait en particulier d'un cas où son père avait été appelé d'urgence chez une famille qui vivait tout au fond du septième rang. C'est là qu'il avait fait l'expérience de la pauvreté à l'état brut pour la première fois. Il avait quatorze ans. Il avait eu l'impression de pénétrer dans une caverne. La seule lumière dans la cabane provenait des rares rayons de soleil qui parvenaient à se glisser entre les fentes des rondins de bois où le calfeutrage avait disparu. La mansarde était minuscule, froide, crottée. Des excréments humains avaient été simplement balayés dans un coin et l'odeur était insupportable. Son père et lui y avaient trouvé une famille qui n'avait rien mangé depuis deux jours. Les enfants pleuraient; la mère, épuisée, restait à fixer le vide assise par terre devant un poêle éteint et le père, couché sur un vieux matelas, se lamentait faiblement, une jambe en sang, ouverte jusqu'à l'os par un coup de hache.

Bertrand s'était permis de faire des commentaires désobligeants quand ils étaient repartis. Son père l'avait sévèrement sermonné. « Rappelle-toi de ceci, mon Bartrand : rien de ce qui est humain ne m'est étranger. » Devant son regard perplexe, son père avait expliqué. « Ça veut dire, mon p'tit gars, que de la merde on en trouve partout. De la misère également. Il vaut mieux ne pas se moquer des autres parce que ça peut nous retomber sur le nez une bonne journée. » Bertrand n'avait jamais oublié la leçon.

Les membres du groupe s'acclimataient au pays et commençaient à mieux se connaître, à forger des liens d'amitié. Et d'inimitié. Sans que Bertrand ne puisse se l'expliquer, Gaétan et Aimé se retrouvaient souvent à couteaux tirés. À l'inverse, Roselle et Dorys étaient devenues de bonnes copines. Bertrand avait beaucoup d'admiration pour Dorys, une dame calme, posée, toujours bien mise et assidue au travail. Déjà, elle parlait de s'impliquer dans le mouvement local des femmes. Roselle semblait vouloir l'imiter, cependant elle était tellement pâle et sans entrain qu'il commençait à s'inquiéter pour sa santé.

Tout comme il s'inquiétait pour Karine bien que ce soit pour une tout autre raison. La jeune fille était complètement sous le charme de ce Soulé qui lui faisait une cour de plus en plus pressante. Bertrand l'avait surpris, lui disant qu'elle n'avait pas à suivre de régime ni à se faire mourir à la tâche de construction, car elle était très belle de sa personne et il adorait les femmes bien en chair. Ce qui avait laissé le médecin pensif.

Quant à Jacquie, elle semblait se tirer d'affaire malgré son diabète. Cette dernière semblait avoir adopté une fillette. Lorsqu'elle ne travaillait pas au terrain de construction, elle s'occupait de l'enfant.

Fran/Dan (pour employer l'expression de Tony) ne passaient pas beaucoup de temps ensemble. Daniel se donnait entièrement aux travaux bénévoles pendant la journée. En soirée, il avait commencé à distribuer des vêtements aux enfants et parlait d'organiser des équipes de soccer. Il s'amusait comme un fou. Les enfants l'adoraient. Françoise boudait. Elle ne s'était présentée au chantier que les deux premières journées, avait déclaré qu'il faisait trop chaud, qu'elle avait mal aux genoux et qu'elle était fatiguée. Elle avait sommé Daniel de s'occuper de ses responsabilités puis était retournée à l'Auberge.

Bertrand avait aussi rencontré Harvey, un homme de cœur qui connaissait bien son métier. Les deux compères s'étaient immédiatement liés d'amitié. Bénévole depuis une vingtaine d'années, l'homme avait participé à plusieurs projets d'envergure avec Mission Maisons dans différents pays. Originaire du Nouveau-Brunswick, il dirigeait sa propre entreprise de construction dans l'est canadien depuis quarante ans.

Harvey s'était dit heureux et soulagé de constater qu'un médecin fasse partie du groupe de la SurfAir. Il lui avait fait part de son étonnement et de son scepticisme face à cette main-d'œuvre inhabituelle. C'était la première fois que ce genre de bénévoles se joignait à une équipe sous sa direction et il ne savait pas à quoi s'attendre. « Si l'un d'eux souffrait d'un coup de chaleur, s'évanouissait sur le chantier, faisait une syncope ? » Bertrand l'avait rassuré. Ces gens avaient décidé de venir en Afrique en connaissance de cause. Il s'agissait de leur faire confiance.

Les travaux de construction étaient à leur début. Le lieu, dominé par une grande pancarte sur laquelle se lisait : *Projet Mission Maisons*, se trouvait commodément situé en face de l'Auberge, de l'autre côté de l'autoroute, dans le coude d'un long virage. Le site avait été essouché et nettoyé. Harvey et ses aides avaient marqué l'emplacement de chaque logement à l'aide de piquets et de cordes. Des poteaux enroulés de fils électriques parsemaient le lieu à intervalles réguliers. Une énorme bétonnière attendait patiemment à l'orée de la forêt afin de commencer à mixer le ciment pour couler le plancher des maisons.

Bertrand avait invité Harvey à prendre un verre à l'Auberge.

— Dix maisons, c'est tout un projet. Tu as combien d'hommes pour t'aider ?

L'équipe était composée de neuf personnes, incluant Isabelle et lui-même. Il s'agissait d'un gros projet. C'était la première fois qu'il dirigeait la construction de plus de quatre bungalows à la fois. Il était ici pour deux mois. Habituellement, les bénévoles donnaient deux semaines de leur temps. Mais, chaque projet était différent.

— Il me semble que neuf personnes, ce n'est pas beaucoup.

— Non, mais plusieurs sont des habitués et n'oublie pas qu'il faut compter les futurs propriétaires. Ils sont tenus de contribuer aux travaux. Ce sont eux qui ont nettoyé le site de branchages, arbustes et déchets, à l'aide d'ânes et de charrettes.

— Je ne connais pas le fonctionnement de Mission Maisons. Qui a droit à une maison? Comment choisissez-vous les candidats?

— C'est un comité local, affilié avec l'organisme national qui décide des acheteurs potentiels. M. M. ne *donne* pas de maisons.

— Ouais... Comment ces familles peuvent-elles se payer un tel luxe? D'après ce que j'ai vu jusqu'à présent, les gens ne vivent pas trop richement ici.

— C'est que M. M. n'exige pas de dépôt initial et que le prix de chaque maison est calculé strictement en fonction du salaire de l'acheteur. Il n'y a aucun intérêt à payer sur le prêt hypothécaire à rembourser. En revanche, le propriétaire doit s'engager à travailler au projet, y mettre des centaines d'heures.

— Mais si Mission Maisons est un organisme à but non lucratif, comment peut-on se permettre ces constructions à travers le monde?

Harvey expliqua que M. M. recevait plusieurs contributions de divers donateurs. Il arrivait aussi que de grosses compagnies fassent des dons en argent et en matériaux, ce qui atténuait les coûts. Parfois, c'était des prometteurs immobiliers qui cédaient des lots. Il arrivait que les gouvernements s'impliquent. Par exemple, pour le présent projet, c'était le gouvernement béninois qui avait donné le terrain donc, il n'y avait pas de coûts de ce côté pour les acheteurs. Il fournissait aussi l'usage de la bétonnière ainsi que le sable pour ciment. Naturellement, la main-d'œuvre, toujours composée de bénévoles, était gratuite.

— Quel genre de maisons est-ce que tu construis?

— Des petits bungalows en briques de terre, plancher de béton, toiture de fer galvanisé, chevrons, portes et fenêtres de bois fabriqués localement, deux chambres à coucher, cuisinette, une pièce à tout faire, latrine et salle de douches.

— Quelle grandeur?

— Trente-huit mètres carrés.

— Ce n'est pas très grand pour une famille. Disons... de cinq, six enfants...

— As-tu vu les cabanes dans lesquelles ils vivent présentement?

— Ouais... t'as raison. As-tu de la difficulté à obtenir l'aide des futurs propriétaires?

— Rarement. Les familles sont tellement reconnaissantes qu'il faut plutôt parfois leur dire de ralentir. Les femmes surtout travaillent d'arrache-pied. C'est la culture ici. Elles amènent leurs enfants et se donnent corps et âme. Quand on voit ça, on veut revenir pour en bâtir d'autres.

— Intéressant... Un autre verre, mon Harvey?

25

Jacquie

FAIM! JACQUIE AVAIT FAIM, FAIM, FAIM! Et assouvir cette faim occupait toutes ses pensées. Elle avait beau se plonger dans le travail pour tenter d'oublier les gargouillis douloureux qui lui tordaient l'estomac, la demande d'énergie supplémentaire ne faisait qu'augmenter le mal qui lui dévorait les entrailles. Pire encore, les crampes infernales lui rappelaient son enfance. Enfance qu'elle voulait oublier, mais que cette maudite faim évoquait constamment.

Jacquie se revoyait à la petite école. Sale, la morve au nez, habillée de vêtements qui puaient l'urine, maigre à faire peur et toujours cet intolérable appétit inassouvi qui la tourmentait. À cause de cette terrible faim, elle avait enduré peine, humiliation et dégradation.

Les grands de huitième lui avaient fait faire les pires vacheries. On lui avait fait manger, à différentes reprises, un ver, une mouche, un œuf d'hirondelle. On l'avait même mise au défi de bouffer trois de ses propres poux. Elle se souvenait du goût amer des méchantes bestioles lorsqu'elle les avait croquées. Elle avait montré son pipi. S'était assise, fesses nues, sur le dos du berger allemand du voisin. On l'appelait la folle à Chelon, une de la gang de pouilleux du rang du même nom. On la croyait idiote parce qu'elle acceptait tous défis dont la récompense consistait en nourriture.

L'épisode du sandwich au baloney était son pire souvenir. Le grand Rodolphe l'avait attirée derrière la patinoire de l'école avec la promesse d'un sandwich. «Tout un, pas juste la moitié cette fois-ci.» Elle savait qu'il s'agissait d'un guet-apens. N'était-ce pas toujours le cas? Néanmoins, elle l'avait suivi, car elle n'avait rien mangé depuis le matin de la journée précédente et l'espoir était invariablement plus fort que la raison. Elle salivait juste à l'idée de mordre dans de la bonne viande nourrissante, bien calée entre deux épaisses tranches de pain couvertes de beurre. Rodolphe, l'attendait, entouré de ses amis, un morceau de baloney enroulé autour du zizi. «Jacquie. Garde la belle sandwich. La veux-tu? Envoye, viens. Approche si tu la veux, mais faut que t'a prennes avec ta bouche».

Elle n'avait que huit ans. Les garçons en avaient treize et quatorze. Ils riaient à gorge déployée, tout en l'enjoignant à avancer. «Envoye, Jacquie.» Cette fois, pourtant, au lieu de fermer les yeux, de se concentrer strictement sur la récompense promise et de poser le geste dégradant qu'ils exigeaient, elle avait hésité. En larmes, elle avait supplié: «Je peux-tu juste la prendre avec ma main?» Sa question avait déclenché une nouvelle ronde de rires et les grands s'étaient mis à scander, tous ensemble: «Ta - bou-che - ta - bou-che - ta - bou-che.»

La méchante rengaine et les quolibets s'étaient cependant vite perdus en arrière-plan. Elle n'avait eu d'yeux que pour la viande. Le boucher l'avait tranchée épaisse de sorte que Rodolphe avait de la difficulté à la tenir enroulée autour de son affaire. La chair du baloney semblait tellement appétissante: rosée, mouchetée de beaux ronds de graisse blanche.

Elle avait si faim qu'elle voulait même en mastiquer la couenne.

Elle aurait aimé tourner les talons et plaquer là Rodolphe et ses amis. Mais une faiblesse l'avait saisie subitement et tout était devenu noir. Le besoin de nourriture était plus fort que la fierté. Et elle avait cédé comme elle finissait toujours par faire. La petite fille qu'elle était s'était avancée, avait fermé les yeux, s'était penchée et... « Dire qu'aujourd'hui, on servait des déjeuners complets dans les écoles! » pensa Jacquie encore remuée par ses horribles souvenirs.

Cette misérable enfance était révolue depuis longtemps. Malheureusement, elle en avait gardé de graves séquelles. Jamais, maintenant, elle ne mangeait pour assouvir sa faim. Elle mangeait *avant* d'avoir faim, s'empiffrait continuellement afin de prévenir les plus infimes tiraillements d'estomac. Un comportement obsessionnel dont elle était consciente, mais dont elle n'avait pu se départir. Du moins, jusqu'à maintenant. Jusqu'à son arrivée à Bacouany.

Le restaurant de l'Auberge des rois anciens était une simple terrasse extérieure, recouverte d'un toit de palmes, entourée d'une balustrade, où on avait placé des tables de bois. Les repas étaient préparés par mama Nadegi et mama Moussalima.

Dès le premier matin, lorsque les membres de la SurfAir s'y étaient présentés pour le petit déjeuner, une ribambelle d'enfants était arrivée, riant et se poussant. Devant le regroupement incongru, ils s'étaient arrêtés net, écarquillant les yeux d'hébétement. Il avait été facile de lire leur expression. Comment de si grosses personnes pouvaient-elles encore manger?

Timides, ils s'étaient approchés et, mains agrippées aux barreaux de la balustrade, visages calés dans les espaces, ils les avaient zieutés avec envie. Mama Nadegi les avait chassés et avait averti les clients de les ignorer. Les enfants avaient reculé jusqu'à la haie de verdure qui entourait l'Auberge, s'étaient assis par terre et avaient continué à les observer d'un œil avide. Un malaise s'était alors abattu sur le groupe. Depuis leur arrivée, le même scénario se répétait matin et soir.

Une fillette en particulier avait retenu l'attention de Jacquie. La petite devait avoir six ou sept ans. Sale, le corps décharné, les cheveux courts emmêlés de broussailles, elle ne riait pas avec les autres, mais se tenait à l'écart et fixait les assiettes. Jackie avait instantanément reconnu les signes de la faim dans le petit minois brun. Et malgré les recommandations des mamas, lui avait tendu un morceau de pain entre les barreaux. Rapide comme un écureuil, la fillette l'avait pris et s'était enfuie avec son butin. Immédiatement, les autres s'étaient avancés, main ouverte. Mama Moussalima avait froncé les sourcils et les quémandeurs étaient retournés se rasseoir sous les arbustes.

Depuis, l'enfant l'avait adoptée. Ou était-ce vice-versa? Delphine la suivait partout. Elle se présentait même au terrain de construction le midi pour quêter un morceau de sandwich. Comment refuser? Jacquie partageait donc tous ses repas avec la petite.

Par conséquent, elle restait sur sa faim.

Car, bien sûr, impossible à Bacouany de se procurer une douzaine de beignes au miel, une bonne tablette de chocolat ou un sac de croustilles pour grignoter en soirée.

26

Françoise

FRANÇOISE N'EN POUVAIT PLUS. Elle avait décidé de retourner immédiatement au Canada. « Une semaine c'est assez ! Où avais-je la tête quand j'ai décidé de m'embarquer dans une pareille aventure ? » regimbait-elle. Elle trouvait impossible de travailler dans la chaleur inouïe. Ses lunettes s'embuaient continuellement. « Et ce maudit harmattan qui souffle les sables du Sahara partout ! » Elle en avait dans tous les replis de la peau, dans les yeux, sous les seins, entre les orteils. Sa gorge était constamment irritée à force d'en respirer et d'en manger. « L'enfer ! »

Tout l'exaspérait au plus haut point. À commencer par l'Auberge des rois anciens que, selon elle, on tentait de faire passer pour un authentique palais de roi fon. « Une vraie farce ! Le nom laisse croire que c'est un endroit de rêve alors que ce sont deux misérables blocs de terre convertis en relais de jeunesse. » Elle se plaignait du fait que l'établissement ne fournisse ni savon ni serviettes de bain, ajoutant qu'il était heureux que Tony ait suggéré d'en apporter sinon elle n'aurait pu se laver. Les lits ne comportant qu'un drap de dessous et un de dessus avaient joint sa liste de doléances. Quand Daniel avait protesté que dans pareille chaleur, c'était plus que convenable, elle l'avait coupé avec brusquerie, affirmant qu'une auberge respectable se devait d'offrir au moins des couvre-lits.

Elle avait également été très mécontente de constater que les douches se trouvaient à l'extérieur, derrière les édifices. «Cinq cabines de tôle équipées d'une vieille pomme rouillée qui ne laisse couler qu'un mince filet d'eau tiède n'est pas acceptable!» Pour ce qui était des toilettes, les deux rangées de cabinets fermés dans l'arrière-cour la rebutaient. Elle avait admis, à contrecœur, que tout était propre et bien entretenu malgré l'âge vieillot de l'endroit; toutefois, pour le prix, elle soutenait qu'elle s'était attendue à mieux et que la SurfAir les avait induits en erreur.

Daniel avait argué que ces dispositions étaient excellentes et répondaient parfaitement aux buts du voyage. Ils n'étaient pas ici pour se prélasser comme de riches vacanciers, mais pour donner un coup de main aux bénévoles de Mission Maisons et perdre du poids. La nourriture était saine. Donc, quant à lui, ils avaient tout ce dont ils avaient besoin, compte tenu du fait qu'ils passaient toute la journée sur le chantier de construction, que l'hébergement ne servait qu'à manger et dormir et que, pendant quelques fins de semaine, ils participeraient aux visites culturelles organisées par la SurfAir.

Aux yeux de Françoise, Daniel était un insupportable optimiste, facilement satisfait. Déjà, il s'était fait plein d'amis parmi les jeunes et songeait à mettre sur pied des équipes de soccer. Cette attitude bon enfant chez son conjoint l'enrageait. Françoise ne l'aurait pas épousé si elle avait pu en attirer un autre. Cependant, avec «ce maudit embonpoint», il était ce qu'elle avait trouvé de mieux. Et pour cela, elle lui en voulait. Elle savait qu'il s'agissait d'un non-sens, néanmoins il lui était impossible de se défaire de cette furie qui l'habitait à l'égard de son mari.

Chaque fois qu'elle posait les yeux sur lui, qu'elle voyait ses grosses bajoues tressauter, sa bedaine ballotter sous son tee-shirt, la sueur lui cerner les aisselles, elle avait l'impression de se voir dans un miroir et elle se haïssait un peu plus. La rage au cœur, elle voulait briser cette maudite image. Lancer des pierres. Casser le miroir. Surtout celui qui réfléchissait son passé.

« Ta mère est jalouse de toi, ma belle Françoise! Jalouse de ton beau petit corps, sexy... tu es si menue! »

Françoise en voulait à son mari d'être si bonasse. Une proie facile. Si seulement il se révoltait, lui tenait tête; elle se disait qu'elle pourrait l'admirer. Mais il était, et resterait, un enfant sans défense. Il était gros et semblait s'en ficher. Il continuait à jouir de la vie malgré son poids. Elle le jalousait. Exécrait son attitude positive. Voilà pourquoi elle prenait plaisir à le bafouer et même à le battre. Pour lui démolir son bonheur. Le rabaisser à son niveau à elle. Afin qu'il comprenne, qu'il ressente ce qu'elle vivait. Dans leur couple, il était invariablement celui qu'on aimait, qu'on appréciait. Elle, on la mettait toujours de côté. Jalouse. Oui, elle était jalouse de Daniel.

Et comme elle détestait l'Afrique! Avec ses « petits achalants » qui se pointaient aux heures des repas pour les reluquer. Devant leurs regards de convoitise, elle se sentait deux fois plus grosse et presque coupable de manger.

Heureusement que l'Auberge était située en retrait de la ville. Le secteur était beaucoup plus propre. Selon elle, ce Bacouany de malheur n'était, en fait, qu'un amas de cabanes qui ne disposaient que de latrines publiques, mal entretenues. Aucun poste d'eau pour se laver les mains. Il n'y avait pas de puisard pour les douches. Les eaux usées étaient versées n'importe où. Les enfants déféquaient souvent sur les tas d'ordures ménagères jetées nonchalamment et sans précautions derrière les habitations; ce qui attirait mouches, rats et autres bestioles malveillantes. Françoise frissonnait rien qu'à y penser. Dès que Daniel reviendrait de sa journée de travail, elle exigerait qu'il somme un de ces taxis-brousse de la ramener subito presto à l'aéroport de Cotonou.

Elle voulut jeter un coup d'œil sur sa montre pour voir combien de temps il lui restait à attendre et s'aperçut qu'elle avait oublié de la mettre ce matin. Elle fit le tour de la pièce, fouilla partout, s'agenouilla même pour vérifier sous les deux lits. Elle ne trouva nulle part la belle montre en or que Daniel lui avait donnée le jour de leur mariage! Frustrée, elle se dit qu'un de ces petits voleurs noirs avait dû la prendre. « Maudit pays! »

27

Gaétan

DEPUIS QUE GAÉTAN AVAIT APERÇU Aimé effleurant les seins de Karinette en l'aidant à tourner la manivelle du puits pour monter un seau d'eau, il l'avait pris en grippe. Il ne comprenait pas pourquoi ce participant s'était inscrit au voyage. Il n'était pas obèse. Seulement gros. Et encore fallait-il forcer la définition. Il détestait ce qu'il appelait ses « simagrées de face de singe » et trouvait curieux que le bras offensant ne volât jamais autour des hommes. La jeune fille, pour sa part, n'avait rien dit. Elle semblait n'avoir d'yeux que pour Soulé.

Gaétan estimait que le conducteur de taxi était un bon diable. « Peut-être un peu collant. Mais coudon, le gars faisait son possible. » Le jeune Noir venait souper avec Karinette au restaurant de l'Auberge presque tous les soirs. Gaétan le considérait aussi prévenant qu'un « butleur » anglais avec ses petits saluts par ici, ses « courpettes » par là, tirant son banc et dépliant sa « napkin ». Selon lui, une vraie comédie qui aurait fait pouffer sa Claire. Après le souper, ils partaient tous les deux faire de longues promenades ensemble. Gaétan se fiait à Soulé se disant que ce n'était pas lui qui abuserait d'une fille comme Karine. « Pas comme ce vicieux d'Aimé ! »

Il avait trouvé deux solutions au problème du « matou en chaleur » qu'il avait rebaptisé le « prevers » compte tenu de ce qu'il avait observé : soit l'homme acceptait de se faire attacher le bras, soit il le lui cassait. De cette façon, Aimé n'aurait pas le choix ; il lui faudrait porter une écharpe.

Au grand dam de Gaétan, ce dernier se permettait même de le corriger à l'occasion. Alors qu'il discutait avec Harvey, Aimé s'était amené, avait écouté leur conversation et s'était exclamé : « C'est pas le *Ba*-nin, pauvre toi ! C'est le *Bé*-nin. » Gaétan avait serré les poings. Il méprisait cet homme qui affichait une attitude de tout savoir. Puis, il s'était déridé : « En tout cas, y connaît pas la mécanique ! »

À cause de son expertise, Harvey lui avait demandé de s'occuper de la bétonnière.

— Penses-tu que tu pourrais lui faire une révision complète ? La machine a un grincement qui m'inquiète. Ça fait longtemps qu'on ne lui a pas fait de mise au point. C'est peut-être l'engrenage du tonneau qui fait défaut ?

— Certainement ! Je vais y faire un de ces *check-up* et j'vas te la ramener comme une neuve. Possible que ça aille à demain par exemple. Le père Després veut m'voir après-midi.

Dès son arrivée à Bacouany, Gaétan était allé voir le prêtre pour offrir ses services. Il avait expliqué son rôle actif dans sa propre paroisse, listé ses nombreuses compétences : les cours de religion qu'il avait suivis, ses expériences en pastorale, ses lectures variées et son ordination comme diacre. Le père Després avait été impressionné, bien qu'il l'ait souvent interrompu pour demander des clarifications. Ils avaient discuté longuement de choses et d'autres. Finalement, Gaétan en était venu au sujet qui le tracassait.

— Pouvez-vous me dire, m'sieur le curé, pourquoi vous endurez toutes ces p'tites bebelles dans votre paroisse ?

— Pardon ? Be-belles ? Qu'est-ce ?

— Caisse? Quelle caisse?

Le père avait froncé les sourcils.

— Que sont ces be-belles dont vous parlez?

— Ah! O. K. J'comprends. J'parle de ces ornements-là qu'on voit accrochés partout dans la ville comme des décorations de *Nouel.*

— *Nouel?*

— Oui, *Nouel!* La fête du petit Jésus, face de bouette! Oh! Pardon!

«Le père fais-tu exprès, coudon?» se demanda Gaétan. «Les Français avaient parfois cette manie de laisser entendre aux Canadiens qu'ils parlaient mal leur langue. Ça mettait Claire en beau siffleux. Elle avait pour son dire que les Français de France étaient tous un peu nez en l'air.» Il s'était repris.

— Vous savez, les colliers, les statuts, les petits bons-hommes décorés, les tentes de paille. Toutes ces affaires de vaudou. C'est vraiment pas catholique. J'vous offre de m'en occuper.

— Vous en occuper?

— Ouais. Les enlever. Vous en débarrasser.

Le père Després s'était levé d'un bond. Croyant que le prêtre réagissait de la sorte parce que transporté de reconnaissance, Gaétan avait ressenti une chaleur bienfaisante.

— Vous parlez des fétiches?

— Ben oui.

— Mais… mais…

— C'est des affaires de païens ces bebelles-là. Faut pas accepter ça. J'vous offre de vous faire un de ces feux de camp que vos paroissiens n'oublieront pas.

— Mais… mais…

Narcisse Després avait eu de la difficulté à s'exprimer.

— Savez-vous ce que vous dites, monsieur…?

— C'est Gaétan. Ben oui, j'sais c'que j'dis, voyons!

— Brûler les fétiches vaudou? Mais vous n'y pensez pas!

— Ab-be-so-lu-ment. Pas de problème.

— Mais c'est impossible! Vous voulez rire!

— Rire? Ben voyons don'. J'ai-tu l'air d'un clown? C'est que j'ai juste six semaines pour convertir des âmes. J'ai pensé que leur enlever leurs idoles de vaudou, ça s'rait un bon commencement.

Hébété, le père était resté sans paroles. Il avait reconduit Gaétan à la porte en lui recommandant de ne rien faire pour le moment. Il réfléchirait à son offre et communiquerait avec lui. Gaétan était médusé. Il lui semblait que le prêtre approuvait le vaudou!

Aimé avait eu vent de ses démarches. Comment? Impossible à déterminer. Mais l'homme s'était permis de faire ses commentaires.

— Es-tu fou, saint Simoton? Paraît que tu veux brûler les fétiches des Africains? Tu fais mieux de t'arranger pour ne pas que ça se sache parce que tu vas passer un mauvais quart d'heure!

Gaétan l'avait envoyé promener.

— Mêle-toi de tes oignons. Accroche-toi à ton bras pis fais-toi rare. Si y'en a qui sont venus ici pour tripoter les femmes, y'en a d'autres qui sont venus pour d'autres choses.

— Comme quoi? Faire des feux? Te rends-tu compte que tu peux mettre notre vie en danger par de telles actions?

L'apprenti missionnaire lui avait tourné le dos, convaincu que plusieurs avant lui avaient enduré pire.

Gaétan fit le tour de la bétonnière pour déterminer par où commencer son travail. Il n'avait qu'une heure. Le père Narcisse l'attendait à l'église, à dix heures.

28

Dorys

«EN AFRIQUE! ELLE ÉTAIT EN AFRIQUE! Bacouany, Bénin!» Dorys ne pouvait toujours pas y croire et s'étonnait encore, même après dix nuits, de se réveiller à l'Auberge et non dans son appartement à North Bay. Surtout sans crainte de *le* rencontrer à chaque détour.

L'Auberge des rois anciens comportait deux édifices, l'un en face de l'autre, entourés des derniers vestiges d'un remblai de terre. Construits de pisé, les murs mesuraient presque quarante centimètres d'épaisseur. Chacun des deux blocs comptait six grandes pièces aménagées en chambres à coucher pour deux personnes en plus de deux salles communales. Les lits avec matelas en caoutchouc mousse étaient confortables, tous munis de moustiquaire. De plus, chaque chambre était équipée d'un chiffonnier, d'une table basse et d'un ventilateur sur pied.

Dorys trouvait l'endroit hautement intéressant. Un environnement éclatant de couleurs. L'azur du firmament irradié de soleil brillait continuellement d'une blancheur aveuglante. Des vignes aux fleurs fuchsia décoraient les haies qui entouraient l'enceinte comme autant de jeux de lumière. Des lézards, petits flashes zébrés de jaune, orange et noir, couraient partout. Bestioles que Françoise abhorrait.

«Quel rabat-joie que cette femme! Toujours de mauvaise humeur», songeait Dorys. Ce matin, elle avait voulu partager son enthousiasme avec Françoise au déjeuner, en commentant le riche coloris des vêtements de mama Nadegi et mama Moussalima. Celle-ci avait rétorqué: «J'espère au moins qu'elles lavent ces boubous de temps en temps.» Dorys, irritée, s'était abstenue de donner la réplique sarcastique qui lui était venue à l'esprit: «Ne t'en fais pas, elles portent leurs vêtements chez le nettoyeur chaque soir après leur quart de travail.»

Au milieu de la cour intérieure, un gigantesque baobab dominait les deux immeubles et ajoutait son éclaboussement de verdure au décor. On aurait dit un arbre arraché et replanté à l'envers à cause de ses branches courtes et tordues qui ressemblaient plutôt à un enchevêtrement de racines. Mama Moussalima était convaincue que l'âme du roi fon, Zousin Ahanzouni, celui-là même pour qui l'ancien palais avait été construit, vivait toujours dans le tronc lisse et creux. Elle arrosait l'arbre quotidiennement afin de lui conserver son feuillage vert l'année durant. La nuit, Dorys entendait les chauves-souris voleter dans sa fenaison. Autre sujet de plainte de Françoise.

Dorys aimait le travail qu'on lui avait assigné, c'est-à-dire seconder Brian, un bénévole américain, originaire du Maine. Elle faisait les courses, tendait les outils demandés, s'assurait que le site reste libre de débris qui auraient pu causer des accidents. Elle avait dit à Harvey qu'elle pouvait faire du travail plus difficile, toutefois ce dernier avait refusé.

Elle s'était liée d'amitié avec une des familles propriétaires. Maurille et Safi Dahou avaient trois garçons: Brewa, Isseyon et Manfoya. Maurille était menuisier et Safi, commerçante. C'est elle qui avait mis sur pied le Petit marché des femmes. Dorys l'y avait accompagnée lors de son premier mercredi à Bacouany et elle avait bien aimé l'expérience. Safi était une véritable femme d'affaires.

L'Africaine avait loué un emplacement au nord de la ville, à la croisée de la rue principale et de l'autoroute. Une hutte abandonnée lui servait à la fois d'abri et d'entrepôt. Un bouquet de manguiers faisait office de parasol. Pour une somme minimale, que Safi appelait des «droits de participation», les marchandes de la région s'y installaient pour vendre leurs produits. Les femmes arrivaient tôt le matin, certaines ayant parcouru des dizaines de kilomètres à pied, un lourd panier sur la tête. Elles étalaient leur marchandise sur des tréteaux, bancs ou caissons de bois et y vendaient de tout : ignames, riz, manioc, bananes, noix de coco, arachides, poulets, pintades, tissus, tapis, même des fagots de bois.

Dorys avait été surprise d'apprendre que Safi prélevait, en plus du «droit de participation», un pourcentage sur le montant des ventes de la journée. Elle avait même entendu une des commerçantes la traiter de *Nana Benz*. Devant son étonnement, l'Africaine avait expliqué que c'était le nom qu'on donnait à certaines farouches femmes d'affaires qui, après avoir réussi, conduisaient une Mercedes-Benz. Safi s'était défendue en soutenant qu'il fallait bien repayer le prêt sur la maison et penser à l'avenir de ses fils.

Celles qu'on appelait les «bonnes femmes» y venaient aussi. Elles apportaient de grands plats de mets prêts à servir ou en cuisinaient sur place, transformant ainsi une section du marché en échoppe. Cette nourriture béninoise locale était tout autre que celle que les mamas offraient au restaurant de l'Auberge.

Dorys avait été impressionnée d'apprendre que mama Nadegi et mama Moussalima étaient toutes deux diplômées d'un collège d'art culinaire de Cotonou et qu'elles connaissaient bien les éléments de base d'un guide alimentaire sain. C'était la raison pour laquelle elles avaient été embauchées. Par qui? Les propriétaires de l'Auberge? Les mamas ne le savaient pas.

Il y avait cinq ans, un homme était venu au collège, une semaine avant la fin des cours, et leur avait proposé cet emploi. C'est lui qui les payait mensuellement. De temps à autre, l'homme venait inspecter la cuisine et les avertissait sévèrement de traiter les aliments avec le plus grand soin sinon elles seraient congédiées. Ce que les cuisinières faisaient scrupuleusement. Le salaire était satisfaisant. Alors, pourquoi poser des questions? Les mamas avaient ajouté que pour le mois et demi à venir, les ordres étaient de ne préparer que des mets à faible teneur en calories. Toujours sous peine de perdre leur emploi si elles ne suivaient pas ces consignes.

Au Petit marché des femmes, il n'y avait aucune consigne. Les «bonnes femmes» vendaient les aliments à ciel ouvert, sans précautions. On y trouvait surtout des pâtes, des boulettes de mil, d'igname ou de manioc accompagnées d'une sauce habituellement à base de tomates, oignons et poivrons. Cependant, en plus de cette diète de base béninoise, ces «bonnes femmes» offraient une variété d'autres mets: tortue bouillie, viande de chat rôtie sur braise, limaces assaisonnées et autres recettes méconnaissables. Devant ces amuse-gueule exotiques, Dorys avait senti la faim qui la tenaillait s'envoler comme par magie.

29

Roselle

IMPOSSIBLE DE CORRESPONDRE PAR COURRIEL. Des pannes d'électricité, des problèmes techniques, chroniques ainsi qu'une demande excessive des deux ordinateurs disponibles rendaient l'accès au web extrêmement difficile. Et les portables ne fonctionnaient pas à partir de Bacouany. Roselle s'était donc rendue au bureau de poste qui, heureusement, n'était pas trop loin de l'Auberge et avait fait la queue pour utiliser le seul appareil téléphonique de la ville. Elle tenait à savoir si tout allait bien chez elle et surtout comment se portait Justine.

Paulo l'avait rassurée.

Lorsqu'à son tour, il lui avait demandé si tout allait de son côté, elle avait hésité et fini par répondre affirmativement, tout en s'empressant d'ajouter qu'elle avait déjà perdu du poids, car ses vêtements étaient moins serrés.

— C'est beau Rosie! T'as bien fait de participer au voyage, hein? Comment c'est là-bas? Le motel, pas trop pire? Pas dangereux de circuler?

Elle décrivit l'Auberge. Quant aux environs, elle ne connaissait pas encore. Jusqu'à présent, elle s'en était tenue au chantier de construction qui était tout près et…

au marché des femmes. Il n'avait pas à s'en faire, elle ne s'aventurait jamais seule. Elle ajouta avec une note de fierté qu'elle s'était liée d'amitié avec une des participantes. Paulo s'enquit ensuite au sujet de la nourriture.

— Elle est bonne malgré que... je n'ai pas... beaucoup d'appétit dernièrement.

— ...

— Paulo? Tu es toujours là?

— Oui...

— Ah! Je croyais qu'on nous avait coupés.

— Écoute, Rosie, j'ai comme l'impression que tu me caches quelque chose. On dirait que... tu manques d'énergie. Tu travailles pas trop fort au moins?

Elle le rassura. Harvey, le responsable du projet, n'était pas exigeant; même qu'il était très gentil et compréhensif.

— Qu'est-ce que tu fais?

Elle expliqua qu'elle avait été assignée à une maison et qu'elle aidait les futurs propriétaires. Elle avait ratissé, pelleté du sable et cloué des madriers.

— Cloué des madriers, bonyenne!

— Oui, pour contenir le ciment du plancher.

— T'es certaine que tu trouves pas ça trop dur?

— Ce n'est pas le travail qui est difficile...

Elle fut tentée lui confier son secret, toutefois elle s'abstint. Mieux valait être sûre. Elle s'en prit plutôt à la chaleur, disant qu'elle était souvent insoutenable. Il l'enjoignit alors de faire attention à elle, car, après tout, il s'agissait de bénévolat. Elle n'était pas obligée de travailler si elle se sentait fatiguée. Ce n'était pas comme si on lui payait un salaire!

— Je le sais, Paulo, mais... si je veux maigrir...

— Rosie... on recommencera pas cet argument-là au téléphone... Tu sais que je t'aime comme tu es.

— Oui... mais... il y a autre chose...

Elle respira profondément, prête à tout avouer, mais encore une fois changea d'idée. Franchement, il était ridicule d'accorder de l'importance à la parole d'une voyante. Elle consulterait Bertrand avant de...

— Rosie? Rosie? T'es toujours là?

— Oui... oui.

— Quelle autre chose? Tu te sens pas bien? C'est pour ça que t'as pas d'appétit?

— Non. C'est juste que... les repas sont... difficiles à l'Auberge. Tu sais, plusieurs ne se nourrissent jamais à leur faim ici. Ah! Paulo, tu devrais voir les enfants! Ils viennent nous regarder manger et... ils font tellement pitié. Je pense à... à Justine... si elle était obligée de vivre comme ça et.. et...

Un sanglot l'étrangla et elle ne put continuer. Immédiatement, Paulo lui répéta de revenir à la maison. Elle n'avait qu'à prendre l'avion le lendemain et il irait la chercher à Toronto.

Elle hoqueta et se moucha.

— Mer-ci, P-Paulo, mais... il faut que je reste. Pour moi... Je dois me rendre jusqu'au bout. Nous avons déjà dépensé tellement d'argent pour des programmes d'amaigrissement qui n'ont jamais rien donné!

— Ros...

— Embrasse Justine bien fort pour moi. Ça m'a fait du bien de te parler. Tu es bon pour moi, Paulo. J'ai eu un moment de faiblesse; ça va aller. Je dois raccrocher, des gens attendent. Il n'y a qu'un téléphone ici. Je te rappelle mercredi prochain. Non, jeudi. Mercredi, c'est la journée du marché des femmes. Je t'en reparlerai. Je t'aime.

— Je t'aime aussi.

Elle revint à l'Auberge le cœur lourd. Paulo était un bon mari. Jamais il ne lui reprochait sa grosseur. Jamais il ne faisait de commentaires désobligeants. Il était sincère quand il disait qu'il l'aimait. Pourquoi ne pouvait-elle s'accepter comme lui l'acceptait? Pourquoi s'accrocher à ces maudites revues qui affichaient des modèles impossibles à imiter? Elle savait pourtant que les photos étaient retouchées, embellies. Malgré cela, ces images la hantaient où qu'elle aille: à l'épicerie, chez le coiffeur, chez le médecin, le dentiste, la pharmacie, le dépanneur, jusque chez ses amies où ces vedettes à taille de guêpe la narguaient à partir de tables à café. Impossible de les éviter.

Et la télé, les journaux, le web, la radio, partout on ne parlait que d'obésité! La société était devenue obsédée par l'embonpoint. Lasse de se sentir persécutée ainsi, elle se dit qu'elle ne pouvait continuer de la sorte: tenue en otage par ses bourrelets de graisse, prisonnière de ce corps qu'elle abhorrait. Elle persisterait cette fois-ci, se disant que les six prochaines semaines seraient un bon début. Elle avait déjà perdu quelques kilos. Restait à savoir pourquoi…

Impossible cependant d'arrêter de se tourmenter: si la voyante avait raison? Si elle était enceinte? Non! Elle avait maigri, non engraissé! D'un autre côté, il arrivait parfois que…

L'idée d'une grossesse ne lui était pas venue malgré le retard de ses règles, car les nombreux produits chimiques, ingérés pour calmer son appétit, ainsi que les différents régimes auxquels elle s'était astreinte au cours des années avaient perturbé son système hormonal. Elle ne pouvait donc plus se fier à son cycle menstruel.

Se pouvait-il que cette diseuse de bonne aventure ait raison?

L'étrange rencontre avait eu lieu au Petit marché des femmes où elle s'était rendue avec Dorys et Safi. Elle déambulait parmi les étalages, s'arrêtant ici et là pour examiner la marchandise artisanale quand on l'avait interpellée d'un «pssstt» et d'un geste de la main. Circonspecte, elle s'était avancée vers la hutte où une vieille femme l'invitait à entrer.

Assise sur un siège bas, enturbannée, couverte de breloques, le visage blanc de talc, celle-ci attendait dans la pénombre éclairée seulement par la flamme d'une chandelle. L'odeur âcre de la fumée mêlée aux relents de sueur d'un corps mal lavé avait presque incité Roselle à retourner sur ses pas. Devinant son intention, la vieillarde l'avait pressée d'entrer en lui présentant une pancarte de carton écrite à la main qui clamait : *Grande voyante, tragipraticienne, soigne toutes les maladies, prédit l'avenir.*

Curieuse, Roselle s'était avancée prudemment. Le sol de la cabane était jonché de récipients, bouteilles de cosmétiques, contenants de médicaments et statuettes. Il y avait même une croix fichée en terre, entourée d'un cercle dessiné à la craie. Elle avait sursauté lorsque la femme avait soudainement battu des mains et tendu son tablier en vue d'une obole. Mal à l'aise, regrettant se s'être laissée convaincre, Roselle avait fouillé dans ses poches et jeté une poignée de billets dans le tablier.

La voyante lui avait fait signe de s'approcher jusqu'à ce qu'elle puisse la toucher. Le visage empreint de dignité, cette dernière avait posé ses paumes à plat sur son ventre. Les yeux fermés, elle avait entonné une mélopée lente et lugubre. Tendue, le cœur battant, Roselle s'était mise à reculer imperceptiblement. C'est alors que la vieillarde avait déclaré d'un ton solennel: un garçon. Elle avait ouvert les yeux et devant l'expression incrédule de sa cliente, avait souri et hoché la tête. Ébranlée, Roselle s'était empressée de sortir dans le soleil du midi.

Depuis, elle n'arrêtait pas de se questionner: se pouvait-il qu'elle soit enceinte? Si c'était vrai, Paulo serait aux anges. Un petit garçon! Mais... une grossesse! Elle prendrait encore du poids! Juste au moment où elle était convaincue d'avoir enfin trouvé un moyen qui lui ferait connaître le succès. C'était injuste.

«Par contre... un petit gars! Un frère pour Justine!»

C'est alors qu'une horrible pensée lui traversa l'esprit: la savarine! Ce médicament pouvait-il causer du dommage au fœtus? Si oui, et qu'elle soit enceinte, il lui faudrait le discontinuer! Que ferait-elle alors? Existait-il un autre choix? Pouvait-elle se fier aux médecins africains s'ils prescrivaient autre chose? Sinon, il fallait retourner au Canada. Le plus tôt possible.

Et si le médicament avait déjà eu des conséquences fâcheuses? «Voilà,» se dit-elle, «où j'en suis rendue avec ce maudit problème d'obésité.» Elle regrettait de ne pas avoir écouté Paulo et d'être restée à la maison. Puis, elle se raisonna. «Je me suis encore laissé emporter par mon pessimisme. Croire une voyante. Enceinte! Quelle idée! Mes nausées sont probablement causées par une salmonelle. Un contretemps qui passera.» Et elle se promit de se tenir loin des diseuses de bonne aventure dorénavant.

30

Aimé

LES CHOSES ALLAIENT DE MAL EN PIS POUR AIMÉ. La patte le suivait partout. Le hantait. Et voilà que son pain de savon venait d'aggraver la situation.

De plus, il y avait Gaétan qu'Aimé considérait comme un gros plein de soupe ignare qui menaçait de lui casser le bras. Et la faim le tenaillait! Le menu fade et répétitif de tomates, salade aux tomates, boulettes de maïs trempées dans de la sauce aux tomates, riz, volaille et fruits, toujours servi en portions pour enfants, le laissait continuellement sur son appétit. Qu'aurait-il donné pour un énorme bifteck saignant avec oignons, patates au four et crème sure, suivi de gâteau au chocolat!

Tous ressentaient les mêmes affres ct un climat de mécontentement régnait à l'Auberge. Il fallait marcher sur des œufs. Ce qui n'était pas peu dire! Et Aimé qui, à grand-peine, avait obtenu congé de son poste de professeur de géographie pour un semestre, désespérait d'avoir été assigné comme aide à ce Clovis qu'il considérait comme un véritable illuminé.

Il se réjouissait d'avoir une chambre à lui seul où il pouvait détendre ses muscles à la fin de la journée et laisser reposer son pauvre bras. Il savait très bien, lors de son inscription au voyage, que personne ne voudrait chambrer avec lui. Il sourit au souvenir de la réaction de Tony quand il avait déclaré qu'il préférerait partager sa chambre avec une dame. Le pauvre avait failli s'étouffer avec son café!

Aimé revint à Gaétan. «Quel rustre que cet homme! Inutile cependant de le traiter de ce descriptif; le gars ne comprendrait pas. Son vocabulaire était très limité, et la plupart du temps, complètement de travers. «Le Banin!» Même pas capable de bien identifier le pays où il se trouvait! Quant à la menace de lui casser un membre, il n'avait qu'à en toucher un mot à Clovis... »

Ce qui le ramena à la patte.

Il trouvait de plus en plus ennuyeux que Clovis se soit mis en tête qu'il possédait quelque pouvoir occulte. À chaque tic, grimace ou moulinet, l'Africain accourait pour l'observer, arborant toujours une expression de déférence respectueuse. Et voilà qu'un savon se mêlait de venir confirmer ces pouvoirs!

Il se dirigeait vers les douches un bon matin, serviette autour du cou, rasoir, brosse et pâte dentifrice ainsi que ce damné savon en main quand Clovis s'était approché pour lui parler. Les yeux de l'Africain s'étaient subitement agrandis de stupéfaction et il s'était mis à marmotter et pointer du doigt. Ne comprenant pas la raison de cet énervement, Aimé s'était arrêté pile au milieu de la cour intérieure pendant que Clovis, visiblement troublé, fixait le savon. Ce n'est qu'après que ce dernier eut révérencieusement posé le doigt sur les lettres «F» et «a» que la lumière s'était faite.

L'oracle *Fa*!

Aimé avait lu considérablement au sujet du vaudou avant son départ. Il savait que cette religion était profondément enracinée dans les traditions culturelles africaines. Des découvertes archéologiques sur le littoral ouest-africain démontraient que les cultes vaudou y étaient pratiqués depuis plus de quatre mille ans. Cette religion liait la nature et ses événements à des divinités et des esprits avec lesquels les adeptes croyaient pouvoir communiquer par le phénomène de transe. Aimé avait appris que, pour les Béninois, il était impératif de consulter l'oracle *Fa* avant chaque cérémonie. Lors de l'entretien, le *bokonon* ou devin manipulait deux cordelettes, chacune portant huit coques. Il les laissait choir et les coques tombaient face fermée ou face ouverte. Chaque signe était un message destiné à prédire l'avenir.

Et Clovis avait associé le pain de savon *Fa* à cet oracle. Aimé avait eu beau protester et expliquer qu'il s'agissait d'une simple marque commerciale et non d'une manifestation divine, l'Africain n'avait pas changé d'idée. Il le poursuivait avec la patte. Patte de léopard qu'il avait de toute évidence achetée au maquis du Cœur d'Afrique. Ce même gigot que le propriétaire avait voulu lui faire cuire.

D'après ce qu'Aimé comprenait, cette patte était une reconnaissance de ses pouvoirs mystérieux ainsi qu'un hommage à sa personne. Il avait presque fait une syncope quand il l'avait trouvée sous son lit, alerté par une odeur suspecte. Une autre fois, elle était apparue dans la salle de douches où il était à se laver. La chose l'avait même suivi sur le chantier de construction à l'endroit exact où la maison de Clovis devait être érigée!

Difficile de travailler dans de telles conditions. Il en avait discuté avec Harvey. Ce dernier avait souri et dit qu'il avait vu pire. Et, sans perdre de temps, lui avait demandé d'accompagner les hommes qui charroyaient le gravier nécessaire à contrer les dommages causés par la boue lors de la saison des pluies.

31

Daniel

CALIXTE DASBOGUN ÉTAIT D'ACCORD. Heureusement. Autrement, Daniel risquait la démence. Il avait un besoin urgent d'occuper son temps en soirée. Pour trois raisons.

Premièrement, impossible de rester auprès de Françoise, elle le rendrait fou avec ses plaintes et ses menaces constantes de retourner au Canada. Retour que (cruauté du destin?) elle remettait toujours au lendemain. Deuxièmement, son passe-temps préféré lui manquait diablement. Habituellement, après son quart de travail dans l'énorme frigo de la boucherie, il rentrait souper, lavait la vaisselle et s'installait confortablement dans son fauteuil pour écouter la télé. Il y passait la soirée, se levant seulement pour aller chercher des grignotines: chocolat, croustilles, biscuits et gâteaux Vachon qu'il enfournait avec délice, arrosés de Pepsi.

Il aimait les documentaires sur la nature, les comédies, les sports et surtout les séries télé-réalité américaines. Il aurait bien voulu savoir qui gagnait *The Amazing Race* et *The Biggest Looser*, émissions qu'il suivait fidèlement d'une semaine à l'autre. Il regrettait en particulier de devoir manquer six épisodes de sa série préférée *Survivor*, bien qu'il avait l'impression d'en vivre sa propre version ici à Bacouany.

Il lui était facile de s'imaginer avoir été laissé sur une île tropicale avec sept autres concurrents où il devait se battre contre la faim, trouver des activités pour passer le temps et s'assurer systématiquement que l'adversaire la plus menaçante soit éliminée...

Daniel avait de la difficulté à croire qu'il avait tenté de tuer sa femme. L'événement du *zem* lui semblait irréel. Tout était arrivé si vite. Du coin de l'œil, il avait capté la moto qui fonçait à pleine vitesse. Son cerveau, rapide comme l'éclair, avait analysé la situation, conclu qu'il n'y avait aucun danger que son geste soit repéré dans la foule compacte et avait donné le signal. Par pur réflexe, les muscles avaient propulsé son bras dans le dos de sa femme. Il avait sondé sa conscience : le regrettait-il ? Le pire était que non. Pourtant, jamais il ne se serait cru capable d'un tel geste. Il y avait songé. Rêvé même. Une simple petite poussée et... mais de là à passer à l'acte. Impensable. Avait-il l'intention de recommencer ?

« Il *verrait*... »

Plus il s'acclimatait au Bénin, plus il se grisait de liberté. Sans savoir pourquoi, toutes appréhensions, contraintes et obligations envers sa femme s'étaient envolées. Il y avait longtemps qu'il s'était senti si décontracté. Même les sobriquets humiliants dont sa femme l'affublait le laissaient indifférent.

D'ailleurs, il voyait peu Françoise. Excepté en soirée. Elle refusait toujours de prêter main-forte au projet tandis que lui passait la journée à besogner. Il aimait le travail de construction. Il s'y découvrait des talents et des forces insoupçonnés. Les familles, qui travaillaient d'arrache-pied au chantier afin de voir leur rêve de devenir propriétaire d'une maison se réaliser, le traitaient avec respect. Même qu'ils se fiaient à lui pour les diriger.

Restait la soirée.

D'où la troisième raison pour laquelle il lui fallait trouver quelque chose à faire. Le pénible désœuvrement suscitait chez lui les pires attaques de rage de sucre jamais expérimentées. Son corps avait besoin de son *fix* tout autant qu'un toxicomane avait besoin de sa drogue. Il devenait obsédé par l'idée des tartes au sucre de sa mère. Il se voyait mordre avec gourmandise dans la pâte croustillante, laisser fondre sur sa langue le succulent mélange de sucre brun, beurre et crème jusqu'à ce qu'il le laisse couler délicieusement au fond de sa gorge pour enfin l'avaler. Bouchée divine suivie d'une goulée de bon lait froid. Il en rageait!

Moins dorénavant.

Le directeur de l'école avait donné son accord pour l'organisation d'équipes de soccer. «Lui, entraîneur sportif! Un exploit possible qu'en Afrique.»

L'idée lui était venue après avoir vu des jeunes s'amuser sans grand enthousiasme à frapper un ballon à petits coups de pieds apathiques. Il avait compris que ces enfants avaient besoin d'être motivés. Pour ce faire, il leur fallait de la structure, de l'organisation. Et lui avait besoin d'activités afin de tromper ses rages de sucre toujours grandissantes et la faim qui menaçait de le dévorer tout rond après les maigres soupers servis à l'Auberge.

Ballons, buts, dossards, sifflets. Tout cela remplacerait ses idées de tartes. En plus, il ferait de l'exercice. Car, bien sûr, il ne comptait pas rester à guider les jeunes à partir de la ligne de jeu; il s'impliquerait dans les parties. Et peut-être maigrirait-il? Lui qui ne s'était jamais préoccupé de son poids, voilà que l'Afrique, qui semblait l'avoir rendu indifférent à d'autres pressions, le conscientisait tout à coup à son corps.

L'école était située au milieu d'un champ dénudé qui s'étendait au pied de collines rondes et vertes. Elle consistait en quatre édifices : le bureau du directeur, un cube formé de perches verticales serrées les unes contre les autres, recouvert d'un panneau de tôle ; un rectangle de ciment percé de fenêtres sans vitres, divisé en trois classes, ainsi que deux *apatam*, toit de paille grise perché sur des gaules sous lequel étaient regroupés de vieux pupitres de bois.

Calixte Dasbogun, un homme dans la quarantaine, vêtu d'une chemise et d'un pantalon blancs, le reçut dans son bureau, se levant pour lui serrer formellement la main.

— Comment puis-je vous aider, monsieur… ?

— Daniel Perron.

Intimidé par ce professionnel à l'allure sévère, Daniel hésita, bafouilla et réussit enfin à s'expliquer. Sur quoi, le directeur voulut savoir combien d'élèves il souhaitait et de quel groupe d'âge. Daniel qui n'avait pas pensé en termes de spécificité commença par répondre qu'il ne savait trop pour finalement déclarer qu'il accepterait tous les jeunes qui auraient le goût de jouer après les heures de classe. Il demanda :

— Vous avez combien d'élèves ici ?

— Plus d'une centaine, tout dépend… Nous recevons de temps à autre de jeunes Peuls qui vivent plus au Nord.

Daniel ne connaissait pas les Peuls. Calixte Dasbogun expliqua que plusieurs étudiants venaient à pied, de très loin. Donc, pendant la saison des pluies, quand les routes devenaient impraticables, ils devaient s'abstenir. Certains ne fréquentaient l'école que sporadiquement, car ils devaient aider à la maison, les filles surtout. D'autres laissaient tout simplement, les parents ne pouvant payer.

— Je sais bien qu'au Canada, les choses sont différentes, mais ici il faut s'adapter aux circonstances, n'est-ce pas?

Calixte Dasbogun s'exprimait de façon défensive comme s'il s'attendait à être contredit. Daniel, cependant, n'était pas le genre à entamer une discussion qui pouvait mener à un désaccord quelconque. Il fit donc signe que oui, sur quoi le directeur déclara qu'il était déjà allé au Canada. À Montréal. Mimant un frisson, il déclara:

— Dieu qu'il faisait froid!

Le pauvre Daniel qui suait à grosses gouttes se complut à penser à un Montréal glacial. Et devant le silence de son interlocuteur, l'homme revint enfin au soccer.

— Est-ce que vous inclurez les filles?

Daniel s'empressa d'acquiescer. Au Canada, les équipes de jeunes étaient mixtes. Calixte Dasbogun se déclara satisfait. Daniel s'enquit à savoir si l'école avait des ballons et des buts.

— Non, je regrette. Comme vous voyez.

L'homme fit un geste de la main pour indiquer la pauvreté des lieux et concéda à contrecœur:

— Nous avons l'essentiel, cependant pour le superflu...

— Eh bien, quelques femmes de l'Auberge se rendent à Parakou samedi. J'vas y aller aussi et acheter le nécessaire. Et une place pour jouer? On pourrait-tu jouer ici...

Daniel tenta de voir l'extérieur par les fentes entre les perches.

— ... dans la cour d'école?

— Absolument. Comme vous avez constaté en arrivant, tout est propre. Les étudiants ont la responsabilité de balayer la cour chaque matin. Ils doivent également nettoyer le plancher des salles de classe. Nous n'avons pas de concierge ici.

Le ton laissait entendre qu'un tel service relevait d'un luxe impensable. D'après le directeur, il était important de responsabiliser les enfants. De cette façon, ils appréciaient mieux leur éducation. Ceux et celles qui ne faisaient pas preuve de bonne volonté avaient droit à la chicotte. Daniel n'avait aucune idée de ce qu'était une chicotte; cependant, il connaissait la manie obsessionnelle des Béninois de balayer le sol. Chaque matin, alors qu'il se rendait au terrain de construction, il entendait le *swish, swish* des balais des maîtresses de maison, s'affairant autour de leur habitation. Il demanda :

—Ouais... bon... ben, voulez-vous que j'vienne rencontrer les jeunes pour leur demander qui s'rait intéressé à participer?

—Venez en fin d'après-midi. Je ferai rassembler les étudiants devant mon bureau. Vous pourrez leur proposer votre idée.

En sueur, Daniel quitta le petit cube surchauffé par les rayons du soleil qui s'infiltraient par les fentes intermittentes et dessinaient de longues lignes obliques sur le pupitre du directeur.

32

Karinette

DES TAM-TAMS AFRICAINS TAMBOURINAIENT dans la tête de Karinette à un rythme furieux. Si elle ne bougeait pas *du tout*, son estomac restait calme. Dès qu'elle faisait mine de se lever de la chaise où elle s'était laissée choir après avoir tenté de se rendre au restaurant pour une tasse de café, le martèlement douloureux s'amplifiait et son estomac chavirait dangereusement.

« Trop de *sodabi*. » s'avoua-t-elle. Elle aurait dû refuser le dernier verre, mais Soulé voulait tellement lui faire plaisir, comment dire non?

— Tiens, ma belle Karine. Goûte, c'est délicieux!

— Qu'est-ce que c'est?

— Du bon vin. Fait de palme fermentée. Exquis!

« Exquis! Il s'exprimait avec des mots si romantiques! » Karinette le trouvait beau, grand, sophistiqué, sexy. Exactement comme les héros des romans Harlequin qu'elle lisait constamment. Elle ne pouvait croire qu'il s'intéressait à elle. Il l'avait même invitée chez lui pour lui présenter sa mère!

La jeune fille avait été agréablement surprise de constater que celle-ci était également une femme corpulente. Visage joufflu et souriant, cheveux gris tressés et noués sur la nuque, vêtue d'un boubou orange, madame Bembé l'avait accueillie à bras ouverts. Elle vivait seule avec son fils dans un minuscule bungalow de terre cuite, situé dans une ruelle rejoignant la rue principale.

La demeure ne comptait que deux pièces : une pour cuisiner, manger, séjourner et dormir; l'autre pour ranger les choses. Les meubles consistaient en une table, deux lits pliants, quelques chaises et une petite armoire, le tout faiblement éclairé par une unique ampoule qui pendait du plafond. Les fenêtres sans vitres étaient fermées par des plaques de tôle. Soulé avait expliqué que c'était pour empêcher la chaleur d'entrer. Karinette avait apprécié l'agréable sensation de fraîcheur qu'offrait le béton brut du sol sous ses pieds.

Madame Bembé l'avait invitée à s'asseoir à la table. Tout en bavardant, elle avait allumé un petit réchaud à alcool, torréfié quelques grains de café, puis les avait broyés dans un mortier métallique. Elle avait ensuite versé de l'eau dans une vieille cafetière, y avait transvasé le café moulu au moyen d'un éventail tressé et l'avait placée sur le feu. Fascinée, la jeune fille avait observé le breuvage s'écouler lentement en un flot épais. Madame Bembé en avait versé trois tasses qu'elle avait placées sur la table. Soulé lui avait galamment offert du sucre et du lait.

Le jeune homme cherchait continuellement à lui faire plaisir. Non seulement il tenait à lui faire vivre et goûter sa culture, mais il montrait un intérêt marqué pour toutes choses canadiennes. De plus, il insistait pour tout savoir au sujet de cette participante au projet de Mission Maisons. Après la visite chez sa mère, il l'avait questionnée sur la sienne.

— Alors ma belle Karine, tu cohabites aussi avec ta mère?

— Oui.

— Tu as des frères, des sœurs?

— Non, c'est juste elle et moi.

— Vous vivez dans une grande maison?

— Une maison… ordinaire.

Lorsqu'il lui avait fait admirer son vélo, il avait demandé :

— Je suppose que vous avez une auto?

— Oui, bien sûr.

— Tu la conduis?

— Ben… oui.

Elle n'avait pas voulu admettre que sa mère cachait les clefs. Il avait ensuite parlé de son emploi à titre de conducteur de taxi-brousse et voulu savoir.

— Est-ce que toi, tu as un emploi, ma Karine?

Saisie d'émoi devant la répétition de ce possessif, elle avait balbutié :

— Non… pas encore. Je… cherche toujours.

— Ta mère?

— Quoi ma mère?

— Est-ce qu'elle travaille?

— Non… ma mère n'est pas bien…

— Elle est malade?

— Souvent, oui.

— Comment faites-vous pour vivre, alors?

Devant son air perplexe, il avait spécifié :

— Si vous n'avez pas de revenu…

— Ah! Ma mère reçoit une pension du gouvernement… à cause de sa santé.

— Un montant substantiel? Je veux dire… j'espère que c'est suffisant pour vous permettre de vous payer des petits luxes de temps à autre.

Affable, il avait ajouté :

— C'est si important de jouir de la vie, n'est-ce pas?

— Ben… oui. Comme tu vois, j'ai pu me payer ce voyage, ici au Bénin, qui m'a permis de te rencontrer…

Elle avait levé sur lui des yeux câlins pour lire sa réaction. Soulé lui avait alors prit la main, l'avait portée doucement à ses lèvres et murmuré :

— Quelle chance, en effet! Dis-moi, ma belle, as-tu un petit ami qui t'attend chez toi?

— Non, certainement pas! Du moins… rien de sérieux. Pourquoi?

Il l'avait regardée de ce grand sourire qu'elle aimait de plus en plus et l'avait taquinée.

— Donc, je n'ai pas à m'inquiéter de la compétition?

— Pas du tout.

— C'est la réponse que je souhaitais.

Ils avaient marché jusqu'à l'école. Le jeune homme tenait à lui montrer l'endroit où il avait entrepris ses études avant de se rendre à Paris.

— Tu vis dans une ville ou un village?

— Ben… un village.

— C'est loin de tout?

— Non, pas vraiment… loin de quoi, tu veux dire?

— Loin des grands centres urbains, aéroports, gares, théâtres, universités.

— Pas vraiment. Il y a tout ça dans le nord de l'Ontario.

Pour prouver qu'il s'intéressait à tout ce qui la touchait, Soulé était alors entré dans le bureau du directeur et avait emprunté un atlas afin qu'elle puisse lui montrer exactement où elle demeurait.

Ils ne se connaissaient que depuis deux semaines, néanmoins le jeune Noir savait déjà beaucoup de choses au sujet de Karinette. Il l'avait même questionnée subtilement sur sa virginité; ce qui l'avait fait rougir jusqu'à la racine des cheveux.

Bertrand avait tenté de dissuader la jeune fille de voir Soulé. Il lui avait fortement suggéré de ne pas s'éloigner de l'Auberge seule en sa compagnie. Celle-ci lui avait répondu poliment de se mêler de ses affaires, se disant qu'elle avait réussi à s'éloigner de sa mère qui la guettait comme un chat guette une souris, elle n'allait pas commencer à obéir à un homme qui n'avait rien à faire avec elle!

Il en était de même pour Jacquie, sa compagne de chambre, qui avait laissé entendre que Soulé avait peut-être des motifs ultérieurs. Karinette ne savait pas ce que ces mots voulaient dire; néanmoins, elle avait compris qu'il s'agissait là de paroles négatives à l'égard de son ami. Quand elle en avait parlé à Soulé, celui-ci l'avait rassurée en affirmant que Jacquie était sûrement jalouse.

La jeune fille croyait que ses compagnons de voyage devenaient enragés. Ils avaient trop faim. Surtout cette Françoise qui passait ses journées dans sa chambre à se plaindre de tout et de tous. Karinette n'avait que sympathie pour Daniel. Chaque matin, le couple déjeunait à la table près de la sienne et, sans le vouloir, elle entendait la femme traiter son mari de tous les noms.

Chacun avait adopté une table en particulier et semblait y tenir. Gaétan et Aimé en étaient presque venus aux coups un bon matin alors que le bonhomme au bras volant s'était assis à la soi-disant place de Gaétan. Bertrand qui, d'après Karinette, se prenait non seulement pour son père, mais tout autant comme l'arbitre du groupe avait dû intervenir.

Dorys et Roselle étaient devenues de bonnes amies. Du moins, la jeune fille le pensait-elle, car les deux femmes passaient tout leur temps ensemble. Roselle, cependant, lui paraissait souffrante. Plusieurs matins, Dorys avait préparé un plateau de nourriture pour son amie et le lui avait porté à la chambre.

Quant à Jacquie, elle ne restait jamais au même endroit très longtemps. Elle avait confié à sa compagne de chambre qu'elle devait maigrir à cause d'un début de diabète et que la seule façon d'y parvenir était de rester active. Elle travaillait toute la journée au terrain de construction et en soirée elle s'occupait de la petite Delphine, fillette qu'elle semblait avoir adoptée pour la durée de leur séjour.

Pour sa part, Karinette ne souffrait pas de la faim. Prévenant, Soulé avait toujours une gâterie pour elle, soit un fruit, des *klui-klui,* galettes d'arachides assaisonnées que cuisinait sa mère, ou un de ces gâteaux qu'offraient les vendeurs ambulants. La veille, Soulé lui avait non seulement fait goûter au fameux *sodabi,* mais lui avait donné un morceau de *wagassi* tout en lui promettant de l'amener voir comment on fabriquait ce délicieux fromage.

Un mouvement furtif à la porte tira Karinette de ses pensées. Une petite tête noire frisée apparut dans l'entrebâillement. Delphine. Nerveuse comme un suisse, la fillette zieutait l'intérieur, prête à déguerpir si elle se sentait menacée. «Pauvre petite! Elle cherche probablement Jacquie», songea-t-elle. «Pourtant, elle devrait savoir qu'elle est au chantier de construction.»

Doucement, elle l'invita à entrer d'un signe de la main. Jacquie l'avait avertie qu'il ne fallait ni parler fort ni faire de grands gestes en présence de la fillette. Celle-ci soupçonnait que l'enfant était battue et délibérément privée de nourriture. Karinette espérait la convaincre de se rendre à la cuisine pour aller lui chercher une tasse de café.

33

Parakou

Ils se trouvaient coincés tous les cinq dans un vieil autobus-taxi-brousse délabré avec trois autres passagers et quatre chèvres, en route pour Parakou en ce deuxième samedi du forfait. La chaleur et l'odeur étaient insoutenables. Lorsque Roselle, nauséeuse, sortit la tête pour respirer par la fenêtre sans vitre, elle se trouva nez à bec avec un coq attaché par les pattes au poignet de son propriétaire assis sur le toit du véhicule.

Safi avait invité Dorys à magasiner au grand marché Arzéké. Elle s'y rendait dans le but de refaire le plein pour son Petit marché des femmes. Dorys, tout heureuse de pouvoir enfin examiner la marchandise africaine, avait accepté avec joie.

Roselle avait tenu à les accompagner afin de se procurer un test de grossesse, n'en ayant pas trouvé à la pharmacie locale. Sans moyens de faire d'échographie ni d'analyses urinaires ou sanguines, Bertrand n'avait pas cru bon de se prononcer. Il l'avait cependant rassurée; la savarine ne posait pas de problème pour un fœtus.

Daniel, pour sa part, cherchait de l'équipement de soccer et voulait voir Tony.

Karinette avait été invitée par Soulé qui faisait office de conducteur.

Ils n'avaient pas fait cinq kilomètres que le bus se mit à crachoter et à avancer par saccades. Soulé freina, stationna le véhicule et sauta par terre. Inquiète, Dorys se tourna vers Safi:

— Que se passe-t-il?

La Béninoise soupira et grommela d'un air résigné.

— Probablement des saletés au fond du réservoir d'essence.

— Mais... qu'allons-nous faire?

— Attendre.

— Attendre quoi?

— Que le conducteur l'ait pompé et nettoyé.

— Ça va être long?

— Difficile à dire, il faut être patient.

— À quelle heure crois-tu que nous serons à Parakou?

— Difficile à...

C'est alors que Roselle émit un long gémissement et s'extirpa tant bien que mal de son siège pour aller vomir sur le bord de la route. Tremblante et humiliée, elle remonta à bord avec difficulté pour s'apercevoir qu'une chèvre avait pris sa place. Daniel tenta de chasser la bête, néanmoins celle-ci refusa de bouger. Le jeune homme se leva donc et la souleva à deux mains pour la poser par terre. Bêlant et se tortillant, la chèvre l'éclaboussa alors d'un long filet d'urine. Amusés de voir ce touriste aux prises avec un animal, les passagers africains éclatèrent de rire.

Devant cette hilarité qu'elle jugeait malveillante, Roselle dut retenir ses larmes pour regagner son siège maintenant couvert de poils, de terre et de gouttes d'urine. Le bus se remit en route, trépidant et bringuebalant. Les

choses allaient de mal en pis. Elle se plaindrait à Tony:
ne devait-il pas s'occuper d'eux? Bien entendu, elle ne
pouvait le tenir responsable de sa grossesse. Si grossesse il
y avait évidemment. Cependant, n'aurait-il pas dû être là
pour au moins leur trouver un véhicule convenable?
Personne n'avait revu le jeune homme depuis une
bonne huitaine. Il avait passé la première semaine avec
eux, s'assurant qu'ils étaient bien logés et nourris selon
les directives de la SurfAir. Il les avait conduits au terrain
de construction, présentés à Harvey, leur avait expliqué
l'horaire de travail et s'était éclipsé. Lorsque les participants
avaient consulté Isabelle, qui arrivait fidèlement au
chantier chaque matin, pour savoir où se trouvait leur
guide, elle avait répondu, sourire en coin, qu'il était
indisposé et qu'il resterait à Parakou pour quelque temps.
« La belle affaire!» s'était dit Roselle. «L'irresponsable se
prélasse probablement dans un hôtel cinq étoiles.»
Elle se pencha vers Daniel.
— Désolée pour ton pantalon.
Bonasse, il sourit.
— Pas de problème, ça va sécher.
— Oui, mais la senteur…
Il baissa la voix et murmura en lui lançant un clin
d'œil:
— Qui va s'en apercevoir ici?
Elle sourit à son tour. Daniel demanda:
— Tu te sens mieux?
— Un peu.
— Tant mieux. Tu penses que c'est quelque chose que
t'as mangé?
Elle hésita avant de répondre.
— Peut-être.
Il s'exclama:

— J'sais qu'y faut faire attention, manger seulement à l'Auberge, mais ciboîte, avec les petites portions que les mamas nous servent, j'ai toujours faim. Pas surprenant qu'on bouffe d'autres choses. Des tomates, de la sauce aux tomates, de la salade aux tomates. Franchement, si ça continue je vas finir par virer tomate!

Il s'arrêta, contrit de s'être laissé emporter et d'avoir mentionné la question de nourriture, un sujet tabou d'un commun accord. Si quelqu'un avait par chance oublié sa faim, pourquoi la lui rappeler?

Roselle changea le sujet.

— On dit que tu veux organiser des parties de soccer pour les jeunes?

Soulagé qu'elle ne prenne pas ombrage, il s'empressa de répondre.

— Oui. Y'ont besoin de sport pis moi ben… moi aussi.

Il lui expliqua alors son projet, sa rencontre avec le directeur d'école et les achats qu'il comptait faire. Elle l'écouta avec intérêt.

— C'est gentil de vouloir aider les enfants. Ils ont si peu ici… comparés aux enfants de chez nous.

De peur de se mettre à pleurer, Roselle se força à ne pas penser à Justine.

— Bah! J'le fais ben plus pour moi que pour eux.

— Est-ce que vous avez des enfants, Françoise et toi?

— Non… pas encore.

— Vous en voulez?

— Moi, oui…

L'implication était claire. La question suivante resta donc en suspend. Roselle n'osa pas la poser et Daniel ne précisa pas. Afin d'alléger l'atmosphère, elle montra l'intérieur bondé du bus d'un geste de la main et le taquina :

— Comment comptes-tu rapporter filets, ballons et dossards? À pied, sur ton dos?

Il répondit du tac au tac.

— Sur le toit. Avec les poules. Soulé a dit que j'pourrais tout attacher là-haut. C'est comme ça qu'y font les choses ici. Moi, ça m'dérange pas. D'abord que je rapporte l'équipement.

— Regrettes-tu parfois d'être venu ici?

— Pas jusqu'à maintenant. J'adore ça! Excepté pour les repas. Faut dire par exemple que... c'était pas mon idée de venir ici.

Devant l'air surpris de son interlocutrice, il s'expliqua.

— C'est Françoise qui voulait venir. Pas moi. Mais là, c'est elle qui veut r'partir pis moi qui veux rester. Même que des fois... ça m'arrive de penser que je vas rester ici pour de bon.

— Pas sérieux?

Daniel ricana.

— On verra...

Elle se tut et ils se contentèrent d'observer le paysage défiler. Les immanquables panneaux publicitaires rivalisaient de slogans pour vanter les bienfaits de différentes églises. Des petits groupes de gamins, semblant surgir de nulle part, couraient le long du chemin. Hommes et femmes déambulaient avec des paniers. Des véhicules de toutes sortes arrivaient en sens inverse. Et, zigzaguant parmi ce va-et-vient, soulevant des nuages de poussière, les habituelles cohortes pétaradantes de mobylettes, clients à califourchon sur le porte-bagages, qui roulaient à fond de train.

Safi et Dorys causaient côte à côte. L'Africaine voulut savoir :

— Crois-tu vraiment que tes clientes canadiennes voudront acheter des boubous et les porter?

— Pas nécessairement à titre de tenues comme ici, mais comme robe d'intérieur, peut-être...

Safi réfléchit tout haut.

— Changer la mode vestimentaire...

Et ajouta:

— C'est bien ce qui se passe ici. Les jeunes adoptent de plus en plus le look cigarette. L'influence de l'occident est visible partout; alors, pourquoi pas l'inverse?

— Le look cigarette?

Safi sourit.

— Le pantalon jeans, tee-shirt serré, nombril à l'air. Ça fait image, n'est-ce pas?

Et l'Africaine se lança dans une longue explication sur le sujet. Les anciens déploraient ces changements vestimentaires. Selon eux, les traditions étaient en voie de disparition, surtout parce qu'on délaissait le pagne, signe d'identité et d'appartenance sociale. Pour leur part, les jeunes arguaient que le moderne était plus pratique, pour monter en *zem* par exemple. Safi admit qu'ils avaient un peu raison.

— Je ne savais pas que le pagne avait une signification spéciale.

— Oh ! Tant pour les hommes que pour les femmes!

Il y avait même un dicton qui affirmait que le pagne faisait l'homme. Il n'y avait pas si longtemps, un homme non drapé pouvait être considéré comme détraqué. Différents types de pagnes avaient différentes utilités. Le *dovo-donou kpé*, par exemple, était le pagne d'intimité; il jouait le rôle de cache-sexe. Elle ajouta à voix basse:

— On dit que l'homme qui a pu voir, toucher ou défaire le *dovo-donou kpé* de la femme d'un autre a déjà commis l'adultère.

Une ombre passa sur le visage de Dorys.

— Tu crois que je pourrais trouver un fournisseur à Parakou si je parvenais à intéresser mes clientes au boubou africain?

— Oh! Assurément! Je t'emmène visiter un atelier d'artisanat où les tisserandes et couturières font preuve de talent exceptionnel.

L'excitation de Safi gagnait peu à peu Dorys. Ce voyage lui serait peut-être encore plus profitable qu'elle ne l'avait cru. La prochaine question de l'Africaine toutefois la confondit.

— Tu as beaucoup de clientes obèses?

Peu habituée à ce que ce sujet soit abordé de façon si franche en sa présence, Dorys resta muette de surprise. Il était difficile de se faire à l'idée qu'il n'y avait ici aucune honte à l'égard de l'obésité. On en parlait en toute liberté. Elle avait même remarqué des regards d'envie à son endroit. Son poids, démontrant qu'elle mangeait toujours à sa faim, était plutôt considéré comme une marque de succès. Quelle étrange sensation que d'être jalousée au lieu de susciter pitié ou mépris. Si seulement l'obésité pouvait être réduite à une simple question de culture. Dommage qu'il faille considérer la santé…

Safi, inconsciente du bouleversement de son amie et jamais à court d'idées lorsqu'il s'agissait de commerce, poursuivait avec enthousiasme.

— Le boubou est tellement confortable. C'est le vêtement idéal pour les grosses personnes. Il ne comprime pas, laisse circuler l'air donc permet au corps de respirer. Habituellement fabriqué de coton, il s'agit d'un vêtement frais. Son tissu absorbe la sueur. De plus, il est facile à laver.

Dorys sourit. «Bonne vendeuse la Béninoise qui était, pour sa part, toujours vêtue avec goût. Pas étonnant que son entreprise fleurisse! Avait-elle des parts dans cet atelier qu'elle lui proposait de visiter?» Puis elle admit :

— Oui, j'ai plusieurs clientes obèses. De plus en plus même.

— Il serait peut-être avantageux pour toi d'importer du tissu? Les femmes pourraient choisir le style, la taille, la couleur, la garniture de leur boubou. Tu comprends? Personnaliser leurs vêtements. Tu pourrais t'associer à une couturière et… Oh! Je t'emmène visiter d'excellentes boutiques où on vend les tissus les plus extraordinaires et…

Dorys s'esclaffa.

— Pas si vite, Safi! Que d'idées! Laisse-moi le temps de réfléchir.

Le trajet de soixante kilomètres dura deux heures et dix minutes, Soulé ayant été obligé d'arrêter deux autres fois : une pour nettoyer à nouveau le réservoir à essence, une autre pour permettre à un voyageur musulman de descendre du véhicule et se prosterner sur sa natte pour prier Allah. Chaque fois, des vendeurs ambulants fondirent sur les voyageurs pour leur proposer lunettes, cacahuètes, radios, cure-dents, flip flops, miroirs, savons, et autres marchandises disparates. Quand enfin la pancarte routière afficha le nom de la ville, Safi expliqua :

— Parakou est un mot *dendi* qui signifie «la ville de tout le monde».

Soulé arrêta le bus sous une immense arche de bois surplombant la route sur laquelle s'effritait la peinture des lettres : Marché international Arzéké de Parakou. Les Africains descendirent dans une cacophonie de: «Merci!», «Content d'avoir fait votre connaissance» et «Au revoir», emportant bagages, chèvres bêlantes et poules effarouchées.

Karinette resta bien assise, attendant Soulé qui avait promis de lui faire visiter la ville. Daniel, incertain quant à la direction à prendre, questionna le conducteur. Celui-ci lui dessina une carte sommaire sur un bout de papier, indiquant les boutiques de sports appropriées ainsi que l'hôtel Papiki où, selon Isabelle, se trouvait Tony. Dorys et Roselle suivirent Safi qui, sans hésitation, s'engagea dans la rue principale. Les femmes discutaient joyeusement de casse-croûte lorsque, subitement, Dorys s'arrêta pile et protesta dans un souffle :

— Oh! Non! Pas jusqu'ici!

Roselle murmura :

— C'était donc lui…

Daniel n'eut pas trop de difficulté à localiser le Papiki, un édifice rectangulaire, sis sous la voûte de grands ormes, entouré d'une clôture de briques. Il trouva Tony dans une chambre climatisée, allongé sur le lit. Ce dernier n'avait pas bonne mine et ne semblait pas disposé à recevoir un visiteur. Hésitant, Daniel hasarda :

— Tony, est-ce que j'peux te parler deux minutes?

Il s'empressa d'ajouter :

— Ça sera pas long.

Se tenant la tête d'une main et s'aidant de l'autre, Tony se leva avec précaution, repoussa la moustiquaire et s'assit sur le bord du lit.

— Quoi?

— Ben… c'est Françoise… ma femme, elle veut pas rester.

Tony le regarda et attendit, ne semblant pas comprendre.

— Elle veut r'tourner à maison.

Aucune réponse. Daniel enchaîna :

— Pis, ben… je me demandais si c'était possible…

— Possible?

Tony était-il lucide? Les yeux perdus, il semblait fixer le vide. Inquiet, Daniel s'enquit:

— Es-tu correct, toi? T'as pas trop l'air dans ton assiette…

Tony se passa la main sur le front et fit un effort pour se concentrer.

— Ça va aller… c'est… quelque chose que j'ai mangé… Un autre!

— Ciboîte! J'espère que c'est pas grave.

— Non, le médecin dit que ça va passer… quelques jours et je devrais me sentir mieux. Tu dis que ta femme…?

— Elle veut r'tourner au Canada. C'est-tu possible de changer la date son billet? La retourner à Cotonou pour qu'elle prenne l'avion?

Tony émit un grognement et se laissa retomber sur le lit se tenant la tête à deux mains. Alarmé, Daniel s'approcha. Tony s'était-il évanoui? Devait-il appeler quelqu'un? Comme il s'apprêtait à aller chercher de l'aide, Tony ouvrit les yeux et grommela:

— J'ai un mal de bloc comme je n'ai jamais eu! Veux-tu me donner un verre d'eau et une de ces pilules, là, sur le bureau?

Daniel s'exécuta et, pendant que Tony, appuyé sur un coude, buvait en tenant le verre d'une main tremblante, il se demanda s'il devait poursuivre quant aux caprices de Françoise ou simplement laisser tomber. Tony exhala un soupir, le remercia et dit:

— On parle de vol nolisé, Dan. C'est difficile d'annuler et réserver une place sur un autre avion.

— Ouais…

— Ça ne fait que deux semaines qu'elle est arrivée. Elle a peut-être seulement besoin d'un peu plus de temps pour s'acclimater? Le week-end prochain, j'organise une visite au Parc Pendjari…

— Tu connais pas ma femme.

Malgré son affreux mal de tête, Tony ne put s'empêcher d'esquisser un semblant de sourire au souvenir des qualificatifs cocasses dont la femme affublait son mari. L'effort lui valut un étourdissement qui le terrassa. Excédé, il lâcha :

— Écoute, je ne peux pas m'occuper de ça ici. Il faudrait que j'aille à l'aéroport et voir ce que je peux faire. Tout est compliqué en Afrique. Le temps que ça prendra pour faire les changements nécessaires, il sera probablement temps de repartir alors...

Daniel n'osa pas insister. Tony avait probablement raison. Françoise devrait rester. Bonne chose ? Mauvaise chose ?

Sans crier gare, l'incident de la journée précédente surgit dans son esprit. Il revenait de l'école, au crépuscule, lorsqu'il avait entendu des cris perçants, provenant d'une case à proximité de la forêt : « À l'aide ! À l'aide ! De l'insecticide ! De l'insecticide ! » Il s'était empressé d'aller voir ce qui en était. Il avait trouvé une foule entourant une femme très évidemment enceinte qui criait et se tordait de douleur sur sa couche, son visage un masque d'horreur sous la lueur vacillante de la lampe à l'huile. Elle se tenait la cheville et implorait Dieu à savoir pourquoi Il la punissait de la sorte. Un homme s'était alors frayé un chemin jusqu'à elle et lui avait vaporisé la jambe d'insecticide. Geste inutile, car l'auteur du malheur, un gros scorpion noir, hideux, serres encore dressées, gisait par terre, mort. Le mari était ensuite arrivé au pas de course avec un guérisseur. Celui-ci avait immédiatement enduit l'enflure d'une pâte malodorante tandis qu'on appelait un taxi-brousse pour amener la femme à l'hôpital de Parakou.

Un scorpion...

Daniel revint à Tony. Celui-ci semblait s'être endormi. Il restait allongé sur sa couche, les yeux fermés, le souffle court. Daniel le quitta donc, refermant sans bruit la porte derrière lui.

Tony souleva une paupière pour s'assurer que son visiteur était parti et expira longuement. Quelque chose qu'il avait mangé! C'était bien le cas, en effet. Dans sa crainte d'attraper la malaria, il avait doublé le dosage de savarine. L'avait même parfois triplé. Il se traita d'idiot. Isabelle s'était moquée de lui : un homme instruit, prétendument intelligent, faire preuve de si peu de jugement! Étourdissements, troubles visuels, vomissements, affreux maux de tête, voilà ce qu'il avait récolté. Selon Bertrand, il devrait se sentir mieux sous peu pourvu qu'il s'en tienne au dosage recommandé. Dire qu'il aurait pu se trouver sur la Côte d'Azur! «Maudit Morris!»

«Et voilà que cette Fran de malheur veut foutre le camp!» grommela Tony. Il lui faudrait trouver un moyen de la convaincre de rester, car la SurfAir ne verrait pas d'un bon œil un tel retour. Et, bien sûr, les médias s'en donneraient à cœur joie d'interviewer cette femme pour lui faire dire n'importe quoi. Il était impératif d'éviter toute mauvaise publicité. Il jura à nouveau «Maudite malchance!»

Des bungalows serrés les uns contre les autres, entourés de jardins ou d'étroites cours cachées derrière de hauts murs, défilaient le long de la route goudronnée. Des câbles tendus sur des poteaux recouvraient ce quartier que Soulé qualifiait de «niveau moyen». Selon l'Africain, chaque résidence ici avait l'électricité. Il vantait même le fait que plusieurs familles possédaient téléviseur et ordinateur.

Fier de son pays, Soulé avait commenté avec enthousiasme chaque endroit devant lequel ils étaient passés : la Gare, l'Université, le Musée de plein air, le palais Koburu du roi Akpaki Dagbara ainsi que le Centre culturel français où Karinette avait aperçu des terrains de tennis et de basket-ball.

— Tu vois, ma belle, Parakou est une ville moderne. Peut-être pas aussi développée que les grandes villes canadiennes, je ne peux dire, n'y étant pas encore allé, et certainement pas aussi élégante que les belles villes de France, mais quand même, Parakou a son charme, n'est-ce pas ?

Devant l'immeuble de la Préfecture, il avait précisé :

— Parakou est le centre administratif du Nord alors...

Ces explications n'intéressaient pas Karinette. Elle jouissait de cette visite guidée parce que cela lui permettait de rester assise tout près du beau Béninois qui, de temps à autre, sous prétexte d'attirer son attention sur un détail quelconque, lui effleurait une joue, un bras, un genou, ce qui créait chez elle un sentiment de bien-être affriolant. Sentiment qui, malheureusement, s'estompait peu à peu parce que grignoté à cruelles petites bouchées par la faim. Sans crier gare, son estomac émit tout à coup un long grognement que la jeune fille ne tenta pas de dissimuler. Soulé se tourna vers elle et sourit de ses belles dents blanches, mises en valeur par la couleur beurre de caramel de son visage. À l'évocation de ce délicieux beurre à tartiner, l'estomac de Karinette se contracta à nouveau et l'eau lui vint à la bouche. Elle implora :

— J'ai faim. Est-ce qu'on peut aller manger ?

— Certainement, ma jolie.

Elle adorait qu'il lui parle ainsi.

— Je t'emmène au Flambeau. C'est un hôtel moderne. On y sert de délicieux repas.

« Quel homme avenant ! » se réjouit la jeune fille. « Beaucoup plus distingué que Sylvain. » Elle eut un sourire narquois à la pensée de sa mère. Si celle-ci pouvait la voir présentement, elle ferait sûrement une syncope. « 'Rinette! Perds-tu la tête, sacrifice? Tes parties privées! T'es tellement naïve, 'Tite fille!» Que lui importait? Sa mère était loin et elle comptait en profiter. Au maximum et le plus longtemps possible.

— As-tu des photos de ta maison, de ton village?

Soulé indiquait de son long doigt raffiné le sac à main qu'elle avait déposé sur la chaise, à côté d'elle. Ils étaient assis tous deux à une table chic, recouverte d'une nappe bien empesée, d'un blanc éclatant. Un serveur diligent les y avait accompagnés, demandant si l'emplacement leur plaisait. Le garçon avait tiré sa chaise, lui avait tendu sa serviette et avait ensuite présenté la carte des vins à Soulé. Ce dernier l'avait consultée quant à sa préférence. Elle ne s'y connaissait aucunement. Minaudière, elle s'en était remise à son compagnon qui avait choisi un cru blanc, sud-africain, expliquant qu'il avait appris à apprécier les fruits de la vigne en France. Peu habituée à tout ce décorum, Karinette était aux anges.

Soulé insista :

— J'aimerais voir où tu vis avec ta mère.

— Ah! Oui, des photos de chez nous. J'en ai juste une…

Elle attrapa son sac et y fouilla pour un bon bout de temps, cherchant la carte postale qu'elle avait gardée parce que c'était Sylvain qui la lui avait donnée. Elle la trouva finalement et la tendit à Soulé avec un large sourire. Ébahi, celui-ci l'examina en tous sens pour enfin demander :

— Tu vis dans une soucoupe volante?

Elle éclata d'un grand rire fou et ne put que secouer la tête, incapable de parler tant elle riait. Chaque fois qu'elle levait les yeux sur son compagnon pour s'expliquer, l'expression médusée de Soulé la faisait s'esclaffer de nouveau. Finalement, les joues ruisselantes, elle put bredouiller :

— Ben non, voyons don' !

Il haussa les épaules, fixa la carte à nouveau et déclara qu'il ne comprenait pas.

— C'est un monument que la municipalité a construit à l'entrée du village. C'est une mode chez nous. Chaque municipalité a sa sculpture. Il y en a de toutes sortes : orignal, explorateur, poisson, ours, castor, vache, bison. Un peu comme ici, vous avez vos statues, vos *zangbetos*, vos gris-gris.

— Ah ! Je vois. Alors, tu demeures dans cette maisonnette ici, derrière ?

Il s'était approché d'elle, appuyant son épaule contre la sienne et indiquait la structure entourée d'une véranda, coiffée d'un toit en pyramide, derrière la soucoupe.

— Non plus. Ça, c'est le centre d'accueil.

— Mais alors…

— Je n'ai pas de photo de ma maison, seulement cette carte postale qui montre l'entrée de Moonbeam.

— Moonbeam ?

— Mon village.

— Ah ! Et dans ce Moonbeam… il y a des extraterrestres ?

Elle vit à son regard moqueur qu'il la taquinait à son tour.

— Non, ben non, mais plusieurs personnes disent avoir vu des soucoupes volantes.

— Vraiment ? Est-ce possible ?

— Ma mère dit qu'elle en a vues…

— Tu la crois ?

— Non, ma mère… comme je t'ai dit… est malade. Par contre, d'autres dans le village sont certains d'en avoir aperçues.

— Ta mère souffre de quoi au juste?

— Le médecin dit qu'elle a subi un tro… tro quelque chose. J'oublie le mot, mais apparemment c'est à la suite de la mort de mon père et de mon frère dans un incendie.

— Traumatisme?

— Oui! C'est ça.

Soulé réexamina longuement la carte postale. Jusqu'à ce que le garçon revienne avec une bouteille de vin qu'il lui demanda de goûter. Distrait, Soulé en avala une gorgée pour la forme et accepta le vin sans plus. Le serveur remplit alors les deux coupes et prit leur commande.

Comme prédit, tout était délicieux. L'alcool coulait à flot, surtout dans le verre de Karinette. Tellement que Soulé, obligeant, en commanda une deuxième bouteille. La jeune fille ne s'était jamais si bien sentie. Elle nageait en plein bonheur, se disant que jamais rien n'égalerait cette joie qui l'habitait.

Elle avait tort.

À la fin du repas, Soulé la demanda en mariage.

Transportée, elle accepta sur le champ, affirmant que rien ne lui ferait plus plaisir que de ne jamais retourner au Canada. Parakou était une ville charmante telle qu'il l'avait décrite. Dans son exaltation, elle ne vit pas l'expression d'étonnement suivi du regard de mépris que Soulé s'empressa de masquer par un grand sourire. Il leva son verre, attendit qu'elle fasse de même et trinqua à « sa belle Canadienne ».

34

Bertrand

LES DEUX MAINS AGRIPPÉES AU CADRE DE LA PORTE, les yeux fous de terreur, l'enfant criait et se débattait avec l'énergie du désespoir. La mère avait beau menacer, tirer, pousser, impossible de le faire entrer dans la salle cabinet. Lorsque Bertrand s'approcha pour tenter d'amadouer le garçon, les cris d'effroi redoublèrent. Finalement, épuisée, la mère asséna une grande tape sur le fessier de son fils, le souleva de terre et le remit dans les bras du médecin. La terreur atteignit alors son paroxysme et l'enfant s'évanouit. Bouleversé, Bertrand déposa le petit corps maigre au ventre ballonnant sur la couche destinée aux patients et leva les yeux sur la mère. Celle-ci, hagarde, hors d'haleine, articula :

— C'est… son méchant frère. Il lui a raconté que… que vous le mangeriez s'il… s'approchait de vous.

« Pauvre enfant ! » songea Bertrand, « pas étonnant qu'il soit terrifié. »

La mère prit une longue respiration, leva les mains en signe de défaite. Elle avait eu beau tenter de convaincre son fils qu'il s'agissait là d'histoires mensongères, rien à faire. L'enfant restait persuadé que les Blancs mangeaient les enfants.

—Mais pourquoi?

Avant l'arrivée des gens de la SurfAir, le garçon n'avait jamais vu de Blancs. Plusieurs à Bacouany d'ailleurs n'en avaient jamais vus. Et puisqu'ils étaient presque tous très gros...

—Pourtant, les enfants accourent dès que l'un d'entre nous sort dans la rue. Ils nous suivent partout en criant, *Yovo! Yovo!* Cadeau! Est-ce que cela ne veut pas dire «Blanc, Blanc un cadeau s'il vous plaît»?

Gênée, la femme baissa les yeux.

—Mon fils n'a pas peur des autres... seulement de... vous.

—Moi! Mais pourquoi?

—C'est que... vous êtes le seul qui ne soit pas... gros...

—Et alors?

—Espérat, c'est mon aîné, lui a fait croire que les gros Blancs ont déjà avalé plusieurs petits Noirs. Ils ne sont donc pas à craindre. Mais... vous... eh bien... puisque vous n'êtes pas encore gros... vous devez être affamé et si Rodrigue...

Elle montra du doigt l'enfant toujours inconscient sur la couche.

—... s'approche de vous, vous le boufferez, voilà!

Elle implora:

—Il n'a que cinq ans... et son père, croyant qu'il s'agissait là d'une bonne farce, a appuyé les dires de mon aîné alors...

La mère haussa les épaules dans un geste d'impuissance et s'approcha de son fils. Elle lui caressa doucement le front. Le garçon gémit et ouvrit les yeux. Avant qu'il ne se remette à crier, Bertrand fouilla dans sa malle et sortit un petit camion rouge. Il s'assit le plus loin possible du garçon et, faisant mine de l'ignorer, se mit à faire rouler le jouet sur sa cuisse, tout en imitant le grondement d'un poids lourd. « Un enfant, c'est un enfant, mon Bertrand. Les médecins les effraient. Il faut comprendre et être patient. » L'enfant s'assit sur la couche, se recroquevilla contre le mur et observa le médecin d'un œil circonspect. Sans arrêter de faire avancer et reculer le petit camion, Bertrand demanda :

— Qu'est-ce qu'il a votre enfant?

Et la mère décrivit les symptômes.

C'est ainsi que, peu à peu, Bertrand découvrait la face cachée de Bacouany. Affections gastro-intestinales, diarrhées, infections respiratoires, borréliose, paludisme, VIH/Sida. Une véritable tragédie. Pour le médecin, toutefois, le pire était la malnutrition sévère dont souffraient tant de petits ici quand au Canada un enfant sur quatre souffrait d'obésité.

Il ne pouvait s'empêcher de penser à tous les *Big Mac* à demi mangés qui pourrissaient au fond des poubelles canadiennes et à tous les repas gaspillés dans les hôpitaux, cafétérias, restaurants et maisonnées. Les Nord-Américains souffraient et mouraient de bouffe excessive tandis que les Africains souffraient et mouraient d'une carence de nourriture. Il résumait la situation au moyen d'une triste caricature : l'Amérique du Nord s'enfonçant peu à peu dans l'océan sous l'excès de poids tandis que le Continent noir s'élevait graduellement et partait à la dérive.

Le médecin se posait beaucoup de questions : les scientistes ne pouvaient-ils inventer un moyen de récupérer et reconvertir l'excédent des ressources nutritives de l'occident? Les économistes ne pouvaient-ils trouver une formule mathématique internationale qui permette de partager équitablement l'argent destiné à l'achat de vivres?

Bertrand ne pouvait exercer sa profession selon le code de déontologie auquel il était habitué. Il lui fallait trouver un terrain d'entente entre la médecine moderne et les pratiques médicales locales, particulièrement celles des guérisseurs et des accoucheuses. Déjà, une diseuse de bonne aventure avait laissé croire à Roselle qu'elle était enceinte d'un garçon.

Un autre charlatan lui avait exposé sa vision tordue du monde. Selon lui, l'être humain se résumait à un tube digestif ambulant en quête perpétuelle de nourriture. L'homme à l'allure d'une rock star avec chapeau melon et verres fumés affirmait ne pas pouvoir comprendre qu'un groupe de Canadiens obèses veuille perdre du poids, car, selon sa théorie, l'épaisseur de l'enveloppe charnelle démontrait le degré de succès du tube.

Quand appelé auprès d'un malade, cet homme, que Bertrand qualifiait d'énergumène, introduisait une main dans la bouche du patient jusqu'à ce que le pauvre se mette à suffoquer. Il la retirait alors, tâtait la gorge, descendait à l'estomac, palpait, continuait jusqu'au bas-ventre, toujours en marmottant des incantations. Il diagnostiquait alors quelque maladie inconnue, remettait un sac d'herbes suspectes au malade, exigeait paiement et disparaissait au volant de sa Peugeot rutilante.

35

Sur le chantier

LE CHANTIER DE CONSTRUCTION FOURMILLAIT de vie et les travaux allaient bon train. Après deux semaines et demie de travail assidu, dix planchers de béton entourés de plusieurs rangées de briques suintant le mortier s'élevaient au milieu de tas de sable, sacs de ciment, brouettes, échafaudages et outils. Harvey se disait très satisfait des progrès. La construction était en avance sur l'horaire prévu et, selon lui, c'était grâce à l'aide des travailleurs de la SurfAir. Fiers de leurs efforts, ces derniers se découvraient peu à peu une appartenance au projet.

Aujourd'hui, le mercure frôlait les trente degrés sous un soleil de plomb. Françoise qui avait finalement accepté de collaborer, bien qu'à contrecœur, éprouvait de la difficulté à fournir à sa tâche de distribution de bouteilles d'eau. Elle transpirait à grosses gouttes, tirant une voiturette entre les réfrigérateurs de l'Auberge et le chantier de construction.

Fidèle à sa promesse, Bertrand faisait le tour de ses collègues pour s'assurer que tous se portaient bien. En plus de leur assignation à une maison spécifique, Harvey avait demandé que chacun participe à certains travaux d'équipe. Aujourd'hui, Jacquie, Karinette, Dorys et Isabelle donnaient un coup de main au déchargement des camions. Une tâche éreintante, car il s'agissait de soulever et placer les briques de terre cuite sur un chariot qu'il fallait ensuite traîner à chaque lot pour les empiler à la portée des maçons.

Gaétan, armé d'une truelle, aidait Harvey et compagnie à la maçonnerie. Daniel mixait sable, ciment et eau pour faire le mortier. Aimé était parti avec un groupe de Béninois pour concasser de la pierre et Roselle secondait les mamas à la préparation de sandwiches pour le repas du midi.

Tony, remis de sa surdose de savarine, était revenu à Bacouany et il organisait une excursion de quatre jours dans le nord du pays : une première journée pour se rendre jusqu'à Nantigou, une deuxième pour explorer la région montagneuse de l'Atocora et admirer l'architecture des tatas Somba, une troisième pour visiter le Parc Pendjari et la dernière pour la visite des chutes de Kota et le retour.

Bertrand s'approcha de Karinette. Malgré la chaleur et la poussière, la jeune fille fredonnait en travaillant.

— Ça semble bien aller ?

— Oh ! Ça ne pourrait pas aller mieux, Bertrand !

Quelque peu surpris par un tel enthousiasme, le médecin demanda :

— Vraiment ? Et qu'est-ce qui va si bien ?

Elle gloussa :

— Oh ! C'est un secret pour le moment…

Elle lui décocha un clin d'œil.

— … mais je vous le dirai bientôt.

Et, ahanant, elle souleva une pile de briques qu'elle déposa sur le chariot. Soulé lui avait bien recommandé de ne pas ébruiter le secret de leurs fiançailles avant qu'il ne lui ait passé une bague au doigt et qu'ils aient résolu la question de leur avenir : vivre au Canada comme il suggérait ou rester ici, au Bénin, comme elle le souhaitait.

Vaguement inquiet, le médecin se tourna vers Jacquie. Celle-ci fronça les sourcils et haussa les épaules. Bertrand s'adressa alors à elle.

— Et toi? Ça va? Pas trop de problèmes avec ton diabète?

— Aucun. Tout va bien, merci.

Le médecin jeta un regard circulaire sur le chantier. Jacquie sourit.

— Elle n'est pas encore ici ce matin.

— Ah!

— Dès qu'elle n'est pas avec moi, on me demande où elle est passée.

— Tu t'attaches de plus en plus à cette petite, n'est-ce pas?

Jacquie se renfrogna.

— Malheureusement... oui.

— Penses-tu que ce soit une bonne chose?

— Je ne sais pas... Pauvre petite Delphine... Est-ce qu'on peut regretter de nouer des liens avec un enfant, Bertrand?

Ce dernier ne sut que répondre. Qu'aurait dit son père? «Mon Bartrand...» Mais, cette fois, la voix resta muette. Jacquie interrompit ses pensées.

— J'aimerais vous reparler de cette petite. Je... j'ai une idée... que je voudrais vous soumettre...

Il ignora le vouvoiement. Plusieurs ne pouvaient s'y habituer. Il l'invita gentiment à passer le voir. Jacquie lui jeta un regard indécis et retourna à son travail.

Bertrand se dirigea ensuite vers Daniel qui, lui, s'affairait à actionner un malaxeur à l'abri du soleil, sous un bouquet de manguiers. Le médecin nota que le jeune homme semblait beaucoup plus heureux qu'à son arrivée en Afrique. Trempé de sueur, celui-ci s'essuya le front de l'avant-bras et le héla avec un sourire.

— Hé! Doc! Ça marche?

— Toujours! Et toi?

— Sur des roulettes…

Ce disant, il vida le contenu du malaxeur dans une brouette dont se saisit un des futurs propriétaires pour la pousser jusqu'à Harvey et ses aides.

— Et, tes équipes de soccer, ça va toujours?

Daniel leva le pouce en guise d'assentiment, s'exclamant que c'était là la meilleure idée qu'il ait jamais eue. Les jeunes aimaient tellement ça qu'il avait été obligé de former deux équipes de surplus. Même les parents assistaient aux matchs pour encourager leurs enfants. Daniel invita le médecin à venir lui aussi voir une partie. Et glissant le pouce entre abdomen et pantalon, il tirailla fièrement sa ceinture.

— R'gardez-moi ça, Doc. Je dois avoir perdu une dizaine de kilos!

Bertrand le félicita et demanda:

— Tu ne trouves pas ça trop difficile?

— Pas le temps. Trop pressé.

Déjà, deux hommes lançaient des pelletées de sable dans le malaxeur et un autre arrivait avec un seau d'eau. Daniel observa:

— Une chance en ciboîte qu'on a fait creuser un puits pas loin! Autrement, on aurait été obligé de marcher des kilomètres pour aller chercher de l'eau.

Bertrand le laissa à son travail et chercha Gaétan qu'il trouva, contrairement à son habitude, de très mauvaise humeur. Celui-ci discutait avec Harvey.

— J'te dis, y'a des voleurs à l'Auberge. Ça fait longtemps que tu travailles en Afrique toi, as-tu déjà eu connaissance de problèmes comme ça?

— C'est déjà arrivé quelques fois, oui, mais… une ronfleuse, tu dis?

— Oui, tabarnouche! Ma ronfleuse! Quelqu'un est parti avec. L'autre jour, c'est la montre de Françoise qui est disparue.

Ce disant, il aperçut Bertrand.

— Ah! Tiens, c'est vous Doc. Voulez-vous en entendre une bonne?

Et sans attendre, il recommença son histoire. La veille, il se préparait à se coucher, après avoir fait ses prières, lorsqu'il s'était rendu compte que sa ronfleuse avait disparu. Il l'avait cherchée partout, avait questionné tout le monde. Personne ne l'avait vue. On avait rapporté que la « p'tite à Jacquie » furetait souvent autour de l'Auberge. Gaétan ne s'y était pas arrêté : pourquoi une fillette aurait-elle pris une ronfleuse? Il soupçonnait plutôt Aimé et ce qu'il qualifia de « son bras de NASA », et déclara qu'il se proposait de fouiller sa chambre dès que possible. Et puisqu'il avait l'oreille du médecin, il demanda si la Tourette existait vraiment. Lorsque Bertrand répondit qu'il s'agissait bien d'une maladie, Gaétan écarquilla les yeux de surprise, réfléchit quelques instants et jeta d'une voix mordante :

— Ouais ben, moi, j'ai un beau-frère qui nous a fait croire pendant des années qu'il souffrait de *micraines*. On a fini par découvrir que la seule chose dont il souffrait était un des sept péchés *caputaux*. La paresse, face de bouette!

Et sur ce, il flanqua une motte de mortier sur le mur et se mit à l'étendre rageusement avec sa truelle. Sur ces entrefaites, Tony arriva, planchette en main. Devant le grincement de la truelle et les particules de mortier qui giclaient à gauche et à droite, il s'enquit :

— Ça ne va pas?

Avant que Gaétan ne recommence ses longues explications, Harvey s'empressa de répondre.

— Semble qu'on lui a volé sa ronfleuse…

Tony soupira.

— Bon… un autre problème. Es-tu certain qu'on l'a volée? As-tu regardé partout?

Sarcastique, Gaétan rétorqua:

— Disons, que j'ai pas fouillé le *Bé*-nin au complet.

Tony s'excusa.

— Écoute, Gaétan, je m'en occupe. Je vais essayer de la retrouver. Est-ce que tu participes à l'excursion en fin de semaine?

— J'en avais l'intention, oui.

— Et…?

— Ben… sans ma ronfleuse…

— Si je peux t'avoir une chambre pour toi seul?

— Ça se fait?

— Pour trois nuits, je pense que oui.

— O. K., mets mon nom sur ta liste. Mais, j't'avertis qu'Aimé perd rien pour attendre!

Tony jeta au ciel un regard exaspéré et continua son chemin.

Bertrand se dirigea alors vers Dorys qui conversait avec Brian et Isabelle tout en empilant des briques près d'une des maisons. Intrigué, le médecin entendit:

— … obsession… devient dangereux…

Dorys laissa sa phrase en suspens pour le saluer. Isabelle fit de même et protesta.

— On parle de harcèlement. Du *stalking*! Pur et simple! Quand on pense que le gars l'a suivie jusqu'ici, c'est grave. Il faut appeler la police, n'est-ce pas Brian? Qu'est-ce que vous en dites, Bertrand?

Confus, le médecin s'enquit:

— Harcèlement? Police?

Dorys raconta alors sa rencontre avec son mari à Parakou. Elle descendait du bus-taxi-brousse au marché Arzéké quand Laurent l'avait hélée. Elle était restée figée sur place. Piteux, l'œil hagard, son mari s'était avancé et l'avait suppliée de lui accorder un moment. Elle avait hésité puis, devant son insistance, s'était excusée auprès de Safi et Roselle et l'avait suivi à un petit bistro près de la gare.

Devant l'expression perplexe du médecin, Dorys expliqua qu'elle avait quitté son mari depuis sept mois et que celui-ci n'acceptait pas la séparation. Il la poursuivait avec acharnement, faisant tout son possible pour la faire revenir sur sa décision. Au début, il l'avait appelée sans cesse jusqu'à ce qu'elle obtienne un numéro de téléphone non listé. Il avait alors inondé son ordinateur de messages. Elle avait changé son adresse courriel. Il s'était mis à visiter le magasin à toutes heures du jour et à se présenter à son appartement en soirée avec des cadeaux. Penaude, elle admit :

— Lorsque j'ai lu la publicité de la SurfAir, j'ai voulu faire d'une pierre deux coups : perdre du poids et… m'éloigner de Laurent.

Isabelle compatit :

— Tu n'as pas à t'expliquer, Dorys.

Mais, bouleversée, celle-ci continua. Jamais elle n'aurait pensé que son mari la suivrait jusqu'au Bénin. Elle le qualifia de malade et d'obsédé et déclara d'une voix fébrile qu'il devenait dangereux. Au bistro, il avait arboré un regard fou, en jurant qu'il n'accepterait jamais de la perdre, qu'il prendrait tous les moyens…

Isabelle réitéra :

— Il faut appeler la police. Bertrand ? Brian ? Qu'est-ce que vous en dites ?

Mais Dorys refusa.

— Non, non. Je ne connais pas la police béninoise. Dieu sait comment elle procède. Je n'ai pas l'intention de passer des heures à raconter mon histoire à tout le monde et me faire questionner. Et... sait-on jamais? Si cela empirait la situation? Il ne reste qu'un peu plus de trois semaines. Je ne m'aventurerai pas loin de l'Auberge ou du terrain de construction à moins d'être accompagnée de quelqu'un de sûr.

Bertrand insista pour mettre Harvey et Tony au courant.

— D'accord. Peut-être, somme toute, je m'en fais pour rien... Laurent était bouleversé... J'ai probablement exagéré ses propos...

Bertrand, Isabelle et Brian se regardèrent d'un air entendu. Chacun se promettait d'avoir l'œil ouvert lorsque Françoise se présenta avec sa voiturette. En nage, haletant, cheveux collés au front, elle leur tendit chacun une bouteille d'eau et reprit son souffle avant de bougonner.

— Sacrifice que je suis fatiguée! Avec cette chaleur! Et je n'ai pas dormi de la nuit. C'est impossible avec cette maudite radio qu'on fait jouer jusqu'aux petites heures du matin. C'est surprenant quand même. Pauvre comme Job, pourtant on se paie tous les gadgets pour faire de la musique! Le pire c'est que, juste avant notre départ, on donnait les résultats d'une recherche et, apparemment, le manque de sommeil peut aussi être une cause d'obésité. Donc, si je ne peux dormir...

Un cri strident retentit.

— Bertrand! Pouvez-vous venir? Tout de suite!

Roselle se pressait vers eux, la mine défaite.

— C'est incroyable! Mon Dieu! Jamais je n'aurais cru... De nos jours! Où est Jacquie? Pouvez-vous la trouver et lui dire de venir elle aussi? Au plus vite!

Et elle éclata en sanglots.

36

Delphine

Mama Moussalima et mama Nadegi attendaient Bertrand dans son « cabinet » avec Delphine. Couchée sur un divan, la fillette pleurait. De temps à autre, elle se recroquevillait dans un spasme de douleur et jetait des petits cris rauques.

— Que s'est-il passé?

Pâle comme un linge, les yeux pleins d'eau, Roselle bafouilla :

— Je l'ai trouvée accroupie... c'est-à-dire... je l'ai entendue pleurer derrière... les salles de toilettes. Elle tentait d'uriner... et... elle hoquetait... Mon Dieu! C'est terrible ce qu'on a fait à cet enfant! Je ne peux croire... Pauvre petite!

Le médecin comprit. Il voulut s'approcher de la fillette. Terrifiée, celle-ci se tassa sur elle-même, essayant de disparaître dans les coussins. C'est alors que Jacquie arriva en trombe suivie de Dorys, Isabelle et Françoise. Essoufflée, se tapotant la poitrine, elle s'écria :

— Que se passe-t-il? Delphine!

Lorsque l'enfant aperçut sa bienfaitrice, elle lui tendit les bras. Le cœur en émoi, Jacquie se pencha sur la fillette et lui caressa le front.

— Qu'est-il arrivé? Elle est tombée? Mais elle a la fièvre! Elle est toute chaude. Touchez Bertrand.

Moins craintive maintenant que Jacquie était près d'elle, Delphine laissa le médecin s'approcher. Bertrand souleva la robe de la fillette. Elle ne portait pas de sous-vêtement. Ce qu'il vit, malgré ses nombreuses années de pratique, le fit sursauter. Jacquie chancela et balbutia d'une voix blanche :

— Seigneur Jésus!

Les grandes lèvres de la vulve, d'un méchant rouge violacé, avaient été grossièrement cousues ensemble au moyen de fil noir. Les points de suture mordaient dans la chair distendue et déchiraient la peau tendre. Une vilaine croûte sanguinolente remplaçait le clitoris et, par une minuscule ouverture visiblement aménagée pour laisser passer l'urine, un liquide brunâtre s'écoulait par jet, de façon intermittente. À chaque écoulement, Delphine frémissait et se tordait de douleur.

— Infibulation.

Devant les mines horrifiées, le médecin expliqua que c'était la forme d'excision la plus extrême : ablation du clitoris, des petites lèvres et de la surface intérieure des grandes lèvres. Toutes les femmes pleuraient maintenant sans retenue, impuissantes devant cette fillette marty-risée. Il fallait conduire l'enfant d'urgence à l'hôpital, car il s'agissait d'une infection grave.

Jacquie réagit instantanément.

— Je l'amène. Tout se suite! Isabelle, peux-tu m'y conduire?

— Absolument! Je prends le Land Rover de M. M. toutefois, il faut d'abord voir les parents.

— Les parents! Pourquoi? Ce sont eux qui sont respon-sables de... de...

La gorge serrée, elle ne put terminer sa phrase.

— Quand même, on ne peut partir avec leur enfant sans permission. Aussi, ce genre de soins coûte cher; je suis sûre que ces gens n'ont pas l'argent néces...

— Je paie tout. Je l'amène. Tout de suite. À l'hôpital de Parakou.

— Jacquie...

Celle-ci jeta un regard suppliant au médecin.

— Pouvez-vous aller voir ces gens, Bertrand? Leur expliquer qu'il faut conduire leur petite d'urgence à l'hôpital et que je paierai la facture? Vous êtes médecin, ils vous écouteront.

Avant que Bertrand n'ait le temps de répondre, mama Moussalima déclara:

— Allez, amenez-la, je m'occupe des parents.

Isabelle s'empressa alors d'aller chercher le véhicule. Bertrand coucha la fillette avec précaution sur le siège arrière près de Jacquie et monta à côté d'Isabelle. Sans plus tarder, ils partirent pour Parakou.

Mama Nadegi versa quatre tasses de thé. Apporta sucre, lait et citron. Et s'assit à la table avec Roselle, Dorys et Françoise. Celles-ci, encore sous le choc, n'avaient pu retourner au chantier. Chacune, perdue dans ses pensées, prépara son thé et, pendant un moment, seul le bruit des cuillères contre les tasses se fit entendre. Ce fut Roselle qui brisa le silence.

— Comment? Comment des parents peuvent-ils laisser mutiler ainsi leur enfant? Je ne comprends pas. N'y a-t-il pas de lois ici qui interdisent pareilles horreurs?

Selon mama Nadegi, le gouvernement avait passé une loi en 2003 interdisant les mutilations génitales, mais cela n'avait fait qu'empirer les choses. Les exciseurs, plus souvent des exciseuses, pratiquaient maintenant ces chirurgies clandestinement ce qui rendait l'identification des coupables et des victimes beaucoup plus difficile.

— Ça ne changera donc jamais?

— Ça prendra plus qu'une loi pour abolir une tradition qui existe depuis des siècles.

— Mais *pourquoi* cette pratique?

Mama Nadegi repoussa sa tasse de thé, croisa les mains sur la table. Selon elle, personne ne le savait vraiment. Il s'agissait d'une pratique ancestrale. On donnait différentes raisons : rite d'initiation, préservation de la virginité, question d'hygiène, rituel de fertilité, superstitions, comme par exemple, la mort du bébé à la naissance au contact du clitoris. Aujourd'hui, regrettablement, une des raisons principales pour laquelle cette coutume subsistait en était une d'économie.

Incrédules, Dorys et Roselle s'exclamèrent en même temps.

— Économie!

— Malheureusement, oui. Les responsables ne veulent pas perdre leur source de revenus.

Mama Nadegi baissa la tête et confia d'une voix lasse :

— Ce ne sont pas toujours les fillettes qui sont excisées. Dans ma région natale, ce sont les femmes mariées qu'on soumet à cette atrocité…

Devant cet aveu évident, les Canadiennes restèrent sans paroles. Dorys avança la main et prit celles de mama Nadegi. Elle voulut savoir :

— Mama Moussalima également?

— Moussa? Non. Elle vient du sud où cette horrible pratique est moins fréquente. Mais, dans les régions du nord, plus de quarante-cinq pour cent des femmes sont excisées. La mutilation n'est pas toujours aussi… extrême que celle de Delphine. Parfois, on se limite à trancher le capuchon du clitoris, parfois, on l'excise en entier, parfois on enlève en même temps les petites lèvres.

— Incroyable!

Les femmes apprirent que plusieurs ne survivaient pas au choc de la douleur ou aux hémorragies. Et, puisque aucun anesthésique ou antiseptique n'était utilisé, les infections, abcès, gangrènes et tétanos étaient fréquents. Les victimes souffraient de rétention urinaire, troubles d'ordre sexuel, problèmes psychologiques. Devant les mines bouleversées, mama Nadegi ajouta qu'on tentait par tous les moyens d'abolir cette cruelle coutume.

— Comment, si même une loi ne change rien?

Il semblait que l'éducation fut la réponse. À la suite à son expérience personnelle, mama Nadegi avait joint un groupe de militantes. Ces femmes organisaient des séances de sensibilisation pour renseigner les gens sur les méfaits de l'excision. Et, puisqu'il s'agissait souvent de questions de finance, on faisait pression auprès du gouvernement pour l'amener à accorder des prêts aux exciseurs et exciseuses.

— Des prêts! Mais pourquoi?

— Pour permettre à ces forgerons, c'est le nom qu'on leur donne ici, d'exercer d'autres activités rentables. Ils ont même droit à une formation en microfinance afin de les réorienter.

Dorys voulut savoir:

— Les victimes… comme Delphine… que leur arrive-t-il? Comment peuvent-elles avoir des rapports sexuels normaux, donner naissance?

— Cela nécessite une désinfibulation. Il faut alors sectionner la cloison formée par l'accolement des grandes lèvres.

Des frissons parcoururent les participantes de la SurfAir.

— Mon Dieu! C'est terrible… terrible…

— Dorys? Dorys, dors-tu?

— Non. Je ne peux arrêter de penser à cette pauvre petite. Et à mama Nadegi et combien d'autres…

— Moi non plus. Delphine a le même âge que ma Justine…

— …

— Dorys?

— Oui?

— Je suis enceinte…

Dans l'obscurité de la chambre, Roselle entendit sa compagne se mouvoir dans son lit.

— Tes nausées… c'était donc ça?

— Oui.

— Je croyais qu'il s'agissait de quelque chose que tu avais mangé…

— Moi aussi, ou la malaria…

— Cette grossesse… c'est une bonne nouvelle…?

— C'est censé être un garçon.

Dorys ne répondit pas immédiatement. Son lit émit quelques grincements de protestation et la lumière de la lampe inonda soudainement la chambre.

— Un garçon?

Roselle lui raconta alors l'épisode de la diseuse de bonne aventure.

— Et tu l'as crue?

— Lorsque nous sommes allés à Parakou, j'ai acheté un de ces tests de grossesse. Il était positif.

— Ah!

— Je suis enceinte de deux mois et demi…

— Je ne savais pas que ces tests étaient si précis.

— Ils ne le sont pas. C'est que… c'est la seule possibilité. Paulo et moi… eh bien… nous ne faisons plus l'amour… souvent donc, c'est assez facile de déterminer la date exacte… Tu comprends?

— Oui… trop bien même…

Dorys fouilla son amie du regard, hésita, se souleva péniblement, cala son oreiller contre le mur et s'assit dans son lit.

— Tu sais que je suis séparée et que mon mari me harcèle. Mais je ne t'ai pas dit pourquoi et tu as été assez gentille de ne pas poser de questions indiscrètes.

Pressentant que sa compagne souhaitait se confier, Roselle s'assit à son tour.

— Je l'ai surpris au lit avec une autre… avec une *petite* autre.

Roselle comprenait son amie, car elle y reconnaissait sa peur secrète. Malgré les fréquents aveux d'amour de Paulo, dès que le regard de son mari s'attardait sur une femme qu'elle qualifiait de «belle», son insécurité quant à son obésité remontait en elle telle une bile amère pour venir lui ronger l'âme.

— Tu veux connaître son excuse? Il voulait savoir ce que c'était que de faire l'amour avec une femme *de plus petites proportions*. De plus petites proportions! Et, selon lui, son *manquement*, le salaud refuse d'employer le mot infidélité, n'était que curiosité sans conséquence.

— Oh! Dorys, je suis désolée!

Celle-ci raconta que samedi, au bistro, son mari avait recommencé son chapelet de regrets ponctués de justifications et de demandes de pardon. Il avait maintenu que la fidélité était strictement une affaire de cœur et non de corps. Selon lui, l'expression «faire l'amour» était une terminologie erronée lorsqu'on s'en servait pour décrire un acte commis avec quelqu'un qu'on n'aimait pas. Dorys ajouta d'une voix amère :

— Il est très habile avec les mots, monsieur l'avocat!

Puis, elle se tut et resta coite pour un long moment. Roselle, ne sachant que dire, respecta le silence de son amie. Finalement, Dorys reprit son discours et avoua piteusement qu'elle aurait pu pardonner une aventure avec... disons... une personne... comme elle-même. Mais jamais elle ne pourrait pardonner une aventure avec une femme de plus petites proportions! Emportée, elle poursuivit avec véhémence.

— Maudite obésité! Le pire, ce n'est pas que je ne peux pas maigrir, mais plutôt que je ne peux pas arrêter de manger!

— C'est la même chose pour moi...

— Il faudrait que je sois là où il n'y a pas de nourriture! Aucune! Pas la moindre miette de quoi que ce soit! Un camp de concentration tient! Comme mes grands-parents! Les pauvres ont été arrêtés pendant la guerre et traînés à la fameuse caserne de Dossin.

Devant le regard inquisiteur de son amie, elle spécifia qu'il s'agissait de l'endroit où on amenait les Juifs belges en attendant de les expédier vers les camps. C'était de là que ses grands-parents avaient été déportés à Auschwitz. Et chaque fois qu'elle voyait des photos de ces horreurs, elle s'y arrêtait, les cherchant parmi les tristes visages. Et jamais, au grand jamais, affirmait-elle avec force, n'avait-elle aperçu, sur ces photos macabres, des personnes souffrant d'obésité! Pourquoi? Parce qu'ils ne mangeaient pas! Comment engraisser si on ne mange pas? C'est impossible! Elle conclut avec amertume qu'elle était responsable de son propre malheur.

Fascinée, ne connaissant pas l'histoire de la Belgique, Roselle s'était tue, tentant de suivre la pensée convolutée de son amie. Puis, elle balbutia :

— Je… je pense comme toi, mais, aujourd'hui… après avoir vu la petite Delphine se tordre de douleur dans un simple effort pour uriner… eh bien… me semble que… que…

Ne sachant comment formuler le reste de sa réflexion, Roselle laissa sa phrase en suspens et le silence envahit la chambre. Dorys étira le bras et éteignit la lampe.

— Dorys ?

— Oui ?

— J'ai déjà perdu beaucoup de poids ; je flotte dans mes vêtements…

— Moi de même ! Du moins, voilà de bonnes nouvelles, non ?

— Pas vraiment. C'est ironique, n'est-ce pas ? Je ne suis plus certaine de vouloir maigrir… Si c'était néfaste pour mon petit garçon ?

37

Gaétan

GAÉTAN TENTAIT DE S'EXPLIQUER L'ÉVÉNEMENT : il
s'agissait d'un cauchemar. Possible puisqu'il dormait mal
sans sa ronfleuse. Ou c'était peut-être un mirage causé par
la faim qui le hantait aussi résolument que la Patte hantait
Aimé ? Cette pensée le fit sourire un court instant, mais il
revint vite à son tourment : « Une poule ! Une poule, face
de bouette ! » Selon toute évidence, une poule avait donné
sa vie pour le purifier ! Lui qui avait tellement voulu venir
en Afrique pour gagner des âmes au Christ, voilà que
c'était l'Afrique qui tentait de le gagner au vaudou !

À la suite des réticences du père Després à accepter son
aide, « Il faut y aller à petits pas, cher monsieur, respecter
les gens autour de soi, tout de même ! », Gaétan avait
entrepris de convertir Charles Songlo, le futur propriétaire
de la maison à laquelle il avait été affecté.

Chaque matin, après ce qu'il appelait les « fromalités
d'usage » : « Bonjour ! Ça va ? La santé ? La famille ? Les
amis ? » salutations auxquelles tous devaient se soumettre à
chaque rencontre sous peine d'insulte grave aux résidants,
Gaétan livrait à Charles un boniment en règle. Il avait
commencé par lui expliquer les méfaits de la superstition
et l'exhorter à se défaire de ses fétiches, ce dernier ayant

planté sur son lot un poteau décoré d'amulettes d'os et de plumes.

La tâche s'avérait plus difficile qu'il ne l'avait cru. Le Béninois, baptisé dans la foi, n'était pas dépourvu de connaissances en matière de religion, même si, selon Gaétan, il mêlait souvent catholicité et vaudou. Le scénario était toujours le même. Charles l'écoutait poliment tout en travaillant, hochant la tête, souriant, semblant parfaitement d'accord avec ses propos quand soudain, il apportait un argument solide que le prétendu missionnaire avait peine à réfuter.

Un mardi matin, Charles l'avait invité à assister à une séance en soirée chez un guérisseur. Heureux de pouvoir démontrer au Béninois son égarement par rapport à ses croyances et espérant le ramener dans le droit chemin, Gaétan avait accepté avec empressement.

La cérémonie avait eu lieu au domicile du guérisseur, un homme bedonnant à barbe et moustache blanches. Le personnage les avait accueillis vêtu de ses habits d'apparat : cafetan rayé d'écarlate, brodé de fil doré, haute coiffure triangulaire décorée d'appliqués, bras cerclés de métal, poitrine abondamment couverte de chaînes et de colliers et, tenant dans la main droite un bâton richement sculpté. Surpris et confus, Gaétan n'avait pu s'empêcher de lui trouver l'allure d'un évêque.

Debout devant une table couverte de plantes, d'herbes et de poudres médicinales, le guérisseur avait invité l'auditoire à faire un cercle autour de lui. Il avait commencé par expliquer que pour maintenir santé et vitalité il fallait faire appel aux deux forces dominantes : forces naturelles et forces spirituelles. Il s'était ensuite lancé dans une description des bienfaits de chaque élément de sa pharmacopée : ceci soulage la fièvre, ce mélange apaise la douleur ou ceci guérit le diabète. Emballé, il aurait continué encore longtemps s'il n'avait été interrompu par un adolescent qui arrivait avec un sac de jute renfermant une poule.

Le guérisseur avait alors demandé un volontaire parmi l'assemblée. Avant qu'il n'ait le temps de réagir, Gaétan s'était senti poussé en avant d'une main ferme. Le semblant d'évêque avait hoché la tête dans sa direction en guise d'acceptation puis repris sa harangue, déclarant avec solennité qu'il prierait le volatile de donner sa vie pour le Canadien afin de le guérir de ses mauvais esprits et ainsi le purifier.

Il avait fait signe à Gaétan de s'approcher et l'avait sommé de sortir la poule du sac et de la tenir dans ses mains. Sceptique, celui-ci avait empoigné la volaille apeurée et l'avait coincée contre lui. Le guérisseur avait alors fermé les yeux et s'était mis à marmonner. À un moment donné, sans rouvrir les yeux, il s'était interrompu pour dire à Gaétan de ne pas tenir l'oiseau si fort. Puis, il avait continué ses incantations.

La poule s'était mise à caqueter et à s'agiter, battant des ailes, griffant des pattes, la tête sautillant avec frénésie sur le cou élastique. Gaétan sentait le cœur de la volaille effarouchée palpiter à un rythme fou pendant que le guérisseur continuait ses marmonnements incompréhensibles. Finalement, la poule avait ouvert le bec et aucun son n'en était sorti. Le guérisseur lui avait alors ordonné de la déposer par terre. La volaille était restée un moment sur ses pattes, sans bouger, avait eu un dernier soubresaut et… était morte.

Depuis, Gaétan, ébranlé, se percevait comme la Cloche de la liberté, avec une longue faille dans les parois de sa foi. Il ne cessait de se questionner : comment était-il possible de tuer une poule avec des prières ? Demander à un oiseau de mourir pour lui! Incroyable! S'agissait-il d'un truc de magie? Pourtant, en aucun temps le guérisseur n'avait-il touché le volatile.

Gaétan avait interrogé l'adolescent: d'où venait cette poule? Le jeune homme l'avait achetée le matin même au marché. Pourquoi avait-il choisi celle-là en particulier? Parce qu'elle lui avait semblé la plus vigoureuse parmi plusieurs autres. Était-il de «covinence» avec le guérisseur? Pardon? S'était-il entendu avec le guérisseur, simonac? Non! Avec Charles Sanglo? Mais pas du tout! On lui avait demandé d'acheter une poule et de l'amener à la séance; ce qu'il s'était contenté de faire, un point c'est tout!

Renversé, Gaétan était persuadé que c'était là le maléfice du vaudou: l'introduction du doute dans l'âme comme une aiguille dans une des ces poupées ensorcelées. Et il se disait qu'il fallait être solide pour résister à cette force mystérieuse.

Il se répéta pour la énième fois, depuis l'étrange cérémonie, une parole de Jésus alors que Celui-ci avait jeûné quarante jours et quarante nuits dans le désert et que le diable était venu Le tenter: «Arrière Satan, car il est écrit: tu adoreras le Seigneur ton Dieu, et tu ne serviras que Lui seul.» Il grinça des dents et jura.

— Maudite poule de face de bouette!

Le pire était que Charles aussi pouvait citer la bible. Alors que les deux hommes prenaient une bouchée ensemble un midi et que Gaétan s'était généreusement servi dans l'assiette de sandwiches aux tomates, le Béninois l'avait zieuté avec insistance de la tête aux pieds et demandé le plus innocemment du monde:

— Ne savez-vous pas que votre corps est le temple du Saint-Esprit qui réside en vous?

38

Tony et Isabelle

— Isa?

— Humm?

— Pourquoi ne resterais-tu pas ici ce soir…?

Tony avait pris son courage à deux mains pour poser cette question, craignant le petit sourire malicieux… qui ne vint pas. Isabelle le regarda plutôt d'un air indécis, se mordant la lèvre inférieure. Il insista.

— Puisqu'on part tôt pour Pendjari demain matin… Ça t'épargnerait les soixante kilomètres habituels…

La jeune fille déposa sa pelle, s'essuya le front, y laissant une traînée de poussière grise sous sa casquette.

— C'est vrai que je serais déjà sur place…

— Je te laisserais ma chambre… Je pourrais partager celle d'Aimé…

Elle ignora le sous-entendu et pouffa.

— Tu n'as pas peur de la patte?

Il s'esclaffa à son tour. Redevint sérieux.

— À moins que…

Fidèle à elle-même, Isabelle le pressa.

— À moins que quoi? Que je partage *ta* chambre?

Il la surprit en répondant du tac au tac.

— Pourquoi pas? On l'a déjà fait.

Il tourna les talons, croyant que sa réponse avait clos la discussion, quand elle suggéra:

— Laisse-moi y penser.

Elle reprit sa pelle et se remit au travail. Inutile de prétexter la préparation d'une malle comme excuse pour retourner à Parakou, elle savait que Tony était au courant de ses habitudes. Voyageuse d'expérience, elle était prête en tout temps à toute éventualité, traînant partout avec elle son sac de voyage pourvu de savon, serviette, brosse à dents, dentifrice, peigne et vêtements de rechange.

«Cher Tony!» Isabelle l'avait observé avec intérêt depuis son arrivée. Au début, il lui avait semblé le même gars qu'elle avait quitté. Arrogant et égocentrique. Toutefois, elle avait maintenant l'impression que sa «maladie» l'avait adouci. Ou était-ce plutôt le contact avec la misère des gens? La jeune femme l'avait vu, à plusieurs reprises, se montrer compatissant envers ses clients et les Béninois. Elle se surprit à se demander s'il était possible qu'il ait changé.

Isabelle sourit en elle-même: si elle l'avait quitté trop vite? S'il était «récupérable»? Il était beau, charmeur quand il le voulait. Et il fallait l'admettre, ils avaient passé de bons moments ensemble. Il lui avait manqué. De plus, elle n'avait pas joui de la compagnie d'un jeune homme depuis belle lurette.

— Qu'est-ce que tes clients vont penser si je passe la nuit à l'Auberge?

— Ce qu'ils voudront. Ce ne sont pas des enfants d'école. Malgré que je commence à leur trouver de plus en plus de ressemblance avec un groupe d'adolescents en voyage scolaire. Une autre *chouk*?

— Hé! Tu t'acclimates. Oui, s'il te plaît.

— Je sais même que *chouk* est l'abréviation de *choukoutou.*

— Bravo! Tu m'impressionnes.

Tony leva la main pour attirer l'attention du serveur. Il avait invité Isabelle à prendre une bière au Temps en Temps, espérant toujours la convaincre de rester à Bacouany au lieu de retourner à Parakou après le travail.

— Tu parlais d'enfants d'école?

Tony confia qu'en effet, son groupe semblait se comporter de plus en plus comme des adolescents en mal d'hormones. Il avait même dû empêcher Gaétan et Aimé de se sauter dessus mardi passé pour une histoire de balance.

— J'ai remarqué que ça ne va pas trop bien entre ces deux-là.

— As-tu déjà entendu parler de la Tourette?

— Vaguement. N'est-ce pas la maladie dont souffre Aimé?

— Apparemment. Mais Gaétan, à cause son antipathie pour lui, l'accuse de s'en servir pour, comme il dit, «tripoter les femmes». Clovis, pour sa part, lui attribue des pouvoirs magiques.

Elle rigola.

— Ce qui fait assez cocasse parfois. Lui et sa patte de léopard…

— C'est quoi cette histoire de patte?

Isabelle suggéra qu'il s'agissait probablement d'une superstition, avouant que, malgré sa présence en Afrique depuis plusieurs années, elle ne comprenait pas toujours les pratiques animistes.

— Tout est si compliqué ici!

Tony posa les avant-bras sur la table et soupira.

— Mets-en! Il y a maintenant Karine qui dit à tout le monde qu'elle est fiancée.

Isabelle se renfrogna. Soulé lui faisait une drôle d'impression. Elle demanda :

— Quel âge a-t-elle, cette Karine?

— Début de la vingtaine.

— On dirait plutôt qu'elle en a quatorze.

— C'est ce que je dis, un groupe d'adolescents!

— Je ne sais pas jusqu'où vont tes responsabilités, Tony, mais je surveillerais de près ces amourettes.

— Bertrand m'a fait la même remarque. Que veux-tu que j'y fasse? Je ne suis qu'un agent de la SurfAir, pas son père.

— Tu as raison; reste que, si j'étais toi, je garderais l'œil ouvert. Quant à Bertrand, quel gentilhomme! Je l'aime bien. Il me rappelle mon grand-père.

— En tout cas, je suis content de l'avoir inclus dans le groupe.

— Un médecin est toujours utile, c'est certain. Heureusement qu'il était là pour la petite Delphine. Pauvre enfant!

— Incroyable cette histoire d'in… inf…?

— Infibulation.

— Cruel et barbare! En 2010! Cette situation pose un autre problème…

— Bertrand t'en a parlé?

— Oui.

— Qu'en penses-tu?

— Encore là, que veux-tu que je dise?

— Ouais…, quand même, il ne faut pas oublier que, même au Bénin, adopter un enfant ne se fait pas du jour au lendemain. Jacquie ne peut ramener Delphine avec elle sur le vol de la SurfAir. Il lui faudra revenir en Afrique si elle tient à l'adopter légalement. Elle a donc amplement le temps de changer d'idée…

—Peut-être... mais elle a choisi de rester à l'hôpital avec la petite au lieu de revenir ici pour participer à l'excursion. Quelque chose me dit que son idée est faite.

La jeune femme acquiesça d'un signe de tête. Jacquie avait argué, en route pour Parakou, que si Madona l'avait fait, pourquoi ne pourrait-elle pas faire de même? Isabelle s'inquiétait pour Jacquie: que ferait-elle quand elle apprendrait que les parents de la petite étaient décédés, que c'était en fait des voisins qui l'avaient recueillie et que, d'après mama Moussalima, ils la destinaient, au trafic d'enfants... Elle en fit part à Tony.

—Trafic d'enfants! Une autre histoire invraisemblable! Je pensais que ces horreurs-là avaient été abolies depuis longtemps.

C'est avec un sourire triste qu'Isabelle expliqua que les enfants servaient souvent de monnaie d'échange en Afrique. À la question de Tony qui voulait savoir qui achetait des enfants, elle répondit qu'il s'agissait de n'importe quel individu qui pouvait payer. On les achetait pour les faire travailler dans les maisons comme domestiques, dans les champs, les usines, dans la rue comme mendiant, comme prostitué. Ou on leur remettait une arme et les envoyait se battre auprès des soldats. Tony secoua la tête comme pour chasser ces images.

—Nous sommes chanceux de vivre au Canada, n'est-ce pas?

La jeune femme lui jeta un regard suspect, mais ne dit rien. Tony s'empressa de plaisanter, de peur qu'elle ne le croie tentant de la convaincre encore une fois de changer de mode de vie et de faire resurgir leurs différends.

—J'espère que Daniel, lui, ne décidera pas de ramener ses équipes de soccer au pays.

Isabelle se contenta de commenter:

— Ils forment un drôle de couple, sa femme et lui, n'est-ce pas?

— Beaucoup plus que tu penses.

— Que veux-tu dire?

— As-tu déjà entendu Françoise lui parler?

— Je les vois rarement ensemble.

— Elle l'affuble de toutes sortes de noms bizarres comme: Danbo, gros lard, ballon gonflé, sumo. Même qu'une fois, devant moi, elle l'a traité de gros zizi.

— Pauvre homme! Il m'a l'air bien gentil. C'est un bon travaillant. Toujours de bonne humeur.

Tony lui confia qu'il croyait que Françoise était un peu détraquée; que c'était elle qui avait tenu à s'inscrire au forfait et que, dès son arrivée, elle avait voulu repartir. Il admit avoir eu de la difficulté à la convaincre de rester.

— Comment y es-tu parvenu?

— En exagérant un peu la lenteur des services ici.

Tony prit une longue gorgée de bière. Il commençait à se sentir bien dans sa peau et se demandait si Isabelle avait l'intention de partager sa chambre. Il l'espérait de tout cœur, cependant n'avait pas encore trouvé le courage de lui redemander. Il commanda une troisième bière. Consulta sa compagne du regard. Elle fit signe que non.

— Ensuite, il y a Roselle qui…

— Est enceinte. Je sais. Elle me l'a dit. Elle voulait savoir ce que je pensais des médecins et des services hospitaliers de Parakou.

— C'est la femme d'un de mes chums. Je me demande ce que va en dire Paulo…

Il eut envie de lui parler de cet ami pour qui il n'avait que pitié, mais s'abstint. Isabelle lui avait souvent reproché sa façon de juger les autres. Et, tout compte fait, il conclut que Paulo était peut-être heureux. D'après Isabelle, on ne devait pas imposer ses propres critères de bonheur aux autres.

Il poursuivit en insistant sur le fait qu'il ne fallait pas oublier Dorys. «Un amour de femme, poursuivie par son ex!» Il observa qu'il trouvait incroyable que le bonhomme l'ait suivie jusqu'au Bénin. Selon lui, il y voyait une autre histoire de fou qui lui causait beaucoup d'inquiétude pour son projet. Devant le reproche qui se pointait dans le regard d'Isabelle, il continua dans le même souffle :

— Bien sûr, je m'inquiète encore plus pour Dorys! J'ai bien l'intention de la surveiller de près. Au moins, dans ce cas-ci, je vais avoir de l'aide.

— Tu veux dire...? Brian?

— Ces deux-là semblent s'être tombés sérieusement dans l'œil.

— Je suis contente pour Dorys. Brian est un vrai gentleman.

Sur ce, Isabelle regarda sa montre. Repoussa sa chaise des pieds. Étira les jambes. Tony sentit ses espoirs s'envoler. Si elle partait déjà, c'est qu'elle avait décidé de retourner à Parakou. La jeune femme fit rouler ses épaules, se frotta la nuque et se ré-adossa confortablement.

— Sais-tu? Je pense que je prendrais bien une autre bière.

L'enthousiasme de Tony remonta en flèche. Il agita la main pour attirer l'attention du serveur avant que sa compagne ne change d'idée. Il vit le sourire taquin allumer les prunelles noisette avant de venir jouer sur les lèvres d'Isabelle. Pompette, il n'en fit pas de cas. Il se réjouit plutôt : «Tant mieux si elle peut lire dans mes pensées! Elle y découvrira un reste d'affection encore très vivant, remisé avec regret il y a quatre ans.»

Le serveur revint avec la bière. Isabelle leva son verre dans sa direction en guise de toast et but avec délices. Elle aussi commençait à ressentir les effets euphoriques de la *chouk*.

— Alors, *Tony*, que penses-tu de ton projet jusqu'à présent?

« *Tony*. Au lieu de Tonin! Et sur un ton plutôt câlin!» Il y vit une acceptation et se sentit transporté au septième ciel. Isabelle pouvait être si charmante, si séduisante, si passionnée... Il se souvint d'une fin de semaine dans les Laurentides... « Sa peau si douce... »

— Tony?

— Hummm?

— Ton projet. En es-tu satisfait?

Il revint sur terre. Balaya de son esprit les doux souvenirs. Ce qu'il en pensait? Les mots se précipitaient en lui: une imposition, une suite de problèmes continus, une chaleur inouïe, un hébergement couci-couça, des moustiques à plein, une poussière étouffante, une pauvreté abjecte et, ne pas oublier, sa « maladie ». Un forfait absolument aberrant comparé à celui de la Côte d'Azur!» Néanmoins, sachant qu'Isabelle n'aimerait pas, il ne débita pas sa liste. D'ailleurs, les vapeurs d'alcool aidant, son projet lui apparut génial tout à coup. Et ce, malgré les petits inconvénients.

Il fouilla dans sa poche, sortit une coupure de journal froissée qu'il remit à Isabelle. Elle la posa sur la table, la lut et le regarda sans comprendre. Attendri, Tony approcha sa chaise près de la sienne, faisant en sorte que leurs épaules se touchent, et expliqua d'une voix pâteuse.

— C'est la publicité que j'ai fait paraître dans les journaux. Regarde.

Il pointa l'index sous les préalables, les lut à haute voix et se mit à énumérer chaque facteur qu'il percevait comme positif:

— *Volonté d'aider son prochain.*

La construction allait très bien et tous les participants, à différentes occasions, lui avaient dit qu'ils en ressentaient une grande satisfaction personnelle. Aussi, Jacquie semblait avoir trouvé sa mission dans la vie; Daniel était content de ses équipes; Dorys, de son aide au Petit marché des femmes et Gaétan de poursuivre son apostolat auprès des Sanglo. «Face de bouette!» s'esclaffa-t-il. Avant qu'Isabelle ne fronce les sourcils, il continua:

— *Voir du pays.*

Ils avaient visité Cotonou; ils partaient demain pour Pendjari et l'Atacora et feraient une troisième excursion à Ganvié avant de reprendre l'avion.

— *Rétrécir sa silhouette...*

Isabelle l'interrompit.

— Minute! Tu as oublié la question des horizons.

Il secoua la tête et l'assura qu'il y reviendrait.

— *Rétrécir sa silhouette,* réitéra-t-il.

Tous les clients avaient perdu du poids. Même qu'ils semblaient fondre à vue d'œil, ce qu'avait attesté le pèse-personne d'Aimé.

En réponse à Isabelle qui voulait savoir ce qui s'était passé, il expliqua que, mardi soir dernier, Aimé était arrivé avec une balance commerciale sans préciser où il l'avait trouvée. Tout le monde avait voulu savoir combien de kilos chacun avait perdus. Aimé s'était porté volontaire pour prêter main-forte aux femmes. L'homme prenait chacune par le coude pour l'aider à monter sur la balance, lui entourait la taille afin de s'assurer que le corps était bien centré sur la base et, en ajustant boutons et pesées, lui effleurait la poitrine de son bras de girouette. Gaétan s'était fâché. Tony avait dû s'interposer entre les deux hommes avec l'aide de Bertrand. Même les mamas s'en étaient mêlées.

Isabelle écoutait avec attention, son épaule toujours contre celle d'un Tony enchanté. Il revint au bout de papier.

— *Élargir ses horizons.*

Il avoua que lorsqu'il avait formulé cette pub, il entendait des choses comme : voir au-delà de son coin de pays, expérimenter une autre culture, prendre contact avec des gens d'ailleurs, ce genre de trucs. Bertrand cependant lui avait fait voir plus loin, ou plutôt, de façon *différente.*

— Je ne comprends pas.

— C'est que, moi, je pensais à des horizons disons... extérieurs tandis que lui, faisait référence à des horizons intérieurs.

Isabelle lui jeta un regard confus. Pour Tony, par contre, les choses se clarifiaient de plus en plus au fur et à mesure qu'il se confiait. Emballé, il semblait avoir surmonté les effets de la *chouk* et voguer maintenant en pleine possession de ses facultés.

— Lorsque Bertrand s'est présenté à mon bureau pour s'inscrire, il avait justement cette coupure avec lui. Il me l'a mise sous le nez et affirmé : « Pour ma part, je suis convaincu que votre affaire va marcher parce que votre proposition va au-delà du problème d'obésité. Vous avez mis le doigt, consciemment ou non, sur un besoin humain fondamental : la volonté d'aider son prochain. » Ce qui me ramène à mon point de départ, n'est-ce pas ? *Volonté d'aider son prochain.* Maintenant qu'un mois est passé, je me rends compte que le doc avait entièrement raison.

— Tu veux dire... ?

— Je veux dire que j'ai eu, depuis, plusieurs discussions avec le bon médecin et je comprends ce qu'il entendait par : « L'être humain a besoin de dépassement pour combler les aspirations de l'âme. » Je veux dire que je *te* comprends, Isa. Je comprends le sentiment d'exaltation qu'on ressent quand on contribue au bien-être des autres. Et je vais te dire... même au risque que tu te moques de moi...

— Quoi?

— Lorsque Gaétan, tout excité, est venu se vanter qu'il lui fallait s'acheter une ceinture pour tenir ses pantalons qui menaçaient de lui tomber sur les chevilles, je dois admettre que... que ça m'a... touché. Il se pavanait fièrement et affirmait que sa Claire ne le reconnaîtrait pas. Il a ajouté un commentaire que je n'ai pas trop saisi, mais qui m'a quand même semblé positif. Il a dit qu'à cause de son expérience au Bénin, il comprenait mieux son Ben et que, dès son retour, il tenterait un rapprochement. Ensuite, il y a le visage de Daniel...

Il s'arrêta, étouffé par l'émotion. Isabelle lui prit la main.

— Quoi? Qu'est-ce qu'il a le visage de Daniel?

— Faut voir son expression quand il distribue les vêtements qu'il a apportés de chez lui. Et la réaction des enfants... c'est...

Isabelle, qui ne l'avait jamais entendu s'exprimer de la sorte, attendit qu'il trouve le mot qu'il cherchait.

— ... émouvant. Je dirais que c'est surtout ça qui a fait que j'ai saisi ta façon d'envisager les choses. Je suis convaincu que mes clients ont expérimenté cette même prise de conscience. Chacun à sa manière. C'est comme... un bouleversement intérieur. Je ne sais pas trop comment dire...

Il leva les yeux sur sa compagne. Comme un magicien palpant minutieusement un mouchoir sous lequel se cachait une colombe, elle le vit sonder ses pensées, pressant une explication à déployer ses ailes pour s'envoler dans la lumière.

—Je ne sais pas encore exactement comment tout ça s'applique à mes clients, toutefois je *sens* qu'ils ne reviendront pas au pays seulement plus petits de corps, mais aussi plus grands d'esprit. Et sans pouvoir le clarifier avec précision, je dirais… mieux équipés pour faire face à leur problème d'obésité.

—Je ne savais pas que l'obésité était devenue un problème si important chez nous.

—C'est épidémique. Et les ramifications…

Tony tenait à lui faire comprendre. Il réfléchit puis il dit :

— Prends ce cas en Angleterre, par exemple. Tout juste avant notre départ, on rapportait que l'état était à décider si on devait enlever un enfant obèse morbide à sa mère.

— Pas sérieux?

—Absolument! Et, ce n'est pas si bête, Isa. Penses-y. On retire de leur foyer des enfants privés de nourriture pour cause de mauvais traitements. Pourquoi? Parce que les parents sont responsables du bien-être et de la santé de leurs enfants. Or, la suralimentation présente un danger tout aussi sérieux. C'est pourquoi on commence à considérer l'obésité extrême chez les enfants comme une forme d'abus ou de négligence.

Pensive, Isabelle murmura :

— Nous en sommes donc rendus là…

Tony lui entoura affectueusement les épaules. Elle voulut poursuivre.

— Tandis qu'ici…

—Oublions tout ça pour le moment, Isa. Pensons à nous deux. Où est-ce que *nous* en sommes rendus?

39

Voir du pays…

AIMÉ S'ÉTAIT RÉJOUI, REMERCIANT LE CIEL que Clovis et sa patte ne soient pas du voyage. Son tourmenteur avait dû s'absenter pour régler un soi-disant problème de belle-mère et c'est un géant noir à l'aspect doux et rassurant du nom de Didier qui l'avait remplacé au volant du minibus. Soulé conduisait l'autre. Et puisqu'il évitait Gaétan autant que possible, il avait attendu que celui-ci fût bien installé dans le premier bus avant de monter dans le dernier.

Tony avait donné le signal et le convoi s'était mis en branle. Soixante-dix kilomètres à l'ouest pour Djougou et quatre-vingts kilomètres vers le nord pour Nantigou sur une route bétonnée. Ensuite, cent soixante kilomètres, toujours en direction nord, pour la réserve de Pendjari, mais cette fois sur un chemin que les conducteurs qualifiaient de tôle ondulée.

Il avait trouvé les paysages de la région montagneuse de l'Atacora époustouflants. Le convoi avait suivi une route sinueuse, une piste de latérite ocre, jalonnée de villages primitifs longeant des rivières tumultueuses, des collines escarpées, des vallées verdoyantes et des petites exploitations agricoles de riz, maïs et ignames. Partout, les gens avaient été accueillants.

Voilà ce dont se souvenait Aimé.

« Mais où suis-je? » aurait-il bien voulu savoir.

Confus, il tentait de se souvenir s'il avait vraiment visité une habitation tata Somba, une de ces impressionnantes forteresses de boue séchée à tourelles multiples, coiffées de chapeaux de chaume coniques. Il se rappelait le visage façade de l'habitation : une bouche ronde comme porte d'entrée, surmontée de minuscules trous fenêtres s'ouvrant sur le monde tels des yeux curieux.

Aimé était convaincu qu'il hallucinait.

Pourtant, l'odeur chaude et fétide du sombre rez-de-chaussée, réservé au bétail lui chatouillait encore le nez. Il se voyait monter une à une les marches intérieures, trop étroites, jusqu'aux petites pièces alvéoles au deuxième étage qui, selon le guide, servaient de cuisine et de chambres à coucher. La chaleur écrasante de la terrasse du toit ainsi que l'arôme persistant des épices, fruits, cacahuètes et tabacs qui y séchaient au soleil lui collaient à la peau. Le guide expliquait que le feu devait être régulièrement entretenu à l'intérieur de la tata pour assécher la terre que la pluie infiltrait et rongeait.

« S'agissait-il de souvenirs de lectures faites avant le voyage? » se tourmentait-il.

La fumée âcre lui brûlait les yeux, le prenait à la gorge et le faisait tousser. Mais il fallait continuer à nourrir le feu. Chauffer le rocher à blanc afin qu'il se fissure sous la chaleur intense. Il transpirait tellement qu'il avait l'impression de fondre comme un glaçon dans un verre d'eau bouillante. Un craquement sec. Il sursauta. Coup de fusil? Non, c'était le roc qui venait d'éclater. Barre de fer en main, il l'inséra dans la fente et s'y arc-bouta pour en détacher un galet. Des dizaines d'yeux le fixaient, attendaient. Attendaient quoi? Il souleva la masse de fer et l'abattit sur la tranche de pierre. La martela pour la réduire en morceaux. Entassa la roche concassée au bord de la route.

Tout se bousculait dans la tête de l'homme au bras volant.

Le bus stoppa. Une planche noircie par la fumée obstruait la route. Il se préparait à descendre pour aller l'enlever lorsqu'elle prit vie et, dans un ahurissant grouillement structuré, des milliers d'insectes se mirent en branle. Une colonie de fourmis!

Un frisson de picotements le parcourut.

Les fourmis se transformèrent en éléphants. Une horde de ces nobles animaux s'abreuvait à une mare immense. Des oiseaux virevoltaient, plongeaient et repartaient en formation dans une coulée de lumière aveuglante. Plus loin, des phacochères et leurs petits fouinaient la terre de leur goinfre. Un site digne d'une photo de la *National Geographic*. Dorys questionnait le guide à savoir pourquoi de grands brûlis placardaient çà et là le terrain. Ce dernier expliquait que les gardes mettaient le feu dans la réserve pour permettre aux touristes de mieux voir les animaux.

Aimé se souvint tout à coup: la visite safari dans la réserve du parc! Il était donc toujours à Pendjari? À faire un cauchemar dans son lit d'hôtel? Il revoyait le long bâtiment blanchi à la chaux, percé à intervalles réguliers de portes noires. Tous avaient trouvé regrettable que la piscine adjacente soit vide après l'interminable randonnée. Le bar, par contre, une magnifique structure circulaire à chapeau conique, ceinturée d'un comptoir de bambou, était ouvert. On y servait de tout, incluant de la bonne bière froide.

Il avait soif.

Les souvenirs affluaient maintenant: quel endroit merveilleux que les chutes de Kota! Un profond bassin entouré de galets stratifiés, paré d'une végétation luxuriante.

Les voyageurs s'étaient tous exclamés devant le bouillonne-
ment qui cascadait d'un promontoire rocheux pour venir
former à sa base une piscine naturelle aux eaux tranquilles.
Aimé s'ébrouait dans l'eau rafraîchissante avec les autres
lorsqu'un sifflement avait attiré son attention. Didier lui
avait fait signe de la main depuis un bouquet de palmiers. Se
demandant ce que l'homme lui voulait, il s'était approché. À
sa grande surprise, Clovis avait fait irruption derrière le géant
noir. Que faisait-il là? N'était-il pas parti voir sa belle-mère?

Aimé s'impatientait : «Où se trouvait-il, fuckaille?»

Il avait la tête lourde. De la difficulté à soulever les
paupières. Des rires en sourdine éclataient de temps à autre
sur sa gauche. Une odeur de fumée mêlée à des relents de
bouse de vache flottait dans l'air. Un arrière-goût bizarre lui
empâtait la bouche. Il baignait littéralement dans sa sueur. Il
avait soif. Une soif dévorante. Il tâta autour de lui. Entendit
des craquements de paille sèche et sa main rencontra le
sol. Il était donc couché par terre. Il ouvrit les yeux. Un
flot de lumière l'assaillit. Une silhouette se découpait dans
l'embrasure de la porte qui venait de s'ouvrir. Clovis!

— Alors, Aimé? Revenu aux pays des vivants?

Au pays des vivants? Avait-il trépassé? Les pratiques
vaudou commençaient à lui donner le trac. Il jeta un
regard circulaire autour de lui. Eh oui, la Patte de plus en
plus puante reposait là, tout près. Clovis l'enjoignit :

— Venez. Elle vous attend.

Elle? Qui elle? Aimé commença par s'asseoir, testant sa
capacité de se mouvoir. Aucun problème. Il se leva donc,
chancelant quelque peu, et suivit Clovis à l'extérieur.
Il émergea en périphérie d'un cercle de cases derrière
lesquelles broutaient un troupeau de vaches et quelques
moutons. Il reconnut un camp de Peuls, s'étant renseigné
sur ces éleveurs nomades avant son départ.

Au milieu du campement, une gigantesque marmite chauffait sur un feu de bois. Des hommes aux yeux encore pleins de sommeil bavardaient, assis sur des nattes. Devant une case curieusement décorée de guirlandes fabriquées de paquets de cigarettes vides et morceaux de papier d'emballage, quelques femmes s'affairaient à remplir une grande malle de rouleaux de tissu, casseroles, savons, cruches et articles de toutes sortes. D'autres s'occupaient d'entretenir le feu et de brasser le contenu de la marmite tandis que d'autres encore allaitaient leur bébé. Les enfants allaient et venaient sans entrain par cette matinée embrumée.

Clovis fit les présentations, après quoi une femme très amène, couverte de breloques, vêtue d'une robe bigarrée de teintes pastel, la tête enturbannée de même tissu, invita Aimé à s'asseoir et lui remit un bol de *bouille*. Clovis expliqua qu'il s'agissait d'un mélange de lait et de millet moulu puis ajouta que le camp continuait la célébration d'un mariage qui avait eu lieu la veille. Aimé chercha les mariés du regard, mais ne sut les distinguer parmi les villageois.

À sa grande surprise, les femmes délaissèrent une à une leurs occupations pour se rassembler en cercle et elles se mirent à chanter en chœur et à battre des mains, exhortant la mariée à se montrer. Des jeunes filles, tour à tour, s'avancèrent dans le cercle pour danser et frapper du pied. Des tam-tams retentirent à l'arrière-plan et, poussés par l'esprit de la fête, quelques hommes se levèrent alors et commencèrent à se flageller.

Aimé ne comprenait pas ce qu'il faisait à cet endroit ni comment il y était parvenu. Il se souvenait avoir suivi Clovis à un camion stationné près de la chute de Kota. Ce dernier l'avait invité à prendre un verre et avait offert de lui faire visiter un coin du Bénin que peu de touristes avaient le privilège de voir. Puisqu'ils étaient sur le chemin de retour, il avait averti Tony de ne pas l'attendre; il reviendrait à Bacouany avec Clovis.

Après, plus rien…

Des cris et des pleurs retentirent. La mariée, traînée de force par une jeune fille, sortit à quatre pattes de la case enguirlandée, recouverte d'un drap de la tête aux pieds. Une vieille femme la contraignit alors à s'asseoir sur un banc. Elle plaça par terre près d'elle une calebasse bien en vue et se mit à psalmodier.

Selon Clovis, il s'agissait de la mère de la mariée. Celle-ci racontait la vie de sa fille et de sa famille tout en encourageant les villageois à faire des dons en argent au nouveau ménage. La fête battait ainsi son plein quand l'époux arriva en *zemidjan* dans un tumulte de crissements de pneus. Tous se ruèrent alors sur la mariée pour la forcer, criant, pleurant et se débattant de toutes ses forces, à enfourcher la moto. Et le couple partit dans une pétarade de poussières.

Dérouté devant une telle cruauté, Aimé resta sans mot jusqu'à ce que Clovis, amusé, lui dise qu'il s'agissait là d'une mise en scène traditionnelle. La mariée devait montrer beaucoup de réticence à quitter sa famille afin de prouver reconnaissance et affection envers les siens.

«On m'a drogué!» constata soudainement Aimé avec horreur.

Ce qui expliquait le sentiment de léthargie et ce méchant arrière-goût qui persistait au fond de sa gorge. Mais pourquoi? Pourquoi l'amener ici de force? Pour le contraindre à assister à un mariage qui, selon toute évidence, avait déjà eu lieu pendant qu'il dormait?

Clovis fit signe de la main à la femme à la robe multicolore. Sourire aux lèvres, yeux pétillants, celle-ci s'avança immédiatement, se dandinant de façon provocante.

— Aimé, je vous présente Éloïse, ma belle-mère. Elle est veuve et accepte de vous épouser.

L'homme fut tellement éberlué que son bras voltigea à son front et se mit ensuite à s'agiter de gauche à droite en signe de négation. Il le rattrapa en vitesse. Il était si nerveux qu'il avait de la difficulté à se ressaisir : marier cette femme ? Clovis avait perdu la tête ! Comment faire comprendre à ces gens, sans les insulter, qu'il ne souhaitait nullement épouser qui que ce soit. C'est avec beaucoup d'appréhension qu'il se souvint de ses paroles à Tony.

Il lui fallait penser et penser vite.

— Ch-chère d-dame, Clo-vis, vous me prenez... au dépourvu. Je ne peux décider d'une chose si importante sans réflexion... sans préparation... vous comprenez ?

Clovis fronça les sourcils et les Peuls qui s'étaient graduellement rassemblés autour d'eux perdirent leur sourire. Transpirant à grosses gouttes, s'accrochant fermement à son bras, Aimé déglutit.

— Mais... votre offre... m'honore... oui, m'honore grandement.

De plus en plus anxieux, bafouillant pour gagner du temps, l'homme fouillait dans sa mémoire pour trouver quelque fait, croyance ou tradition peul qui puisse le secourir.

— Il... il faut, quand même, que je... rassemble quelques vaches...

Les hommes hochèrent de la tête en signe d'assentiment. Aimé en ressentit un grand soulagement et continua.

— ... des moutons... des chèvres...

Les sourires revinrent autour de lui.

— Donc, si... si tu veux bien Clovis, ramène-moi à Bacouany où je pourrai prendre les dispositions nécessaires pour... revenir épouser cette belle femme.

40

La volonté d'aider son prochain...

TONY NE SAVAIT PLUS OÙ DONNER DE LA TÊTE. Les vols se multipliaient à l'Auberge. Aujourd'hui, la photo de la fille de Roselle avait disparu. Hier, c'était le sifflet de Daniel. Françoise maintenant croyait que son mari voulait la tuer. Tony regrettait amèrement de ne pas l'avoir retournée au Canada dès qu'elle en avait exprimé le désir.

Laurent, le mari de Dorys, avait créé toute une scène lors du retour de Pendjari. Il était venu relancer sa femme jusqu'à l'Auberge dans l'espoir de la convaincre de le reprendre. Lorsque celle-ci avait refusé de l'écouter, l'homme avait tenté de la faire monter de force dans un taxi. Seule l'intervention de Brian l'en avait empêché. Laurent était reparti en proférant des menaces de mort à l'endroit de sa femme et de son «amant».

Aimé, surveillé de près par Clovis, clamait avoir été miraculeusement guéri de sa Tourette par un groupe de Peuls. Bertrand, sourire en coin, laissait entendre qu'il aurait donné cher pour savoir ce qui s'était vraiment passé pendant l'équipée de ce participant et du Béninois. Gaétan, pour sa part, répétait qu'il avait eu raison sur toute la ligne et que cette «maladie» n'était qu'un prétexte pour tripoter les femmes.

Roselle restait faible et pâle.

Jacquie était de retour de l'hôpital de Parakou avec la petite Delphine. Elle gardait la fillette avec elle à l'Auberge, cherchant un endroit sûr pour la laisser jusqu'à ce qu'elle revienne pour l'adopter.

Soulé pressait Karinette de l'épouser avant la fin du voyage.

Tony ne pouvait attendre de rentrer au pays pour se défaire de tous ces gens et de ce qu'il qualifiait intimement de «leurs fuckailles de problèmes.»

Cependant, il y avait Isabelle. Il en était retombé amoureux fou et le sentiment semblait réciproque. Malheureusement, le jeune couple se retrouvait à la même frustrante case de départ : lui souhaitant une vie stable à Toronto, elle désirant toujours parcourir le monde pour secourir les infortunés.

Impasse.

Tony soupira. Incapable de dormir, il s'était levé tôt et s'était rendu au chantier de construction où, main dans les poches, debout sur une saillie de terrain, il scrutait les lieux avant que ses clients ne s'amènent. Ils arrivaient habituellement par petits groupes, selon les amitiés forgées au cours du séjour.

Tous, sans exception, avaient perdu beaucoup de poids. Les vêtements de travail flottaient sur les corps amaigris et, à l'instar de Gaétan, tous avaient dû se munir d'une ceinture ou d'une corde quelconque pour faire tenir shorts ou pantalons. Tony se félicita : n'était-ce pas là le but du voyage? Pourquoi alors se casser la tête pour les problèmes personnels de ses clients? Cette disposition à s'inquiéter pour les autres n'était-elle pas plutôt du ressort d'Isabelle? Était-il en train de devenir comme elle? Conséquence de l'air africain? Ou de ses gens si accueillants et si joyeux malgré les incroyables difficultés journalières? Un bon exemple: le fournisseur de briques avait manqué de matériel? Qu'à cela ne tienne. On avait tout simplement décidé d'en faire. À la main! Un travail on ne peut plus éreintant.

Entre-temps, Harvey avait embauché monsieur Abidun, un menuisier local, qui s'était immédiatement mis à l'œuvre avec ses fils pour fabriquer des portes et des fenêtres. «En iroko, môssieur, c'est un bois dur qui résiste aux termites.» Tony frissonna au souvenir des gigantesques termitières aperçues lors de l'excursion à Pendjari. Didier avait affirmé que ces montagnes de terre et de salive cuites par le soleil pouvaient atteindre jusqu'à sept mètres de haut et trente mètres de diamètre.

Il jeta un regard circulaire sur le minivillage en devenir, s'attardant premièrement au puits. Quelqu'un en avait décoré la margelle de symboles compliqués à grands coups de pinceau. Selon Harvey, les travailleurs de Mission Maisons avaient dû creuser jusqu'à soixante mètres de profondeur pour rejoindre la nappe phréatique.

Une moue de désapprobation lui plissa les lèvres. Malgré les interdictions répétées, les futurs propriétaires avaient commencé à emménager dans les maisons inachevées, apportant tables et bancs, marmites, balais et tapis pour, selon leurs dires, s'accommoder lors des casse-croûte. Des reliquats de repas, cartons d'emballage et autres déchets jonchaient le sol. Des vélos en mauvais état attendaient patiemment, appuyés aux murs ou couchés par terre. Attirés par l'appât du gain, des commerçants de toutes sortes avaient installé leurs divers abris en périphérie, guettant le moment où les ventes seraient profitables. Et partout l'étonnante variété de

260 · HÉLÈNE KOSCIELNIAK

gris-gris hétéroclites, accrochés ici et là, pour protéger les propriétés.

Tony fut tiré de ses observations par une poule au plumage d'un vert incandescent qui, gloussant et courant toutes ailes déployées, fila devant lui. Ce qui lui rappela que le maire, Léhady Aboh, et ses adjoints municipaux préparaient une grande fête pour remercier les travailleurs avant leur départ. En vue de l'événement, on avait teint cette malheureuse volaille d'un colorant spécial, lui conférant ainsi le pouvoir d'éloigner les serpents, les scorpions et autres prédateurs dangereux.

Un miroitement capta son attention sur sa droite. Il tourna la tête et aperçut Delphine accroupie par terre près d'un monticule de sable. De toute évidence, la fillette n'était pas consciente de sa présence sinon elle se serait sauvée, toujours aussi timorée, malgré les encouragements de Jacquie. « Que faisait-elle ici ce matin ? » songea-t-il.

Tony s'en approcha sans bruit. La petite s'amusait à remplir de sable un contenant de vitre. Absorbée par sa tâche, elle sursauta quand l'ombre de Tony se dessina devant elle. Deux grands yeux apeurés le fixèrent et une petite main maigre vola derrière son dos, dissimulant l'objet brillant. Mais Tony avait eu le temps de voir. Frappé d'étonnement, il se dit qu'il devait s'agir d'une illusion d'optique.

La fillette se releva en reculant lentement, se protégeant des coups à venir de son bras libre. Tony voulut la rassurer en prononçant doucement son nom, mais l'enfant, terrorisée, prit ses jambes à son cou et disparut derrière une rangée de maisons.

Médusé, Tony resta figé sur place, tentant de s'expliquer comment son cendrier porte-bonheur pouvait se trouver à Bacouany. Car il s'agissait bien de son castor de verre ciselé! Il l'aurait reconnu entre mille. Certes, il pouvait en exister d'autres semblables de par le monde, mais ici? En Afrique? Un *castor*? Dans les mains de *Delphine*?

Il résolut de consulter Jacquie.

Lorsqu'il se présenta à sa porte, celle-ci sortait justement pour aller prendre le petit déjeuner. Karine, sa compagne de chambre, était encore à se préparer. Après qu'il eut expliqué la raison de sa visite, Jacquie, confuse, demanda:

— Un castor? Tu parles du rongeur canadien à queue plate?

— Oui, c'est un cendrier de vitre, en forme de castor.

— Tu dis que *ma* Delphine jouait avec?

— Justement. Près de la construction.

— Mais où l'aurait-elle pris? Dans ta chambre?

— Non, impossible, je l'ai perdu avant de venir en Afrique.

Devant la mine confuse de son interlocutrice, Tony se rendit compte du non-sens de ses paroles. Il se reprit, expliquant du début. Jacquie s'exclama:

— Mais, alors, comment veux-tu que Delphine l'ait en sa possession? Tu t'es sûrement trompé ou il s'agit d'un semblable, c'est tout! C'est vrai que c'est tout un adon, mais c'est là seule explication possible.

— Oui… tu as raison. Curieux quand même… Tu vas m'aider à questionner la petite?

— Absolument.

— Bon, allons déjeuner. Tu viens Karine?

Celle-ci avait sursauté.

— Moi? Non… non, merci. La… mère de Soulé m'a… invitée chez elle ce matin.

— Ah! Alors, bon appétit!

— Oui… merci. À… tout à l'heure.

41

Karinette

— ... PAS UNE RAISON POUR ÉPOUSER cette pauvre fille
ça, mon garçon!

— C'est une raison comme une autre, maman. On fait
ce qu'on peut de nos jours.

— Peut-être, mais de là à tromper une jeune femme, il
y a une marge.

— Sans visa, je ne peux pas retourner en France.
Comment donc terminer mes études?

— La fin ne justifie pas les moyens. Toi, un homme
éduqué et chrétien de surcroît, tu devrais le savoir!

— C'est ce qu'on m'a enseigné, en effet. Mais le monde
a changé et maintenant si on veut avancer dans la vie, il
faut prendre les dispositions nécessaires. Aller au Canada
me permettra d'obtenir ma licence en pharmacie. Et pour
entrer au Canada, sans avoir à attendre des éternités, c'est
la seule solution.

— Eh bien, sache mon garçon, que je ne suis pas
d'accord!

Horrifiée, Karinette restait debout, figée, devant la
maisonnette. Puis, un sanglot la secoua et elle se mit à
pleurer. Aveuglée par les larmes, elle tourna les talons

pour se sauver et buta contre le vélo de Soulé qui tomba avec un bruit mat. Elle s'affala à son tour. Instantanément, la porte de la cabane s'ouvrit et le jeune homme apparut. Il comprit sur le champ qu'elle avait tout entendu. Il éclata alors d'un grand rire et lui tendit la main pour l'aider.

— Nous t'avons bien eu ma mère et moi, n'est-ce pas? Désolé pour ta chute, j'espère que tu n'es pas blessée?

Karinette se releva péniblement et bafouilla :

— Je ne comprends pas…

— Nous savions que tu étais là. C'était sans malice.

— S-Sans malice?

— Absolument. Tu dois savoir que nous, Béninois, aimons jouer ce genre de tour. Tu devras t'y habituer ma jolie…

Soulé souriait toujours, mais sa jovialité ne se reflétait pas dans son regard et la jeune fille sut qu'il mentait. L'espoir qui avait commencé à germer dans son cœur s'éteignit comme une flamme sous un coup de vent. À l'expression subitement acerbe du jeune homme, elle vit que ce dernier avait compris ce qu'elle ressentait. Une ombre menaçante surgit alors dans les prunelles sombres. Il la prit sans ménagement par le bras et dit sèchement :

— Viens ma jolie, je te raccompagne à l'Auberge.

À cet instant, madame Bembé sortit de la cabane à son tour et jeta un regard indigné à son fils. Celui-ci la somma de rentrer sur un ton qu'il voulait jovial, néanmoins Karinette y décela un avertissement subtil. Elle tenta de se dégager, mais le jeune homme la tint fermement par le coude et ordonna :

— Et puis non, allons plutôt voir le père Després.

— Le père Després! Pour-pourquoi?

— Pour nous marier, bien sûr.

— Nooon…

Soulé ricana et jeta d'une voix mauvaise :

— Non ? Tu as changé d'idée ?

Attirés par les éclats de voix, des enfants et quelques badauds avaient commencé à se rassembler autour d'eux. Soulé les renvoya d'un geste brusque de la main, les traitant de méchants curieux et tira Karinette par le bras. Celle-ci résista. Il l'empoigna alors par la taille et la força à avancer. Maintenant plus qu'effrayée, la jeune fille se sentit poussée en direction du sentier qui longeait le village.

Elle suffoquait. Ne pouvait aspirer d'air que par le nez et, à chaque respiration, des bulles de mucus éclataient sous ses narines et lui aspergeaient les joues. Un couteau pointu lui transperçait le dos. Karinette essaya d'ouvrir les yeux. Impossible. Ses paupières restaient collées. Elle les palpa doucement du bout des doigts, y sentit une croûte épaisse. Elle resta immobile un long moment, tentant de mettre de l'ordre dans ses pensées. Que lui était-il arrivé ? Depuis combien de temps gisait-elle ici ? Un pénible martèlement à la base du crâne lui rappela sa cuite au *sodabi* la veille avec…

Soulé !

Et les souvenirs revinrent en masse : il avait voulu la violer ! Ici, dans l'humus malodorant de la forêt attenant au village. Il s'était jeté sur elle comme une hyène sur sa proie, lui arrachant ses vêtements de peine et de misère. Lorsqu'elle avait tenté de crier, il lui avait enfoui un des bonnets de son soutien-gorge dans la bouche. Elle s'était débattue avec l'énergie du désespoir pendant qu'il haletait avec rage et qu'il vociférait que c'était là le paiement réclamé pour le temps ennuyeux, perdu avec elle. Il l'avait frappée au visage à grands coups de points, la maudissant de tous les noms. À demi assommée, elle était tombée pesamment sur le sol, une racine lui arrachant des grognements de douleur. Il s'apprêtait à la pénétrer alors que, subitement, tous sens en alerte, il s'était relevé, avait renfilé son pantalon, monté sa fermeture éclair tout en la menaçant à voix basse de terribles représailles si elle le dénonçait. Puis, il s'était volatilisé.

Karinette tenta de se redresser et émit un long gémissement. Elle avait trop mal. Elle se contenta donc de se pousser petit à petit, par à-coups, jusqu'à ce qu'elle ne sente plus l'affreuse racine lui percer le dos.

Elle se mit à pleurer silencieusement, de grosses larmes roulant sur ses joues pour aller se perdre au sol. « Toute cette misère à cause de mon poids », songea-t-elle, persuadée que si elle n'était pas obèse, elle ne se trouverait pas là, meurtrie tout autant dans son âme que dans ses chairs. Elle serait soit courtisée, soit mariée à quelque gentil garçon. Tout son malheur venait de ces maudits kilos qui s'accrochaient à elle.

Un craquement de branches la ramena à la réalité. La panique s'empara d'elle. « Quelqu'un venait! Soulé! » Elle voulut se lever pour fuir, mais ne réussit qu'à articuler quelques plaintes déchirantes.

42

Daniel

— UN FILM DE *SPIDERMAN* ICI? À BACOUANY! OÙ ÇA?

Tout sourire, les jeunes avaient pointé devant lui.

— Là!

Daniel ne comprenait pas. Tout ce qu'il y avait dans son champ de vision était un de ces abris précaires aux murs de tiges de millet entrelacées, recouvert d'un toit de tôle. Les enfants avaient insisté.

— Là, sous ce toit. Juste devant vous, monsieur Daniel!

Les jeunes y avaient conduit leur entraîneur et lui avaient montré la génératrice empruntée au bureau du maire, le vieux téléviseur ainsi qu'un lecteur de disque compact. Le soir même, assis sur des bancs de bois, ils avaient eu droit à une séance de projection cinématographique.

Voilà ce qui avait donné l'idée à Daniel de présenter des vidéos éducatives sur le soccer. Il savait que les joueurs les apprécieraient et que, de cette façon, ils pourraient poursuivre leur apprentissage des habiletés de base du sport après son départ. Il s'agissait d'emprunter les disques compacts appropriés au Centre culturel français de Parakou. Persuadé que Calixte Dasbogun y avait accès et qu'il saurait l'aider, Daniel se rendait à l'école ce midi avant de se remettre au travail. Travail qui consistait maintenant à seconder monsieur Abidun et compagnie à poser portes et fenêtres aux maisons.

Il avançait d'un pas allègre dans la pénombre du sentier lorsqu'il entendit un froissement suspect. Il s'arrêta net, tous sens en éveil.

Un serpent?

Il se souvint, non sans quelque satisfaction, de la terreur de Françoise à la découverte d'une vipère qui s'était glissée dans leur chambre. Elle restait convaincue que c'était lui qui l'avait apportée là. Jamais il n'aurait eu le courage de manipuler une telle menace. Néanmoins, il s'était bien gardé de la contredire, de sorte qu'elle le craignait de plus en plus et le traitait avec beaucoup plus de respect.

Une chèvre?

Daniel et ses collègues voyageurs considéraient ces animaux comme de vraies pestes. Ces ruminants se promenaient en toute liberté, urinant et déféquant partout. Une était même entrée dans la chambre du couple et avait grignoté le journal de bord de Françoise pour la SurfAir. Ce qui avait fait rigoler Daniel. Il s'était réjoui du fait que les responsables de la SurfAir n'auraient pas à lire l'interminable liste de doléances et potentiellement empêcher d'autres personnes de se prévaloir d'un voyage qu'il estimait une véritable thérapie.

Un léopard?

Daniel frémit dans la moiteur du sous-bois. On avait rapporté qu'une de ces bêtes solitaires rôdait dernièrement dans les parages. Hésitant, il ne savait s'il devait continuer sa route ou retourner sur ses pas. Il restait là sans bouger, tentant de décider quc faire lorsqu'un autre bruit se fit entendre. Cette fois-ci, on aurait dit une plainte humaine. Il songea immédiatement à la petite Delphine. Ses gardiens l'avaient peut-être encore agressée? Il avança sur la pointe des pieds, balayant les alentours de regards nerveux.

Un frottement. Il sursauta. Un autre. Plus prolongé. Il semblait que quelqu'un ou quelque chose rampait. Il pivotait sur lui-même pour rebrousser chemin lorsqu'il aperçut une femme nue étendue par terre, sur le dos, ses chairs animées de tremblements convulsifs et qui tentait de s'asseoir. Il s'approcha avec circonspection. Et reconnut Karine!

De toute évidence, elle avait été battue. Peut-être même violée! La pauvre était absolument terrorisée. Il se pencha sur elle. Elle leva les mains pour se protéger. Il l'appela par son nom. Elle cessa alors de s'agiter et réussit, malgré ses lèvres tuméfiées, à murmurer:

— Daniel?

— Oui, c'est moi.

Il ramassa son tee-shirt déchiré, accroché à un buisson, l'en couvrit et demanda avec douceur:

— Qui t'a fait ça?

Elle se mit à pleurer.

— Sou-lé.

Le cœur gros, Daniel tenta de la soulever pour l'aider à s'asseoir. Impossible.

— Je vais aller chercher du secours.

Le regard affolé, filtré à travers une méchante croûte de sang séché, elle s'agrippa à lui avec une force surprenante.

— Noon… laisse-moi pas toute seule. Il pourrait revenir.

Daniel s'empressa de la rassurer.

— O.K., je reste ici.

Elle laissa échapper un long soupir. Ses mains desserrèrent alors leur étreinte, se firent plus douces, lui caressèrent les avant-bras avant qu'elles ne retombent pesamment au sol.

Sentant que la jeune fille s'en remettait complètement à lui, Daniel fut remué jusqu'au fond de l'âme.

43

Élargir ses horizons…

À FORCE DE CAJOLER ET DE RASSURER DELPHINE, Jacquie avait convaincu la fillette de lui montrer l'endroit où elle avait trouvé le cendrier en verre. Et, bingo! Tout y était. Bien dissimulé sous une pile de vêtements. La ronfleuse de Gaétan, le tampon du douanier, la montre de Françoise, la photo de Roselle, le sifflet de Daniel…

— Ma panthère! C'est elle qui l'avait prise!

Delphine recula de terreur devant cette exclamation. Immédiatement, Jacquie fut à ses côtés.

— Non, non, Delphine, pas toi, mon chou.

Tenant la fillette par la main, elle revint à la malle et récupéra sa précieuse sculpture. «La voleuse!» s'emporta-t-elle intérieurement. «Un tampon! Une ronfleuse! À quoi cela peut-il lui servir, pour l'amour du ciel?»

Tony, silencieux, regardait les objets volés tout au long du voyage. Il lâcha d'un ton neutre:

— Kleptomanie.

— Pardon?

— Elle est kleptomane.

— Tu penses?

— C'est évident. Pauvre fille.

—Comment «pauvre fille»? C'est une voleuse! Elle nous a laissées chercher ma panthère, Isabelle et moi, comme des folles à l'Hôtel de la Côte. Et tout ce temps, c'est elle qui l'avait!

—C'est une maladie. Lui en voudrais-tu si elle souffrait de... disons, de problèmes de cœur?

—Non...

—Alors...

La mine grave, Tony continua.

—La kleptomanie est une compulsion maladive qui touche surtout... les femmes. C'est une impulsion obsessionnelle à voler des choses. Jamais pour usage personnel ni pour la valeur en argent. Certaines s'en font une collection...

Tony se tut pour un instant puis il reprit.

—On n'en connaît pas les raisons. On sait cependant que les kleptomanes agissent la plupart du temps sous tension et que l'acte de voler calme cette tension. Un problème qui peut avoir de graves conséquences... oui... de très graves conséquences...

Tony était tellement sérieux, tellement absorbé par ses explications détaillées, que Jacquie comprit qu'il avait dû vivre quelque incident marquant, impliquant un être proche. Elle n'osa donc pas le questionner. Il se secoua, prit une longue inspiration et expira.

—Il va falloir remettre ces choses aux propriétaires maintenant en essayant de causer le moins de remous possible.

Tony avait l'air si désemparé que Jacquie en eut pitié et suggéra:

—Il ne reste qu'une semaine. Pourquoi ne pas attendre au retour? Tu pourrais tout rendre à l'aéroport alors que les gens seront de bonne humeur, heureux de se retrouver chez eux...

— Ouais… peut-être… Mais il faudra expliquer… Ça sera drôlement gênant pour la pauvre Karine…

— Écoute. Pourquoi alors ne pas remettre autant de ces choses possibles où elle les a prises sans rien dire à personne? Ça éviterait plein de problèmes. Qu'en penses-tu?

Le visage de Tony s'éclaira d'un sourire.

— Excellente idée! Ça fera bavarder tout le monde et laissera nos collègues avec des souvenirs… exotiques.

Il se frotta les mains de satisfaction.

— Certains, j'en suis sûr, voudront mettre ça sur le compte d'un happening vaudou. J'imagine déjà les expressions…

— Et Karine?

— Oh ! Je pense qu'elle comprendra que ses mauvaises actions ont été découvertes par quelqu'un de sympathique qui a voulu réparer ses torts sans lui nuire…

— Comment vas-tu t'y prendre?

— T'en fais pas, je trouverai bien une façon…

44

Alerte

Assis dans une salle commune de l'Auberge, quelques voyageurs de la SurfAir se reposaient après le repas du midi. Gaétan fredonnait.

— *Humm humm...*
Y'en a qui prennent un p'tit coup,
Moi j'mange.
Humm... qui fument des p'tits bouts,
Moi j'mange.
Quand j'm'ennuie, moi j'mange.

Il s'arrête subitement et s'exclama :

— Face de bouette que ma Claire me manque ! Une chance qui reste juste une semaine parce que j'pourrais pas endurer ça plus longtemps !

Il se remit à fredonner la chanson d'Angèle Arsenault.

Dorys jeta un coup d'œil à Roselle et demanda si elle connaissait ce refrain. Celle-ci eut un sourire triste.

— Refrain ? C'est ma chanson thème !

— Était.

Devant l'expression confuse de son amie, Dorys répéta.

— C'*était* ta chanson thème. Il faudrait la récrire...

Puis, celle-ci surprit son amie.

— Tu sais, la vie aurait été beaucoup plus facile si nous étions nées ici.

— Que veux-tu dire?

— On nous aurait traitées comme des reines.

Roselle haussa les sourcils.

— Mais pourquoi?

— Selon Safi, dans plusieurs pays africains, la gloire d'un homme se mesure encore à l'embonpoint de sa femme. Plus une épouse est grosse, plus son mari l'apprécie.

Puis une expression de répulsion se peignit sur le visage de Dorys.

— Par contre, cette façon de penser a donné lieu à une pratique scandaleuse! Que je qualifierais même d'abjecte!

Avant que Roselle ne demande de quoi il s'agissait, Dorys lâcha:

— Le gavage!

Gaétan arrêta de fredonner. Aimé et Jacquie tendirent l'oreille.

— C'est un affreux procédé qui consiste à forcer les fillettes prépubères à ingurgiter des quantités astronomiques de nourriture et de lait, de couscous, de bouille de mil et de mie de pain séché qu'on mélange à des kilos de sucre. Souvent à l'aide d'un entonnoir enfoncé dans la bouche! On réveille ces enfants même la nuit pour les forcer à manger et on les bat si elles refusent d'avaler ou si elles vomissent.

Devant les sursauts d'effarement de ses interlocuteurs, Dorys poursuivit en affirmant qu'il existait même des stations de gavage où on procédait à l'engraissement collectif des jeunes filles. Elle ajouta avec indignation:

— Safi dit qu'il n'est pas rare de voir des adolescentes devenir si grosses que les malheureuses ne peuvent même plus marcher!

Jacquie, dégoûtée de la cruauté à l'endroit de Delphine, se récria en demandant pourquoi on n'intervenait pas pour empêcher toutes les horreurs commises contre les enfants africains. Dorys répondit qu'un mouvement anti-gavage prenait effectivement de plus en plus d'ampleur, cependant certaines femmes voulaient tellement plaire à leur mari qu'elles avaient maintenant recours à des stéroïdes d'origine animale destinés à engraisser les chameaux pour atteindre l'obésité!

Déconcertés devant de tels propos, tous s'étaient tus. Et c'est à ce moment que, hors d'haleine, Manfoya, l'aîné de Safi, entra en coup de vent et s'écria:

— Le médecin est-il ici?

Immédiatement, Aimé fut sur ses pieds.

— Il est dans sa chambre. Pourquoi?

— C'est môssieur Daniel qui m'envoie le chercher.

Dorys et Roselle s'exclamèrent:

— Il est blessé?

— Non, c'est la dame!

— Françoise! Que lui est-il arrivé?

Manfoya leur jeta un regard confus.

— Pas celle qui est toujours fâchée. L'autre.

— Quelle autre?

— L'amie de Soulé.

— Karine!

Manfoya ressortit aussi vite qu'il était entré suivi d'Aimé, Gaétan, Dorys et Roselle.

45

Confidences

— Un autre?

Roselle tendit son verre.

— Ça m'aidera à dormir.

Dorys remplit à nouveau les deux verres de vin et se rassit sur son lit.

— Pauvre Karine. J'espère qu'on rattrapera ce Soulé au plus vite avant qu'il ne s'en prenne à une autre!

— J'en doute. Il s'est fondu dans le décor et doit déjà être loin.

Les deux femmes restèrent à siroter leur vin, perdues dans leurs pensées. C'est Roselle qui brisa le silence pour dire qu'il était heureux que le fils de Safi soit passé par là sinon Karine y serait peut-être encore. Songeuse, elle demanda:

— Savais-tu que la ville de Calgary s'est dotée récemment de nouvelles ambulances? Plus robustes avec des portes plus larges et équipées de palans hydrauliques?

Dorys comprit que Roselle se remémorait l'expérience de Karine pour la ramener à l'Auberge. Sous la direction d'Aimé, on avait fabriqué un brancard à l'aide de pôles de bambou et d'une toile qu'Harvey avait retirée d'une Jeep. Les hommes avaient traîné cette civière de fortune tel un travois amérindien jusqu'à l'orée de la forêt. On avait alors soulevé la jeune femme et on l'avait placée à l'arrière de la Jeep. C'est sans enthousiasme, que Dorys concéda :

— Je suppose que c'est un signe que la société s'adapte à nous peu à peu.

— Heureusement.

— Crois-tu vraiment que ce soit une bonne chose?

— Tu veux dire?

— N'est-ce pas là une façon d'accepter ce fléau au lieu de tenter de l'enrayer? L'obésité est devenue une pandémie. Et on ne lutte pas contre une pandémie en lui facilitant les conditions de propagation.

— Peut-être… Mais du moins, on commence à faire des efforts pour la prévenir et ça, c'est une bonne chose. Je ne veux pas que ma Justine ait à vivre ce que j'ai vécu. Jamais! Je suis contente qu'on bannisse les gras trans.

— Toutes ces saloperies qu'on ajoute à la nourriture sans qu'on le sache! Qui sait quoi d'autre se cache dans ce que nous mangeons!

Dorys esquissa une moue d'impuissance.

— Et quand je repense au gavage…

Devant le mutisme de Roselle, elle changea de sujet et enchaîna sur un ton enthousiaste :

— Alors, as-tu décidé si tu annonces ta grossesse à ton mari au téléphone ou si tu attends pour lui dire de vive voix?

— Pas encore… Donc, tu crois qu'on ne devrait pas nous accommoder? Et ta chirurgie? Refuser de t'opérer pour cause d'embonpoint! Tu trouves ça juste?

— Ce n'est pas une question de justice, mais une question de vie ou de mort. Toute chirurgie est dangereuse pour nous.

Roselle eut un mouvement d'impatience.

—Toute chirurgie comporte des risques. Pour n'importe qui.

—Oui, mais pour nous, les risques sont plus élevés.

Roselle se contenta de hocher de la tête. Dorys continua.

—Les chirurgiens doivent faire des incisions beaucoup plus profondes, dégager les organes des nombreuses couches de gras pendant que les anesthésiologistes, eux, doivent s'assurer que le patient n'étouffe pas sous son propre poids lorsque les muscles se relâchent, risquant ainsi d'écraser les poumons. Toutes ces difficultés doublent le temps habituel d'une chirurgie. En plus du fait que les incisions prennent deux fois plus de temps à cicatriser parce que les tissus adipeux reçoivent moins de sang que les autres tissus corporels.

—C'est à se demander si vivre en obèse en vaut la peine…

Dès que ces paroles furent sorties de sa bouche, Roselle les regretta. Elle jeta un regard contrit à Dorys. Celle-ci eut un sourire de compréhension et admit qu'il leur arrivait toutes de penser ainsi. Sur ce, d'un grand geste de la main, elle fit mine d'effacer tout ce qui venait de se dire. Elle leva son verre en direction de l'abdomen de son amie, lui décocha un clin d'œil mutin et gloussa:

—Mais la vie nous réserve quand même d'agréables surprises, n'est-ce pas?

Ce fut au tour de Roselle de sourire. Et de taquiner sa compagne.

—Je suppose que le beau Brian n'est pas étranger à cette bonne humeur?

—Si un homme comme lui s'intéresse à moi, de quoi devrais-je me plaindre? Savais-tu qu'il est architecte?

Roselle fit signe que non.

—Oui! Il a aidé à construire des maisons dans plusieurs pays. Il fait partie de M. M. depuis une quinzaine d'années. Selon lui, il a beaucoup reçu de la vie et il croit qu'il est de son devoir de partager sa bonne fortune en prêtant main-forte à d'autres. N'est-ce pas un homme extraordinaire?

—Tu as raison. S'il y a une chose que j'ai apprise ici, c'est la chance que j'ai d'avoir un mari comme Paulo, une fille comme Justine et l'abondance dans laquelle je vis. Si mon homme m'aime comme je suis, et il me l'a dit combien de fois, je devrais être heureuse.

Elle vida son verre, le tendit à Dorys qui le remplit encore une fois.

—Oui, je devrais être heureuse...

Elle poussa un long soupir.

—Si tu savais tous les efforts que j'ai faits pour maigrir!

—Comme chacune de nous, sans doute.

—Ouais, mais parfois, il s'agissait de... d'idées un peu... ridicules...

—Comme...?

—J'ai tenté de me rapetisser l'estomac.

Devant la mine confuse de son amie, Roselle expliqua qu'elle avait diminué de plus en plus ses portions jusqu'au jour où, presque enragée, elle avait tant et si bien bouffé qu'elle avait cru mourir.

Ce fut au tour de Dorys.

—Eh bien, moi, j'ai essayé le stevia. Tu aurais dû voir mes pauvres gâteaux! Et l'expression sur le visage de mon avocat de malheur!

—Le quoi?

—Le stevia. Tu ne connais pas?

—Jamais entendu parler.

—C'est un substitut pour le sucre que j'ai découvert un jour alors que je fouinais dans un magasin d'aliments naturels. On dit que les Indiens du Paraguay l'utilisent depuis des centaines d'années sans les effets néfastes du sucre, car il ne contient pas de calories.

Roselle prit une gorgée de vin, haussa les épaules.

— *Le secret* de Rhonda Byrne. Tu connais?

Dorys fit un signe de tête affirmatif.

Roselle raconta qu'elle avait suivi les conseils de l'auteure : «Demandez, croyez et recevez». Elle avait déterminé son «poids idéal», trouvé une photo prise dans sa jeunesse, l'avait collée sur le frigo et l'avait souvent contemplée. Elle s'était ensuite appliquée à croire dur comme fer qu'elle pesait déjà soixante-deux kilos.

— Ça n'a pas marché?

Roselle pouffa et répondit avec une pointe d'humour.

— Faut croire que ma foi n'était pas assez profonde.

Comme s'il s'agissait maintenant d'un concours, Dorys gonfla la poitrine et se vanta :

— Eh bien, moi, j'ai commandé en ligne des pilules qui devaient empêcher le corps d'absorber trente pour cent du gras.

— Et?

Elle soupira exagérément, laissa retomber ses épaules et admit :

— Je devais passer la journée aux toilettes. Pas trop efficace pour les ventes. Je les ai donc lancées dans le bol et tiré la chasse.

Puis, Dorys se leva. Versa le reste du vin dans les deux verres. Fouilla dans son chiffonnier. En sortit stylos et papiers.

— Allez! Assez ces histoires de régimes stupides! Regardons plutôt vers l'avenir. Commençons par nous amuser un peu. Récrivons la chanson d'Angèle. Le bon vin nous inspirera. Je commence.

En fredonnant joyeusement la mélodie pour ajuster le rythme, elle chantonna.

— *Y'en a qui bouffe tout le temps, moi j'aide.*

D'autres vivent en jeûnant, moi j'aide...

46

Françoise

ASSISE À L'OMBRE, sous le baobab qui abritait l'âme du roi Zousin Ahanzouni, Françoise réfléchissait à la transformation de son mari. Transformation qui s'était manifestée de façon assez subtile. Plus elle y pensait, plus elle se rendait compte que cela avait commencé dès qu'ils avaient mis les pieds en terre africaine : regard plus sûr, démarche plus ferme, indifférence plus marquée envers elle. Son habituelle prévenance ainsi que sa soumission abjecte avaient, par la suite, graduellement fondu comme du beurre au soleil. De sorte que Françoise croyait qu'il existait maintenant deux Daniel : le Daniel canadien et le Daniel du Bénin.

Jekyll et Hyde.

Fronçant les sourcils, elle se souvint de l'histoire à dormir debout qu'il lui avait racontée à son retour de Parakou. Un sorcier lui avait prétendument vendu une potion magique. Elle s'était esclaffée et l'avait traité de «gros paquet de viande hachée, périmée». À sa grande stupéfaction, Daniel l'avait dévisagée d'une froideur à donner des frissons dans le dos et lui avait demandé :

— Te rappelles-tu, *Minoune*...

Il avait accentué cette appellation d'une voix dure.

—… quand j't'ai dis que j'avais beaucoup lu au sujet du Bénin?

—Oui, oui. Tu m'as conté ça dans l'avion.

—Eh ben, y'a des affaires qui se passent ici qu'on peut pas expliquer.

—Comme quoi?

—Des affaires de vaudou.

—Et alors?

—Alors, ça s'adonne que tu vas arrêter d'me parler en fou, ciboîte! Pis tu suite! Parce que la potion me protège contre toutes les bibittes à poison. Contre *toi* en particulier.

Puis, il s'était approché tout près d'elle la fixant d'un regard entendu et avait éclaté d'un rire sardonique. Françoise avait eu la peur de sa vie.

«Une potion vaudou!» Aussi fou que cela lui semblât, Françoise n'avait pu trouver d'autres explications plausibles au sinistre dédoublement de personnalité de son mari. Non seulement avait-il changé d'attitude, mais de physique également. Daniel avait perdu une douzaine de kilos et était passé d'homme bonasse et plutôt craintif à un Hyde dur et menaçant. De plus en plus inquiète, Françoise avait fini par se convaincre que c'était lui qui s'amusait à mettre des bestioles venimeuses dans son lit.

«Et tout le monde le croit un bon gars», se dit-elle dépitée. En effet, les jeunes joueurs de soccer et leurs parents étaient en admiration devant lui. Françoise savait bien que c'était là la raison pour laquelle Tony n'avait pas ajouté foi à ses paroles quand elle s'était confiée à lui et avait réclamé son aide. «On ne me croit jamais», pensa-t-elle avec amertume, convaincue que Tony la prenait pour une détraquée.

Elle se sentit soudain très seule, abandonnée…

— *Mammaann, va-t'en pas! Reste avec moi!*

— *René! Viens chercher la p'tite. Il faut que je parte; je suis déjà en retard!*

— *Nooonnn!*

— *Viens ma belle petite…*

Françoise ne savait plus vers qui se tourner. Elle n'avait aucun ami parmi les gens du groupe. Elle détestait l'Afrique et regrettait d'y être venue. Les choses allaient de mal en pis à Bacouany. Les objets disparaissaient sans raison. Puis, il y avait Delphine. Françoise ressentait un coup au cœur chaque fois qu'elle se remémorait la chair cousue de la vulve distendue et violacée de la petite martyrisée. Et voilà maintenant que Karine avait failli être violée quoique, selon Françoise, la fille ait attiré son propre malheur : « Toujours à battre des cils et flirter avec les hommes! » Aussi, il y avait Laurent, l'ex de Dorys, qui se pointait de temps à autre pour supplier sa femme de lui revenir sinon…

« Laurent! » pensa Françoise. « En voilà un qui semble nourrir les mêmes sentiments que moi quant à la SurfAir, le Bénin, l'Auberge, le projet de construction et tout le reste de cette maudite aventure. » Propos qu'elle avait entendus de la bouche même de Dorys, en grande conversation avec Brian.

Elle se souvenait avoir posé les yeux sur cet homme pour la première fois alors qu'il était monté à bord de leur minibus à Cotonou. Le visage à tache de vin était difficile à oublier. Depuis, Françoise l'avait aperçu à plusieurs reprises pendant ses rondes de distribution de bouteilles d'eau, rôdant discrètement autour du chantier. Elle en avait parlé à Daniel. Celui-ci l'avait ignorée.

«Oui, Laurent… » s'enthousiasma-t-elle.

Dorys avait mentionné qu'il était avocat. Françoise se dit qu'il saurait sûrement l'aider, mais comment le joindre? À l'Auberge, on affirmait que c'était un homme dangereux. Que les maris qui harcelaient leur femme de cette façon obsessionnelle pouvaient avoir des réactions imprévisibles. Cependant, quel choix lui restait-il? Il s'agissait d'une question de vie ou de mort pour elle. Françoise en était convaincue. Car à bien y penser, il lui semblait plus que probable que c'était Daniel lui-même qui l'avait poussée devant le *zem* à Cotonou!

47

Laurent

FASCINÉ PAR LES COULEURS DES BILLETS ainsi que l'épaisseur de la liasse proposée, l'adolescent avait accepté de rendre discrètement ce service à l'homme blanc. Il ne se doutait pas que les coupures de la *Canadian Tire* n'étaient pas de l'authentique monnaie canadienne. Laurent ricana, sachant que lorsque ce dernier s'en rendrait compte, il serait trop tard. Un ami lui avait fait part de ce truc avant son départ.

« L'expression anglaise *Africa is the armpit of the world* s'appliquait à la lettre à ce continent de malheur avec sa chaleur, sa sueur, sa puanteur, ses morpions et quoi d'autre encore ? » rageait Laurent dans son for intérieur. Néanmoins, il ne pouvait partir, car, quand Dorys entrerait au pays, l'ordonnance d'interdiction de la cour l'empêcherait de l'approcher. Il lui serait alors impossible de négocier pour l'amener à changer d'idée. Il ne restait donc qu'une semaine pour régler le problème. Il avait décidé que : soit elle acceptait de le reprendre comme mari, soit elle restait ici en terre africaine pour toujours. Et, soulignait-il pour lui-même : « L'expression "en terre" devait être prise au sens littéral ! »

Laurent avait longuement épié trois jeunes vachers assis au pied d'anacardiers géants qui dévoraient à belles dents des noix de cajou. De temps à autre, riant et se poussant, ils sortaient leurs frondes, visaient des oiseaux qui voletaient au-dessus de leur tête et les abattaient sans merci. Oiseaux qu'ils couraient ensuite ramasser pour les mettre dans leurs poches. L'avocat avait attendu patiemment que l'un d'eux s'éloigne assez des autres pour l'aborder seul à seul avec sa proposition.

Laurent haïssait Brian de plus en plus : «Maudits Américains! Ils se croient tout permis. Si celui-ci pense me voler ma femme, il se fourre le doigt dans l'œil jusqu'à l'omoplate!»

Il se demandait encore comment il avait pu commettre une erreur si stupide. Se laisser prendre en flagrant délit avec la svelte Channel! Il ne pourrait jamais oublier l'expression de Dorys quand elle était entrée dans la chambre. C'était comme si toute la noblesse de son beau visage avait fondu comme une poupée de cire laissée trop près du feu.

Laurent avait bien essayé par la suite de lui faire entendre raison. Il l'avait courtisée. Appelée. Suivie. Comblée de cadeaux. Rien à faire. Il avait eu beau répéter qu'il n'aimait pas cette fille. Qu'il s'agissait d'une aventure sans conséquence. Que c'était elle, Dorys, l'amour de sa vie. Pour toute réponse, elle s'était inscrite à ce voyage, croyant ainsi lui échapper.

«Ah! On ne lui échappait pas si facilement!»

Laurent était sûr qu'il aurait réussi à la convaincre si ce n'était de ce «maudit Brian». Il voulait absolument la voir. Seule. Pour une dernière tentative. Il saurait mieux s'y prendre, cette fois. La rencontre au marché Arzéké avait été un désastre.

L'homme serra les poings, se disant que la grande fête de remerciement pourrait bien être la dernière à laquelle participerait sa femme.

48

Préparations

— TU PARLES D'UNE BONNE IDÉE! Tu t'es vraiment donné beaucoup de mal pour ce projet.

— Absolument.

Tony lui adressa un sourire délibérément lascif.

— N'est-ce pas toujours la façon dont je fais les choses?

Isabelle rougit. Tony s'esclaffa.

— À ton âge!

Elle lui administra une tape sur l'épaule.

— Grand bêta!

Montrant la boîte de carton que Tony venait de déposer sur son lit elle demanda:

— Y en a-t-il un pour moi?

— Peut-être. Laisse-moi voir. Ti-Bob doit en avoir commandé un pour lui-même et, dans ce cas, tu peux l'avoir.

Tony vida le contenu de la boîte sur son lit. Des tee-shirts jaune soleil y tombèrent pêle-mêle. Isabelle en prit un et le tint devant elle pour l'examiner. Couleur éclatante, grandeur ultra large, logo d'une main sous une libellule azur, imprimé sur la gauche juste en haut du cœur. Elle le tourna. Mission Maisons y paraissait sous forme de toit pointu. Tony fouilla dans l'empilement, en trouva un de taille moyenne et le remit à Isabelle.

— Tiens. Cadeau de la SurfAir. Pour la fête d'adieu demain.

— Merci. Ça promet d'être tout un événement!

— Mes gens l'ont bien mérité.

— *Mes* gens? Tu les as donc adoptés?

— Pourquoi pas? C'est mon groupe.

Isabelle lui jeta un regard indéfinissable. Tony haussa les épaules, replia les gilets et demanda :

— Écoute, ça te dit d'aller faire un tour au site? Je dois y rencontrer Harvey.

Ils trouvèrent le coordonnateur du projet de construction en grande conversation avec Bertrand. Ce qu'ils entendirent les confondit.

— T'es sérieux? Ta décision est prise?

— Tout ce qu'il y a de plus sérieux.

Le médecin posa un pied sur le rebord de la margelle et, poings sur les hanches, parcourut le chantier en réfléchissant tout haut.

— Le temps s'arrête ici. Ou du moins, il s'allonge. Charles Sanglo m'a dit : « Vous, les occidentaux avez les montres, mais nous, Africains, avons le temps. »

Bertrand laissa l'idée faire son chemin et poursuivit.

— J'aurai soixante-dix ans le mois prochain. Ma femme est décédée. Ma fille vit sur la côte ouest. Je ne la vois jamais…

Il réajusta sa casquette, se frotta le cou.

— J'ai besoin de me sentir utile. La santé est bonne. À part un peu d'arthrite. Je peux encore donner dix bonnes années de service ici.

Harvey acquiesça.

— Si c'est ce que tu veux…

Bertrand renchérit que c'était là ce qu'il souhaitait. Il avait l'intention de retourner chez lui, vendre sa maison, fermer boutique et revenir s'installer au Bénin. Le vieux médecin confia que plus il vieillissait, plus il ressentait la nécessité de faire «un retour aux sources». Il lui semblait retrouver à Bacouany le temps de sa jeunesse quand il accompagnait son père dans ses tournées : les difficultés, la pauvreté, les paiements en nature, même les bécosses…

— Ça peut vous paraître bizarre, mais c'est comme ça. J'aime le fait que les Béninois aient *réellement* besoin de moi. Qu'ils apprécient mes services. Pas que chez moi, on ne m'apprécie pas…

Il eut un sourire penaud et, conscient de la présence de Tony et Isabelle, se tourna vers eux.

— Je m'explique mal. Vous devez penser que je capote.

Les jeunes gens voulurent protester, mais Harvey les devança.

— Je te comprends à cent pour cent, mon Bertrand. Pourquoi crois-tu que je suis ici à bâtir des maisons?

— Ouais… je suppose qu'entre vieux on se comprend.

Les deux hommes restèrent pensifs, sans rien dire pour un long moment. Puis, quand Bertrand reprit la parole, ce fut en toute humilité.

— Quand je suis allé voir Tony pour m'inscrire à ce voyage, j'avoue que… j'avais des préjugés à l'endroit des gens obèses. Toutefois, à côtoyer des gens comme Daniel, Dorys, Jacquie et les autres, je me rends compte que… maigrir n'est pas aussi simple que je croyais…

Ce qui suivit étonna ses interlocuteurs.

— J'ai beaucoup réfléchi depuis mon arrivée ici et je rêve maintenant d'un machin pour aider les gens qui souffrent d'obésité. Et du même coup, porter secours à ceux qui souffrent de la faim.

Avant que ses interlocuteurs n'aient le temps d'ouvrir la bouche, il s'expliqua.

— Je pense à un truc qui combinerait liposuccion, transfusion, congélation et perfusion. L'appareil ressemblerait à celui dont se sert la Croix-Rouge pour la collecte du sang. Il servirait à la succion des graisses superflues d'un corps obèse pour les transférer simultanément dans un corps émacié. Et, là où il serait impossible que les deux se trouvent au même endroit en même temps, les graisses aspirées seraient immédiatement congelées et entreposées. Plus tard, elles seraient liquéfiées et administrées au moyen de perfusion. De cette façon, il serait possible de régler l'épidémie d'obésité en équilibrant la répartition des tissus adipeux à l'échelle mondiale.

Fasciné, Tony s'exclama :

— Mais c'est du Frankenstein !

— Peut-être. Mais toute invention commence par une idée. Farfelue au début, c'est sûr. Ça semble impossible puisque c'est nouveau et que ça n'existe pas encore, mais…

Bertrand tourna son regard vers Tony.

— En fait, c'est toi qui m'as donné l'idée.

— Moi ?

— Oui.

Le médecin leva les mains et plia ses deux index en formes de guillemets.

— « Faites don de ces kilos de graisse. Mettez à profit cette énergie. » Tout nouveau concept ne se nourrit-il pas d'un autre ? Comme le pépin se nourrit de la pulpe pour grandir et se transformer ?

Bertrand retira son pied du rebord de la margelle et conclut :

—Oui, un machin pour contribuer au bonheur des gens. Pour les obèses comme pour les rachitiques. Succion de la tristesse d'une part, transfusion du bien-être de l'autre.

Harvey, Tony et Isabelle se regardèrent. Harvey convint :

—Pas une méchante idée. Pour ma part, j'avoue que j'avais aussi beaucoup de réserve à l'endroit de ton équipe Tony, mais tes gens se sont avérés d'excellents travailleurs !

—Alors, c'est entendu ?

—Absolument.

—Rien à enlever ? Ajouter ? Changer ?

—Non, ça me semble tout à fait bien.

Harvey remit le bloc-notes à Tony.

—Léhady est d'accord ?

—Nous avons dressé la planification ensemble.

—O.K. Ça marche. Je te quitte ; je dois voir Brian.

Ce fut au tour d'Isabelle de prendre connaissance du déroulement de la fête.

—Seize heures trente : Finale de soccer. Cours de l'école. Léopards versus Lions. Entraîneur, Daniel Perron, Arbitre, Brian Harris, Juge de ligne, Calixte Dasbogun.

Elle leva les yeux et remarqua :

—Daniel a vraiment fait du bon travail auprès des jeunes. Les parents sont tout emballés pour cette partie.

Tony approuva d'un signe de tête. Isabelle continua sa lecture.

—Dix-huit heures : Repas à la place publique de Koudura. Bénédiction : Père Narcisse Després. Préparation : Nadegi Adjovu, Moussalima Savane.

—Pauvres femmes ! Elles doivent cuisiner pour tout le village ?

— Non. Style buffet. Le maire a commandé de l'Auberge la nourriture pour nous. Pour le reste, chaque famille apporte sa bouffe et tout le monde partage.

Isabelle approuva.

— Vingt heures : Présentations et remerciements. Léhady Aboh, Harvey Prentice, Charles Sanglo, (Gaétan Rocher).

— Pourquoi le nom de Gaétan a-t-il été ajouté au crayon, entre parenthèses?

Tony leva les yeux au ciel.

— Parce que ce bon Samaritain est allé offrir ses services au maire et que celui-ci a accepté. Le bonhomme veut, comme il dit, remercier les résidants de Bacouany pour leur accueil et leur « chaleureusité ».

Isabelle ne put s'empêcher de pouffer. Ce qui ne l'empêcha pas de dire à Tony de ne pas se moquer. Gaétan n'était pas méchant et ses intentions étaient honorables. Tony soupira.

— Tu as raison, mais l'entendre pontifier pour une éternité…

— Vingt et une heures : Musique et danse.

Mine réjouie, Isabelle lança :

— Tu n'as jamais assisté à une fête africaine! Attends de voir! C'est…

Elle laissa sa phrase en suspens. Curieux, Tony l'incita :

— C'est quoi? Vas-y, explique.

— Il faut comprendre que…

Elle récita, solennelle :

— « La danse ici est au commencement de toutes choses. Si le verbe l'a suivie, ce n'est pas le verbe parler, mais le verbe chanter, rythmer. Danser, chanter, porter des masques constituent l'art total, un rituel pour entrer en relation avec l'invisible et créer le visible. »

— *Wow!* Où as-tu pris ça?

— Léopold Sedar Senghor.

Tony la regarda avec admiration.

— Léopold qui?

— Sedar Senghor. C'est un écrivain qui a fait ses études en France et qui est éventuellement devenu président de la République du Sénégal.

— Ah! Bon. Et une fête africaine, c'est…?

— Mmm… exotique, stimulant, exaltant… érotisant.

— Érotisant?

Une expression rêveuse envahit le visage de la jeune fille. Voix enrouée à dessein, elle décrivit l'ambiance de la fête à venir : l'obscurité vivante, l'odeur du feu, le crépitement des flammes, la cadence envoûtante des tam-tams, le déhanchement frénétique et sensuel de la danse, la peau luisante des corps moites, surchauffés, la disparition graduelle des couples suivie de soupirs et gloussements de satisfaction derrière les buissons environnants.

Visage empourpré, elle murmura :

— Au cœur de la fête, Tony, les pulsions de la percussion pénètrent délicieusement le corps, s'unissent aux battements du cœur et on est contraint de bouger. Danser devient impossible à résister. C'est difficile à expliquer; il faut l'expérimenter.

Lorsqu'elle se tut, Tony s'approcha d'elle, lui chuchota quelque chose à l'oreille. Elle acquiesça d'un vigoureux signe de tête et les deux se dirigèrent d'un pas leste vers l'Auberge.

49

Daniel

— ALLEZ-Y, LES GARS! DES PASSES! Faites des passes! Le soccer est un jeu d'équipe!

Presque aphone, Daniel frappa deux coups de bâton sur un tambourin accroché à son cou et, d'un grand geste de la main, rappela les joueurs hors du terrain de jeu. Pantelants, les jeunes s'amenèrent lentement et, mains sur les genoux, firent un cercle autour de lui.

— O.K. Les gars...

Les filles voulurent protester. Daniel s'empressa d'ajouter :

— ... les filles aussi. Écoutez. Les finales sont dans trois jours. Voulez-vous montrer qu'vous savez jouer?

— Oui, oui, sûrement!

— Bon, ben, Isse, Many, suivez-moi.

Daniel plaça le ballon sur la ligne médiane aux pieds du plus jeune.

— Isse, tu vas courir vers le but avec le ballon. Many, tu vas courir à côté d'lui, prendre d'l'avance pis attendre pour la passe. Sois prêt avec tes pieds, bonhomme! Anticipe! Les autres, attention, r'gardez ben! O.K., allez-y.

Les deux garçons partirent en courant, Isseyon poussant le ballon à petits coups de pieds. Lorsque son frère fut positionné à quelques mètres devant, il catapulta la balle dans sa direction. Manfoya tenta de l'intercepter, mais le bolide passa outre pour aller percuter la barre transversale du filet. Tous les visages se tournèrent vers Daniel. À la vue des expressions d'appréhension, celui-ci jeta les deux bras en l'air et plaisanta.

— C'est beau Isse, t'a presque marqué un but! On r'commence. Vise mieux cette fois-ci. Many, sois prêt à recevoir. Anticipe!

Daniel vit les minois amusés des jeunes et se réjouit. Ceux-ci trouvaient des plus comiques le fait qu'il avait rebaptisé chaque joueur. Manfoya répondit :

— O.K., môssieur Dan.

Le jeu se poursuivit ainsi jusqu'à ce que Daniel juge que les jeunes en avaient eu assez et d'un coup de bâton bien sonné, conclut la soirée.

— Demain soir les ga... les amis. Même heure.

Les joueurs répondirent en chœur.

— À demain môssieur Dan.

— T'es vraiment bon avec les jeunes.

Peu habitué aux compliments, Daniel rougit.

— Boff, pas si pire.

— Ils ont l'air d'avoir beaucoup de respect pour toi.

Karinette, le visage encore tuméfié, sourit tant bien que mal. Depuis son agression, elle suivait Daniel partout, terrifiée à l'idée de rester seule.

— Ouais.

Il avait répondu de façon tellement désabusée que la jeune fille comprit que le sujet était sensible pour lui. Elle le regarda d'un air inquisiteur. Il grommela :

— Respect... Écoute, t'es certainement pas sans avoir entendu ma femme me parler en fou, m'appeler toutes sortes de noms barbares. Ça fait presque six semaines qu'on est ensemble, ici. J'sus sûr que les autres ont dû en parler…?

— Pour être honnête… oui. Mais pas en mal de toi. En mal d'*elle*. Tout le monde dit que t'es un bon gars, travaillant, charitable. Tous t'admirent pour ton travail à la construction et ton travail avec les jeunes.

Emballée par son discours, Karinette poursuivit sans penser.

— Tout le monde trouve que ta femme mérite pas un gars comme toi et que ta Françoise…

Réalisant ce qu'elle allait dire, elle s'arrêta net. Daniel la rassura.

— Écoute, Karine, fais-toi-z'en pas. Y'a rien de tout ça que ma mère m'a pas dit et répété depuis que je l'ai mariée la Fran de malheur.

— Pourquoi tu restes avec elle, d'abord?

— Tout c'que j'peux dire, c'est que c'est pus pour long-temps. Aussitôt qu'on débarque chez nous, j'vas voir un avocat.

— Tu la quittes?

— Exactement. Ça fait longtemps que j'y pense, mais ça a pris ce voyage-ci pour me décider.

— Lui as-tu dit?

— Pas encore. J'vas y faire la surprise au retour.

Il s'esclaffa.

— Ma Minoune va sortir les griffes c'est certain, mais j'm'en balance.

Il ramassa le ballon, posa une main dans le dos de Karinette.

— Viens, la pratique est finie.

Emportée par le moment, la jeune fille, proposa :

— Penses-tu qu'on pourrait se revoir nous deux? Plus tard? Je veux dire après le voyage?

50

Gaétan

MAINS DANS LE DOS, GAÉTAN DÉAMBULAIT dans le nouveau quartier, cherchant l'inspiration pour son discours de la fête d'adieu. La construction était presque terminée sauf pour quelques maisons qui n'avaient pas encore de portes ni de fenêtres. Monsieur Abidun et ses fils avaient manqué de bois et avaient dû se rendre à Nantigou pour en acheter. De toute évidence, ils en avaient rapporté, car le bruit des égoïnes, marteaux et rabots résonnait déjà dans la chaleur accablante du matin. Le participant de la SurfAir releva ses pantalons et réajusta sa ceinture d'un cran. Tout en marchant, il se félicitait pour le bon travail que lui et ses compagnons de la SurfAir avaient accompli. Les dix bungalows prévus étaient là, bien alignés entre la forêt et l'autoroute, toits de fer galvanisé luisant au soleil. Gaétan prit note de rendre hommage à Tony pour l'excellente idée de ce voyage-partage dans son allocution.

Il songea à sa femme. Il aurait bien aimé l'avoir à ses côtés. Celle-ci avait toujours de bonnes suggestions et l'aurait aidé à rédiger son texte. «Chère Claire... si seulement...»

Il refoula le sanglot qui menaçait de monter dans sa gorge et tourna ses pensées vers son discours : devrait-il parler de lui-même ? Résumer ce qu'il avait vécu et appris ici au Bénin? Selon sa femme, un discours ne devait pas être trop général; il devait être vertical plutôt qu'horizontal. Les gens étaient plus enclins à prêter attention aux propos d'un interlocuteur s'ils pouvaient établir un lien avec leurs expériences personnelles.

Ce qui lui posait problème, car ses expériences personnelles à Bacouany le laissaient hautement perplexe. L'obsédaient même. D'un côté, il était satisfait d'avoir perdu beaucoup de poids. Son estomac s'étant habitué à de plus petites portions, il mangeait moins et se sentait mieux. Il pouvait soulever, pousser, tirer, en fait, travailler plus fort et plus longtemps sans s'essouffler comme avant. Cependant, de l'autre côté, non seulement n'avait-il pas réussi à convertir une seule âme, mais, à son plus grand désarroi et selon toute évidence : sa foi semblait s'être amenuisée au même rythme que son corps.

Il sortit de sa poche un bout de papier que Charles lui avait donné, s'assit sur un tas de briques et le relut pour la vingtième fois. «Le vaudou est un des vestiges les plus marquants de l'héritage culturel africain. Il consiste en une relation d'interdépendance entre l'homme et la nature et comprend médecine, justice, police, art, danse, musique ainsi que pratique religieuse. Ses origines remontent à des milliers d'années. Le mot vaudou en langue fon peut se traduire par dieu ou esprit. Aujourd'hui, cette religion compte plusieurs dizaines de millions d'adeptes. Il s'agit d'un culte animiste qui lie la nature et ses phénomènes à des divinités et des esprits avec lesquels il est possible d'entrer en contact par le phénomène de transe. Aux yeux des non-initiés, les cérémonies et rituels vaudou peuvent sembler de la superstition, de la magie noire allant même parfois jusqu'à la sorcellerie. Néanmoins, pour le vaudoussi, ces rituels sont des moments importants de la vie où les dieux et les esprits des ancêtres exercent une influence positive sur les humains.»

Gaétan se gratta la tête: médecine, justice, police, art, danse, musique. S'agissait-il vraiment d'une religion? Pourtant, impossible d'ignorer l'histoire de la poule... Avait-il été en transe? Hypnotisé était peut-être un mot plus approprié. Pas étonnant qu'on parlât de magie noire!

Il remit le bout de papier dans sa poche en se promettant de le faire lire par Claire pour en connaître son opinion: croirait-elle qu'une poule avait donné sa vie pour lui? Il se plut à penser qu'elle conclurait, comme lui, que, sans sa ronfleuse, il avait mal dormi et fait un mauvais rêve.

Gaétan se tourmentait également à savoir comment expliquer Charles Songlo. Il lui était difficile de comprendre pourquoi il considérait cet homme comme un sage alors que ce dernier mêlait vaudou et catholicité. Chaque fois qu'il lui avait apporté un argument pour prouver un point, Charles avait toujours eu une réponse qui l'avait laissé confus. Il ne pouvait oublier le soir où il avait bu quelques bières de trop et s'était confié au Béninois. Celui-ci lui avait affirmé que jamais, au grand jamais, il n'aurait renié un fils pour une question de religion.

Il ne pouvait s'empêcher d'admirer les valeurs des Africains. Toujours la famille. Incluant père, mère, grand-père, grand-mère, beau-père, belle-mère, frères, sœurs, beaux-frères, belles-sœurs plus un regroupement de cousins, cousines «des deux fesses, gauche *et* droite», pouvant aller jusqu'à comprendre tout un village. Et la charité! Une société prête à tout partager, tout donner. Aux amis comme aux étrangers.

Gaétan revint au vaudou. Cette religion l'intriguait au plus haut point et il se creusait les méninges à savoir comment un peuple isolé dans la brousse et la jungle était parvenu aux mêmes questions fondamentales que lui. Il ne pourrait jamais oublier l'étonnante cérémonie pour fêter un mort : une grande célébration avec repas, boisson et orchestre, tous les participants parés de leurs plus beaux vêtements.

Les villageois avaient fait appel à un *zangbeto*, un ange protecteur, soi-disant gardien de la nuit. Le participant n'y avait vu qu'une simple pyramide de foin à plusieurs étages de différentes couleurs, de la hauteur d'un homme. Censé être habité par l'âme du défunt, le *zangbéto*, avait parcouru les rues du village et virevolté comme une toupie au milieu des spectateurs.

Gaétan s'amusait ferme, y voyant une sorte d'événement de carnaval, jusqu'à ce que les membres de la famille se mettent à lui poser des questions. Il avait été absolument sidéré. Il s'agissait des mêmes questions que lui-même aurait posées à son père décédé : es-tu avec les anges dans le ciel, ou en enfer ? Ça l'air de quoi le paradis ? Qu'est-ce qui se passe après la mort ? As-tu des amis là-bas ? Est-ce que ç'a été dur de nous quitter ? Est-ce que tu me surveilles de là-haut ? Peux-tu m'aider ?

Fasciné, Gaétan avait alors pris pleinement part à la cérémonie. Et, chose curieuse, il était convaincu d'avoir senti un esprit souffler sur lui. Regrettablement, le moment solennel n'avait pas duré. Surtout que, vers la fin, le *zangbéto* s'était mis à s'arrêter pile devant ceux qui lui offraient des bouteilles de bière. Pourtant, quand on avait soulevé l'espèce de tente de raphia, rien n'était apparu excepté une calebasse !

« Tabarouette d'Afrique ! » s'exclama Gaétan en lui-même. « Toujours cette espérance de toucher quelque chose de grand, quelque chose de pas *comprenable*, pour retomber bêtement dans la réalité de nos questions sans réponses. »

Les fêtards avaient fini par ramener le *zangbeto* dans sa niche de bois à toit pentu. Le participant n'avait pu s'empêcher de penser au Saint Sacrement que l'on déposait dans le tabernacle après la communion.

Il se raisonna : il ne fallait pas se surprendre si ces pauvres Béninois mêlaient vaudou et catholicité ; il y avait tellement de similarités entre les deux religions. À commencer par les méchants gris-gris qu'il voyait maintenant d'un autre œil depuis que Charles les avait comparés aux chapelets, médailles et lampions du père Després.

Il y avait également les *legbas*, des statues grossièrement façonnées d'argile placées devant les maisons, à la croisée des chemins et au milieu des villages pour protéger contre le malheur. Même si Gaétan leur trouvait une allure de Humpty Dumpty, il ne pouvait s'empêcher de penser à la statue de la Sainte Vierge reposant dans une alcôve sous le gros bouleau devant sa maison.

Que dire des *egunguns*? Des revenants pouvant tout aussi bien être des masques, des sculptures ou des personnes déguisées de la tête aux pieds avec des costumes de riches tissus qui évoquaient les rideaux de salon que la mère de Gaétan nommait du «damas». Ces revenants, déambulant dans le village, rappelaient à ce dernier les processions de la Fête-Dieu de son jeune temps.

Il avait été surpris d'apprendre qu'il y avait même des couvents pour former les futurs prêtres et prêtresses vaudou! «Pourtant», s'étonnait-il, «ce sont ces mêmes Béninois qui ont bâti l'immense basilique toute neuve pour honorer la Sainte Vierge à Arigbo!»

L'homme se morfondait à savoir ce que dirait sa Claire de tout ça : comment lui expliquer que cette expérience l'avait marqué au point qu'il ne savait plus où il en était? Le plus problématique pour lui était de constater qu'une petite religion africaine, insignifiante, avait pensé à fouiller l'inconnu et prier les esprits, à la recherche d'un dieu pour découvrir ce qui se passait dans l'au-delà. Tout comme les catholiques!

Gaétan conclut qu'il lui était impossible d'aborder ces questions lors de son discours. Il était trop confus. Il se souvint soudainement des paroles du père Lurand quand il lui avait mentionné ce voyage: «Tu as l'intention de te faufiler sous de faux motifs? Ça frise un peu le mensonge, tu ne penses pas?» Se pouvait-il que Dieu se venge en lui refusant ce qu'il souhaitait le plus au monde?

Ne désirant plus y penser, il revint à son dilemme: que dire aux gens de Bac? Il se leva et reprit sa marche. C'est alors qu'il vit Roselle et Dorys et fut inspiré: il demanderait à Dorys de l'aider. Celle-ci avait toujours été gentille avec lui. De plus, cette femme s'exprimait aussi bien que Claire.

51

Aimé

— COMBIEN?

— Vingt mille CFA.

— Pour soixante kilomètres!

— Dix-huit mille…

— Quinze…

— Mais, je manque la fête, moi!

«Maudite négo!» maugréa Aimé intérieurement. Le cœur en émoi, balayant l'obscurité d'un regard inquiet, il acquiesça d'une voix coupante.

— D'accord, dix-huit mille! Allons-y!

Il enfourcha le *zem* derrière le conducteur, ajusta son sac à dos, coinça sa grosse malle entre eux deux et pria de toutes ses forces pour ne pas basculer sous l'impact du départ précipité. Il lui fallait déguerpir au plus vite. Il n'avait pas le choix. Juste comme la fête battait son plein!

Les Lions avaient défait les Léopards dans un match très serré que toute la communauté avait apprécié. Aimé s'était réjoui de cette victoire, car pour rien au monde n'aurait-il pris la part des Léopards! Les joueurs, essoufflés et en sueur, avaient remercié Daniel dans un petit discours préparé à l'avance. Ensuite, de connivence avec le directeur d'école, ils lui avaient fait faire le tour du village sur une plate-forme roulante, riant et criant leur joie.

Le repas avait eu lieu à l'extérieur, sur la place publique de Koudura, où on avait transporté les tables et les chaises du restaurant de l'Auberge pour y asseoir les invités d'honneur. Les nouveaux propriétaires et les villageois s'étaient installés tout autour pour manger sur des caissons, tapis ou tables basses.

Sur un podium improvisé pour l'occasion, Léhady Aboh, paré de ses plus beaux atours, avait commencé par souhaiter la bienvenue à tous. Amateur de palabres, il avait longuement exprimé sa reconnaissance aux membres de la SurfAir ainsi qu'aux bénévoles de Mission Maisons, même si ces derniers ne partaient que la semaine suivante, certains travaux restant à terminer. Harvey Prentice avait été plus succinct, souhaitant bonheur et joie aux nouveaux propriétaires dans leur demeure toute neuve. Charles Sanglo avait choisi de témoigner de sa gratitude en adressant une prière au Seigneur suivie d'un salut discret aux esprits.

Celui qu'Aimé qualifiait de «saint Simoton de Gaétan de malheur» avait alors pris la parole et, toujours selon Aimé, avait failli tout gâcher avec sa pédanterie et son irritant besoin d'attention. Tony avait dû monter sur le podium et tirer Gaétan fermement par le bras. Ce dernier avait résisté, prenant le temps de remercier Dorys pour lui avoir «porté assistince» pendant que celle-ci rougissait d'embarras. Polis, les Béninois avaient dissimulé tant bien que mal leurs sourires amusés.

Finalement, le père Narcisse s'était empressé de réciter le bénédicité que tous, affamés, avaient accompagné du bout des lèvres pour ensuite se jeter sur la nourriture.

Aimé, tout heureux d'avoir réussi à se frayer une place auprès de Jacquie, avait hasardé :

— Tu permets ?

Avenante, elle avait poussé la chaise libre à côté d'elle pour le laisser s'asseoir. Il ne lui avait effleuré qu'un bras en prenant place. Depuis son retour du camp des Peuls, il s'efforçait de contrôler ses impulsions.

Bertrand, cependant, l'avait coincé un soir, après le souper.

— Tu viens prendre un verre au village? C'est moi qui paie.

Comprenant que ce dernier voulait le questionner, Aimé aurait bien aimé refuser, mais n'avait su quel prétexte invoquer. Il avait donc accompagné le médecin au Temps en Temps.

Diplomate, Bertrand n'avait pas immédiatement abordé le sujet de sa guérison miracle discutant plutôt de choses et d'autres. Il avait ramené sur le tapis sa décision de revenir s'établir au Bénin. Devant le scepticisme de son interlocuteur, il avait expliqué que l'Afrique lui permettrait de relever de nouveaux défis. Il se disait très fier d'avoir déjà corrigé quelques diagnostics maison erronés, des cas de borréliose qu'on avait pris pour de la malaria. Deux affections à symptômes similaires, sauf que la borréliose pouvait être guérie assez rapidement avec des médicaments antibiotiques.

Plus ou moins intéressé par ces propos et anxieux de voir comment le sujet épineux de sa guérison serait abordé, Aimé avait rétorqué qu'il aimait bien son travail d'enseignant au niveau collégial et n'avait aucun désir de revenir en Afrique.

Bertrand avait sauté sur l'occasion.

— Même pas alors que ces bons Africains t'ont guéri ?

— Même pas.

— Si tu me racontais comment ça s'est passé? Et si tu me parlais des pouvoirs prodigieux de ces Peuls? Comme médecin, tu comprendras que ça m'intéresse au plus haut point.

Dévisageant son interlocuteur, Aimé avait pris le temps d'avaler la moitié de sa troisième bière avant de répondre.

— Le pouvoir de suggestion. Un genre d'exorcisme, si tu veux. La victoire de l'esprit sur la matière.

— Ah…

Il avait attendu que Bertrand ajoute quelque chose. Rien.

Aimé reconnaissait là son propre truc avec ses étudiants pris en faute. Un long silence les rendait mal à l'aise et, se sentant obligés de dire quelque chose, ils avouaient avoir triché, menti ou acheté leurs réponses sur le web. Il était donc resté coi. Et c'est Bertrand qui avait repris la parole.

— Franchement, entre nous deux, Aimé, cette Tourette n'a jamais existé, n'est-ce pas?

D'un haussement d'épaules, il s'était rendu avec un sourire piteux.

— Que veux-tu que je te dise? J'aime les grosses femmes…

— Et c'est tout ce que tu as trouvé pour les frôler sans conséquence fâcheuse?

— Ouais.

— Tu ne crains pas les implications légales?

— Faut dire que je n'en abuse pas, quand même!

— Peut-être pas, mais certains semblent le penser…

— Tu parles de Gaétan?

— On se comprend.

— Le gros plein de soupe! Il devrait s'occuper de ses affaires!

— Reste qu'il a bien lu ton jeu. Un bon jour, d'autres pourraient faire de même...

— Peut-être, mais dans le fond, je suis inoffensif. Qu'est-ce qu'une petite caresse par-ci, par-là? Certaines aiment ça.

— C'est ton affaire, mais je prendrais garde si j'étais toi; on ne sait jamais...

— Merci pour l'avertissement...

Et se levant pour indiquer qu'il partait avait ajouté :

— ... et pour la bière.

C'est alors que Jacquie l'avait poussé du coude, tentant d'obtenir son attention. Sortant de ses rêvasseries, il avait bafouillé.

— Hum... quoi?

Elle avait souri et s'était écriée :

— Les musiciens! Regarde, les musiciens arrivent!

De terrain de soccer, la cour d'école avait été convertie en aire de musique et de danse. Tous s'y étaient rendus par petits groupes après le repas; certains, déjà gris, déambulant avec difficulté dans l'obscurité, soutenus par des amis tout aussi éméchés.

Pour la énième fois, Aimé avait parcouru la foule d'un regard inquisiteur. Il trouvait curieux que Clovis n'assiste pas aux festivités. Quant à la patte, au mieux de sa connaissance, car il ne savait jamais où elle apparaîtrait, il se disait qu'elle devait reposer sous son lit, dans sa chambre. « Pour la dernière nuit. Dieu merci! » se réjouissait-il.

Seuls un croissant de lune ainsi que les flammes dansantes de l'énorme brasier allumé au milieu de la cour éclairaient l'emplacement. Les musiciens, une troupe ambulante de Porto Novo, postés sur une estrade, avaient accordé leurs instruments dans une cacophonie totale : guitare, saxophone, flûtes en roseau, tam-tams, clochettes accrochées aux doigts et adjalin, une espèce de cithare horizontale ressemblant à un petit assemblage de bois de feu qui avait intrigué les Canadiens.

Quelques villageois s'étaient mis à frapper des mains en cadence et à hululer, exigeant que la troupe commence à jouer. Mouvement qui avait pris de l'ampleur jusqu'à ce que tous y participent et que la clameur devienne une musique en soi. D'un signal du chef, les musiciens s'étaient alors penchés à l'unisson pour saluer l'auditoire et le battement sourd des tam-tams avait retenti dans la nuit accompagné du joyeux carillon des clochettes. Les autres instruments avaient fait suite et l'effervescence rythmée de l'orchestre avait éclaté en un tempo endiablant. Les danseurs s'étaient alors lancés sur la piste, frémissant et gesticulant.

Émerveillée, Jacquie s'était rapprochée d'Aimé pour lui parler à l'oreille à cause du bruit qui devenait assourdissant.

— Fantastique, n'est-ce pas ? Oh ! Ça va être une soirée extraordinaire !

Et c'est à ce moment précis qu'Aimé l'avait aperçue ! Celle qu'il avait surnommée « la Castafiore », du moins c'est de cette façon qu'il la percevait, accompagnée de son gendre Clovis et d'une délégation de Peuls mâles !

Branle-bas de combat et sauve-qui-peut ! Aimé avait déguerpi.

Le *zemidjan*, fidèle à la signification de son nom « amène-moi vite », filait donc dans l'air chaud et humide de la nuit. La lune avait momentanément disparu, avalée par quelques nuages folâtres. Tendu, Aimé se demandait s'il arriverait à Parakou en vie à l'allure folle à laquelle roulait le *zem* sur l'autoroute obscure. Le cœur battant, il transpirait à grosses gouttes et, la gorge sèche, il aurait donné cher pour une bonne bière froide.

Un mouvement furtif sur sa gauche capta son attention. Une silhouette sombre, menaçante, louvoyait sous le feuillage. Avant que son cerveau n'ait le temps d'en décoder le sens, il fut éjecté de son siège, vola dans les airs pour ce qui lui sembla une éternité puis retomba mollement sur le terrain spongieux au bord de la chaussée. Nez à nez avec un léopard qui le fixait de ses prunelles jaunes. Pétrifié, il se mit à trembler de la tête aux pieds.

— Môssieur! Môssieur! Est-ce que ça va? Môssieur!

Le conducteur de la mobylette, penché sur lui, brossait ses vêtements à deux mains tout en protestant.

— Un accident! C'est un accident! L'animal est sorti sans prévenir! C'est sûrement celui qui rôdait autour du village! Impossible à éviter! Je ne peux pas être tenu responsable! Môssieur! Répondez! Ça va?

Étourdi, Aimé tentait de mettre de l'ordre dans ses idées. Le flot de paroles résonnait à ses oreilles, mais ne pénétrait pas sa conscience. Il ne voyait que les yeux ambre, perfides, braqués sur lui. Faisait-il un horrible cauchemar?

— Môssieur?

Le conducteur lui toucha l'épaule avec circonspection. Comme il ne réagissait pas, ce dernier le secoua.

— Môssieur, répondez, pour l'amour de Dieu!

Endolori, Aimé releva lentement la tête vers son interlocuteur sans quitter le léopard du regard. Le Béninois poussa un soupir de soulagement et lui tendit la main. Le geste rassura Aimé. Il remua prudemment bras et jambes. Aucune fracture. Il se préparait à se lever lorsqu'un froissement tout près le fit sursauter. La terreur le reprit. Il sauta sur ses pieds à la vitesse de l'éclair, bousculant le conducteur qui s'affala à son tour, de tout son long, sur l'animal. Le léopard ne bougea pas. Les yeux fixes, il reluquait toujours Aimé.

— Elle est morte, môssieur. Cou cassé. Et ça…

Se relevant et pointant un bouquet de buissons derrière Aimé, le conducteur enchaîna :

— … c'est son petit.

Aimé se retourna et aperçut le plus beau chaton qu'il lui eut été donné de voir. Il venait à lui, vacillant et miaulant. Le Béninois le laissa approcher et le prit dans ses bras.

— Mignon, n'est-ce pas ? Il est orphelin, maintenant.

— Ouais…

— Il faut rapporter l'accident aux autorités et leur confier le petit.

— C'est la loi ?

— Oui, môssieur.

Aimé se remettait de ses émotions. Il l'avait échappé belle. Il secoua la tête comme pour clarifier ses idées. Un plan saugrenu se formait lentement dans son esprit : le coup valait-il le risque de retourner à Bacouany ? Il sourit intérieurement et proposa :

— Si je t'en donnais…

Il fit un rapide calcul mental : cinquante fois quatre cent soixante.

— Disons… vingt mille CFA ?

Il était prêt à débourser cinquante dollars pour la bonne plaisanterie. Sous la lumière des phares du *zem* qui grondait toujours couché par terre, Aimé vit une lueur d'intérêt allumer les prunelles du conducteur. Ce dernier resta muet quelque temps, analysant sans doute les conséquences d'un tel geste. Aimé insista :

— Payable au retour à Bacouany.

— Vous n'allez plus à Parakou?

— Plus tard.

— Vous me remettez l'argent ce soir?

— Absolument.

— La transaction reste entre nous deux?

— À qui le dirais-je?

L'homme hésita encore, mais finalement l'avidité prit le dessus et il acquiesça.

— Il faut d'abord cacher le corps de la mère.

— D'accord.

Le Béninois plaça alors le petit félin dans une poche de jute pendant qu'Aimé récupérait sa malle qui avait atterri plus loin. Les deux hommes s'affairèrent, tirant et poussant la carcasse dans les sous-bois. Pour faire bonne mesure, le conducteur recouvrit la bête d'herbes et de palmes séchées. Quand il fut satisfait, il remit la poche à Aimé.

— Tenez-le bien.

Les deux hommes enfourchèrent la mobylette amochée, mais toujours fonctionnelle, et reprirent la route en sens inverse.

52

Subterfuge

AIMÉ S'APPROCHA SANS BRUIT. PERSONNE. Tout le monde était à la fête. Le rythme haletant de la musique palpitait toujours dans la nuit. Il ouvrit la porte de sa chambre. Entra. Déposa par terre la poche de jute qui ne cessait de s'agiter.

Il s'empressa d'enlever son tee-shirt trop voyant et en enfila un noir, heureux que son sac à dos contienne un ensemble de rechange, car il avait laissé sa malle avec le conducteur du *zem*. Ce dernier devait l'attendre au Temps en Temps.

Il fouilla dans son sac, en sortit une ceinture de cuir qu'il palpa dans l'obscurité afin d'en prendre bonne mesure. D'un coup sec, il en coupa un bout avec son canif. S'assurant de garder la partie qui comprenait la boucle, il déposa la lisière de cuir par terre et y piqua deux nouveaux crans : un au milieu, l'autre à l'extrémité. Satisfait, il fourra la ceinture ainsi écourtée dans sa poche. Il arracha une feuille du bloc-notes laissé sur le chiffonnier, la plia en quatre et prit aussi le stylo. Ces objets allèrent rejoindre le bout de ceinture.

Tâtonnant ensuite sous son lit pour attraper la patte, il s'accrocha la main sur les griffes acérées. Jurant tout bas, il empoigna solidement la chose qu'il était venu à détester et la tira à lui. Tendant l'oreille pour s'assurer qu'il n'y avait toujours personne, il sortit dans la nuit. Il se dirigea vers la cabane derrière l'Auberge où on remisait les outils et trucs de nettoyage, priant qu'elle ne soit pas sous clef. Elle ne l'était pas. Il y entra.

À l'aveuglette, il chercha une pelle, prenant garde ne pas faire de bruit. Il en trouva une accrochée au mur, à gauche de l'entrée. Son visage se plissa en un sourire sardonique. Il ne lui manquait qu'un bout de ficelle. S'accroupissant, il palpa le sol. Sa main rencontra des sacs de vidanges. Il fouilla l'empilement. L'odeur de plastique mêlée aux senteurs rêches du sol terreux vint lui chatouiller les narines. Juste comme il commençait à croire que les attaches n'existaient pas, ses doigts touchèrent un paquet de petites tiges de métal. «Trou de pet!» s'exclama-t-il tout bas. Il en tira une et la mit dans sa poche, se releva, referma la porte de la cabane et se fondit dans les ténèbres. Il lui fallait se presser s'il voulait déjouer la délégation déterminée à le soulager de son statut de célibataire.

C'est à la lisière de la forêt qu'il entendit les éclats de voix. Prudemment, il se faufila derrière un tronc d'arbre. Une voix masculine, inconnue, à l'accent canadien, jeta sur un ton accusatoire:

— ... et tu as décidé de prendre sa place?

Une femme protesta.

— J'avais absolument besoin de te voir.

— Moi? Pourquoi? Nous ne nous connaissons même pas.

— C'est une question de vie ou de mort!

— Allons donc!

— C'est vrai! Je voulais te parler, mais je ne savais pas comment te joindre. J'ai besoin de ton aide. Comme un cadeau du ciel, ton messager est arrivé et...

— C'est Dorys, que je désirais voir, pas…

Énervée, la femme lui coupa la parole.

— Je sais.

— Mais alors…

— Lorsqu'il a dit que l'homme masqué voulait parler à son épouse et demandé si j'étais bien celle-ci, j'ai dit oui.

Aimé entendit l'homme vociférer en aparté : « les gilets jaunes ! Maudit imbécile ! » À la femme, il jeta sur un ton mordant :

— Qu'est-ce qui t'a fait croire que, moi, je m'intéresserais à tes propos ?

Indécise, Françoise, qu'Aimé avait reconnue, bafouilla :

— Mais… mais… c'est Da-Daniel, mon m-mari, il veut me… me… tuer !

— À d'autres !

Françoise fit soudainement volte-face.

— Et toi ? Pourquoi souhaitais-tu rencontrer Dorys ? Si je comprends bien, *elle* ne veut pas entendre parler de toi !

— Ça ne te regarde pas. Et je te conseille de te mêler de tes affaires.

Françoise s'entêta.

— C'est quand même louche que tu aies tenté de l'attirer ici…

La voix du mari de Dorys, il ne pouvait s'agir que de lui, se radoucit.

— Je *dois* lui parler.

— Drôle d'endroit. Dans le noir, loin de tout…

Aimé comprit que l'homme réfléchissait.

— Écoute. On peut peut-être s'aider…

C'est alors qu'un faible miaulement se fit entendre. Aimé vit les deux silhouettes se tourner vers lui. À travers le sac, il plaqua la main sur le museau du petit félin et suspendit sa respiration.

— Tu as entendu?

— Oui! Qu'est-ce que c'est?

— Je ne sais pas. Un animal? Viens, ne restons pas ici. Suis-moi.

Aimé se remit à respirer. Il attendit que les deux conspirateurs se soient éloignés et continua son chemin sans bruit. Il comptait mettre son plan à exécution, aller retrouver le conducteur, se faire conduire à Parakou, y trouver un endroit pour passer la nuit, louer un taxi le lendemain matin et se rendre à Cotonou.

«Annulée la visite à Ouidah et Ganvié!» laissa-t-il échapper. Il ne restait qu'à préparer une note à cet effet pour Tony que le conducteur du *zem* lui remettrait.

«Fini l'Afrique!»

«Yiou!»

53

Méprise

POUR LA PREMIÈRE FOIS DEPUIS LEUR ARRIVÉE à Bacouany, les participants de la SurfAir avaient mangé à satiété. Ce qui, ô surprise, était beaucoup moins que ce que chacun aurait avalé quelque six semaines plus tôt. Cette réussite par rapport au but du voyage se reflétait dans le sourire triomphant de chacun. Même Gaétan avait repoussé son assiette en soupirant et se frottant l'abdomen.

— J'pus capable, face de bouette! Je commence à avoir des crampes d'estomac. J'pense que j'vas aller prendre une bonne marche.

Dès qu'il se fut éloigné des lueurs du feu, Gaétan cut l'impression de pénétrer dans l'obscurité d'une salle de cinéma. Les arbres à l'orée de la forêt guidaient ses pas tout comme les fauteuils bien alignés d'un théâtre. Le terrain, choisi à dessein pour faciliter le drainage lors de la saison des pluies, déclinait graduellement de sorte qu'il devait avancer prudemment, son corps obliquant vers l'arrière pour contrer la force de la gravité qui risquait de l'obliger à accélérer et le faire trébucher. La trame sonore de la nuit palpitait de vie: glissements furtifs, battements d'ailes, glapissements soudains, bourdonnement incessant des insectes. Le tout accompagné par le martèlement des tam-tams qui s'estompait peu à peu à mesure que l'homme s'éloignait de Koudura. Sachant que la jungle recelait toujours quelque danger, il résolut de ne pas s'aventurer trop loin.

Poing fermé, il se frappa la poitrine à plusieurs reprises, jusqu'à ce qu'il parvienne à émettre quelques longs rots bruyants. Il lâcha ensuite une série de pets sonores, effrayant les chauves-souris suspendues dans la fenaison environnante. Ainsi soulagé, il resserra sa ceinture d'un cran et sourit. Claire insistait toujours pour qu'il s'adonne à ses «obligâtions croporelles» à l'extérieur. Même l'hiver. «Chère Claire!» Il ne pouvait attendre de lui raconter ses aventures.

Pour Clovis, les coïncidences n'existaient pas. Tout relevait de la volonté des dieux. Il était donc impératif pour lui de retrouver l'homme au bras ensorcelé avant que ce dernier ne reparte pour son pays. Il y allait de son honneur, de son portefeuille et surtout de la paix de son foyer. Il lui fallait absolument rattraper l'étrange personnage à la mystérieuse force vaudou et l'obliger à tenir parole.

Depuis le premier «yiou» qui lui avait presque fait perdre le contrôle du minibus, Clovis avait su que le sorcier blanc était destiné à croiser sa vie et y exercer une influence positive. L'oracle *Fa* était venu confirmer cette intuition et il était convaincu que l'oracle ne mentait jamais.

Clovis savait aussi, maintenant qu'il était un homme moderne, que les dieux avaient parfois besoin d'un coup de pouce de la part des humains. C'est pourquoi lui et ses copains peuls fouillaient systématiquement la pénombre de Koudura en cercles toujours de plus en plus grands.

«Où l'homme aux tics insolites est-il passé?» se demandait-il. On l'avait assuré que le participant avait assisté au banquet avec les autres invités d'honneur. Il ne pouvait donc être loin. Clovis sentit son cœur battre plus fort à l'idée que l'homme ait pu prendre la poudre d'escampette, car alors Éloïse, sa détestable belle-mère, viendrait s'installer chez lui, dans sa maison toute neuve. Elle lui rendrait la vie infernale, exigeant de l'argent et incitant sa Lovadie bien-aimée à lui faire toutes sortes de misères. Il exhorta donc ses amis de plus belle.

— Allons, retournons voir à l'Auberge.

L'homme n'y était toujours pas. Cependant, il y était passé. Son tee-shirt couleur de soleil gisait sur le lit et une fouille, cette fois-ci, démontra qu'il avait emporté presque toutes ses choses. Clovis conclut que celui-ci était en fuite et essayait de se camoufler. C'est donc avec une expression déterminée qu'il se dit que l'homme avait compté sans ses Peuls qui étaient de fins traqueurs.

— Allons, les amis, il ne peut être loin.

Une peur sournoise envahissait peu à peu Françoise. Elle recula d'un pas, tentant de mettre quelque distance entre elle et le mari de Dorys. Tendu comme un mastiff au bout de sa laisse, l'avocat semblait n'attendre que le signal pour attaquer. Françoise réalisait avec affolement que les rumeurs n'avaient pas menti : l'homme était détraqué, dangereux. Elle ne savait plus que dire pour plaider sa cause.

Lorsque l'adolescent lui avait discrètement fait signe de la main, lui laissant entendre qu'il voulait s'entretenir avec elle, Françoise n'avait su que penser. Cœur en émoi, elle avait suivi le jeune vacher à l'écart, se demandant s'il s'agissait d'une méchante combine de la part de Daniel. Pourtant, son mari semblait s'amuser ferme, riant à gorge déployée avec Karine.

Elle avait pointé Daniel du doigt et demandé au messager si c'était lui qui l'avait chargé de venir la chercher. Le jeune

Noir avait été formel. Non. Il s'agissait d'un homme blanc au visage masqué. Devant son air ahuri, l'adolescent avait porté la main à la figure et tracé un cercle à partir du front, longeant le nez, croisant la joue, englobant l'œil gauche et déclaré : «Monsieur Laurent. Êtes-vous l'épouse de cet homme?» Ne pouvant croire sa chance, elle avait acquiescé et s'était empressée de suivre le messager jusqu'à cette clairière éloignée.

Le regard fou, susurrant sur un ton menaçant, l'avocat ordonna :

— Tu vas aller chercher Dorys et l'amener ici. Assure-toi qu'elle ne se doute de rien. De rien! Tu entends?

— M-Mais… s-sous quel prétexte?

Ne la quittant pas des yeux, l'homme se rapprocha, refermant délibérément la distance qu'elle avait graduellement tenté d'accroître entre eux et l'avertit du doigt.

— Dis-lui ce que tu voudras. Je m'en fous! Mais si ma femme n'est pas ici dans la demi-heure qui suit, tu vas le regretter, je t'en passe un papier. Foi d'avocat!

Il ricana et l'attrapa par un bras.

— Tu penses que ton mari t'en veut? Que dirais-tu si je me rangeais de son côté? Deux hommes qui voudraient ta peau au lieu d'un?

Françoise fut secouée d'un tremblement de terreur.

— O.K. J-Je vais la cher-cher.

— Pas de trucs! Je te préviens. Je sais où est ta chambre. Et ce n'est pas ton mari qui va lever le petit doigt pour m'empêcher de t'approcher, n'est-ce pas? Je connais même l'itinéraire des prochaines journées. Ganvié, un village où les accidents sont vite arrivés. Ouidah avec ses serpents…

Un piétinement tout près et des voix d'hommes lui coupèrent la parole. Les deux interlocuteurs se tournèrent vers ces bruits inattendus. Laurent repoussa Françoise d'un geste brusque et, poing levé, l'avertit de se tenir coite.

Clovis le reconnut même s'il faisait nuit. Moins corpulent que les autres bâtisseurs de maisons. Sans tee-shirt jaune. S'entretenant avec une femme de son groupe. Gesticulant de son bras magique. Indécis à cause la présence de la femme, le Béninois donna le signal au groupe d'attendre. Il ne fallait pas que celle-ci le voie; elle connaissait son visage et pourrait le dénoncer à la police. Clovis resta donc à l'abri des arbres, puis fit signe à ses amis de s'emparer de l'homme.

Tout se passa rapidement. Les Peuls sortirent de la forêt comme des génies d'une bouteille et entourèrent Laurent qui voulut crier, mais on lui mit immédiatement une main sur la bouche. L'avocat eut beau se débattre, il fut traîné et porté par plusieurs bras forts, ensuite avalé par la jungle qui se referma sur le rapt comme la mer sur un noyé.

Lorsque Françoise, déjà affolée par les menaces de Laurent, vit fondre sur eux ces hommes noirs et sauter sur l'avocat, elle poussa un gémissement de terreur et s'évanouit.

—*Humm humm...*
Y'en a qui mangent 'core beaucoup;
C'est tabou.
Y'en a qui fument des p'tits bouts;
Moi, ch'pas fou.
Quand j'mennuie ben gros asteure,
J'carcule mes p'tits bonheurs.
Humm humm...

La nuit était belle, éclairée par les étoiles scintillantes et un croissant de lune accroché au ciel tel un bijou à l'oreille de Claire. La chaleur écrasante de la journée se dissipait lentement comme un mauvais brouillard. À proximité de la forêt, là où le soleil n'avait pas réussi à pénétrer jusqu'au sol, se dégageait un soupçon de fraîcheur que Gaétan goûtait avec délices.

Cette solitude à la belle étoile lui rappelait ses excursions de chasse où, embusqué dans une de ces tours construites à même le faîte des arbres, il guettait l'orignal. Ainsi posté en pleine nature, seul avec ses pensées, respirant le bon air vivifiant des sapins et des épinettes, il avait l'impression d'être tout près du Seigneur. À ces moments bénis, son âme s'enflait de gratitude envers son Créateur.

Regrettablement, Gaétan n'allait plus à la chasse. L'expérience s'avérait trop pénible. Depuis qu'il avait pris tellement de poids, il lui était impossible de trouver des vêtements appropriés, difficile d'enfourcher son 4-roues, d'avancer dans les sentiers étroits et de suivre les traces d'animaux, ses genoux lui faisant trop mal. Néanmoins, il aurait aimé tenter sa chance au Bénin. L'excursion au parc Pendjari aurait été l'occasion rêvée pour lui. Il y avait tellement de gibier. Et la brousse était beaucoup plus facile d'accès que la forêt boréale. De plus, on était en pleine saison de chasse. Saison qui était beaucoup plus longue en Afrique. «De décembre à mai, simonac! Au lieu des deux petits mois accordés en automne, en Ontario!»

Par contre, Gaétan avait appris que les lois béninoises étaient tout aussi strictes. Elles comportaient des zones désignées, requéraient des permis ainsi que des guides professionnels, exigeaient même des redevances d'abattage. On lui avait expliqué qu'il s'agissait de coûts obligatoires rattachés à l'abattage d'un animal, les coûts maximums s'appliquant à la carcasse d'un lion, suivis par celle d'un hippopotame, ensuite un buffle, différentes sortes d'antilopes pour finir par le babouin. Sur ce, Gaétan avait protesté : « Le singe ! Pfff ! Pas pour moi, face de bouette ! »

S'il avait pu chasser, il aurait choisi le buffle, l'animal qui ressemblait le plus à l'orignal. Il s'imaginait en tuer un d'un coup bien misé de trois cent trois et voyait l'imposante bête à l'air rétif s'écraser devant lui. On disait que c'était bon à manger. Malheureusement, chasser n'avait pas été possible. Il n'avait ni carabine ni permis.

Puis, il déboucha dans une clairière où, à son grand étonnement, il vit ce qu'il crut être, justement, un groupe de chasseurs. Plissant les yeux dans la pénombre, il jeta un regard circulaire devant lui se demandant ce qu'ils traquaient. Et il aperçut leur proie. Avant qu'il n'ait le temps de réagir, ces derniers avaient sauté sur un homme, l'avaient terrassé, empoigné et l'avaient traîné dans la jungle.

Figé de stupeur, Gaétan tentait de comprendre ce qui venait de se passer quand une femme qui, de toute évidence, accompagnait la victime, poussa un cri et tomba lourdement au sol.

Et le silence revint dans la nuit.

54

Remous

DÈS QUE FRANÇOISE ET GAÉTAN, essoufflés et terrifiés, réussirent à trouver Tony parmi les fêtards pour rapporter le rapt dont ils venaient d'être témoins, ce dernier somma les participants de la SurfAir de se rendre immédiatement au restaurant de l'Auberge. Harvey fit de même avec ses gens. Appréhensifs, certains pompettes, tous gagnèrent l'endroit au plus vite.

La nouvelle se propagea alors comme les feux de brousse qu'allumaient les villageois après les récoltes pour faire sortir les animaux des champs et les abattre à coup de bâton. Au fur et à mesure qu'on apprenait le flash, on quittait sa chaise, délaissait sa natte, arrêtait de danser pour se regrouper et discuter. Quand le remous gagna les musiciens sur l'estrade, ces derniers, intrigués, firent taire leurs instruments et un bourdonnement agité remplaça l'effervescence rythmée de l'orchestre. Les couples qui s'étaient éclipsés pour s'adonner à des amourettes à la sauvette se mirent à réapparaître, lissant discrètement leurs vêtements. Les enfants, pressentant le changement d'atmosphère, s'agglutinèrent aux adultes.

Un homme venait d'être kidnappé. Un Blanc! Des membres du groupe de la SurfAir avaient été témoins de l'affaire et y avaient presque laissé leur vie! Les ouï-dire rapportaient que la victime était un homme masqué. Un homme masqué? Aussitôt, certains clamèrent l'avoir aperçu à quelques reprises, d'autres, lui avoir même parlé. La flamme des rumeurs continua de courir et de grandir. C'était un revendeur de drogue. Non! C'était plutôt un voleur d'enfants. Aucunement! C'était un riche investisseur désireux d'acheter le riz et le coton local en quantité industrielle et voilà que des imbéciles l'avaient kidnappé! D'autres disaient qu'il s'agissait du mari d'une des bénévoles. Pas du tout! C'était l'homme au bras volant qui avait disparu. Il avait touché un *egungun* malgré les interdictions et s'était volatilisé!

Tony vérifia les présences d'un rapide coup d'œil. Aimé manquait à l'appel. Impatienté, il dépêcha Isabelle à la fête pour aller le chercher pendant qu'il se rendait lui-même consulter le maire sur la marche à suivre pour assurer la sécurité de ses clients.

Devant la foule rassemblée, Françoise se mit à raconter en détail comment elle avait été attirée à l'écart par un jeune adolescent à la solde de Laurent. Dorys s'exclama :

— La fripouille! Tant pis pour lui! Tel est pris qui voulait prendre!

Ne tenant pas compte de l'interruption, Françoise poursuivit en décrivant les attaquants : ils étaient quatre, des Noirs, très grands, armés de bâtons, peut-être même de fusils! Ils avaient sauté sur Laurent et l'avaient amené de force avec eux. Heureusement, que Gaétan passait par là sinon elle ne serait pas ici à…

Isabelle revint bredouille. Elle demanda à Bertrand d'aller vérifier si Aimé était dans sa chambre. Le médecin obtempéra et réapparut presque aussitôt. L'homme n'y était pas. Ses effets non plus, excepté quelques babioles et son tee-shirt jaune, jeté sur le lit. Lui aussi avait disparu.

Un gémissement s'éleva.

— Nous allons tous être kidnappés, violés ou tués!

Jacquie implora:

— Il faut chercher Aimé. Il ne peut pas être loin. Il était avec moi au banquet. Qui sait ce qui peut lui arriver aux mains de ces criminels!

Non! Non! Il ne fallait pas s'aventurer au-delà de l'Auberge. C'était trop dangereux! Les bandits étaient peut-être là, tout près, à guetter. Tous se mirent à jeter des regards apeurés aux alentours. Isabelle protesta.

— Un peu de bon sens quand même! Pour ce qui est d'Aimé, pensez-y. Quelle victime de kidnapping prend le temps de changer ses vêtements et faire ses valises?

Gaétan acquiesça.

— Ouais…

Une voix clama:

— Françoise s'est probablement trompée de gars; il faisait noir…

Frustrée, celle-ci protesta à son tour.

— C'était Laurent! Pas Aimé! J'étais à lui parler quand les bandits l'ont attaqué!

— Reste qu'Aimé est introuvable!

Gaétan réfléchit tout haut.

— Le beau tabarnouche a peut-être mis les doigts où s'qui avait pas d'affaire une fois de trop…

Mais, personne ne fit attention à ses propos. La panique s'emparait du groupe. Tous ces efforts pour maigrir et ils mourraient ici! Une voix paria que, pas plus tard que le lendemain matin, on recevrait une demande de rançon. Qui la payerait? Laurent n'était même pas des leurs! Peut-être pas, mais Aimé, lui, oui!

Quand même, on ne pouvait pas laisser deux Canadiens aux mains de criminels sans lever le doigt pour les aider! Une rançon n'était-elle pas mieux qu'un cadavre à leur porte? Il fallait appeler le consulat canadien!

Françoise jeta un regard noir à son mari.

— Ah! Danbo. J'aurais dû retourner au Canada tout de suite après l'attentat à Cotonou!

Daniel serra les poings, mais ne dit rien. Karinette, qui revivait la terreur de son agression, se rapprocha de lui et lui prit le bras.

— Soulé faisait probablement partie du groupe!

Une voix grommela :

— Une chance que nous partons demain.

Roselle, de plus en plus inquiète, suggéra d'annuler la visite à Ganvié et Ouidah et de se rendre directement à Cotonou…

— Bonne idée! Bonne idée!

Perplexe devant ces deux disparitions, Isabelle rassura les gens en expliquant qu'il était inutile de paniquer. Les kidnappeurs devaient être loin à présent. Et la police s'en occuperait. Gaétan renchérit, affirmant qu'Isabelle avait raison; les bandits ne viendraient pas attaquer tout le monde, sur place, en même temps!

Sur ces entrefaites, Tony revint accompagné du maire et du chef de la gendarmerie. Le constable s'amenait, une planchette en main, prêt à un interrogatoire en règle. Les deux Africains prirent place à une table. Conscient de la gravité du moment, Léhady Aboh leva la main de façon solennelle et le silence se fit.

On ne connaissait pas les responsables du crime, toutefois la police était sur les dents. On avait sollicité l'aide des villageois. Si quelqu'un possédait un indice quelconque ou soupçonnait une personne en particulier de faire partie du groupe de ces bandits, cette personne était priée de se présenter devant les autorités dans les plus brefs délais.

Une pétarade fit sursauter tout le monde. Des coups de feu! La réaction fut instantanée. Tous se jetèrent par terre, la tête entre les bras. Jusqu'à ce qu'un crissement de pneus démontre qu'il ne s'agissait pas d'une attaque, mais bien d'un *zem* qui freinait brusquement devant l'Auberge. Le conducteur étonné descendit de sa moto, l'appuya contre la balustrade du restaurant et demanda:

— Monsieur Tony?

Jurant et tempêtant, les gens se remirent péniblement sur pied. Tony s'avança. L'homme lui donna un bout de papier que celui-ci parcourut rapidement.

— Eh bien, on peut être rassuré pour Aimé. Il n'a pas été kidnappé; il est tout simplement retourné à Parakou. Il ne veut pas visiter Ouidah et Ganvié. Il se rendra à Cotonou par ses propres moyens.

Un soupir de soulagement se répandit dans le groupe.

— Je l'savais, face de bouette!

— Voilà un mystère réglé.

Jacquie demanda:

— Pourquoi? Dit-il pourquoi?

— Non. Seulement de ne pas l'attendre et de ne pas s'en faire pour lui.

— Si c'était une tactique pour nous berner? Nous faire croire qu'il est sain et sauf et que tout ce temps, il est aux mains de criminels?

— Quelqu'un connaît-il son écriture?

Personne ne répondit. Le conducteur du *zem*, insulté qu'on semble le soupçonner de quelque méfait, rétorqua:

— Je vous assure que j'ai laissé môssieur Aimé à Parakou et que rien ne lui est arriv…

Un cri furieux déchira la nuit. Déjà sur le qui-vive, les nerfs à fleur de peau, les gens tressaillirent à nouveau. Que se passait-il encore?

Il s'agissait de Françoise qui pointait du doigt un adolescent.

— C'est lui! C'est lui qui m'a attirée dans ce guet-apens!

Le jeune vacher qui s'amenait, imbu d'importance à l'idée de se présenter devant le maire, recula d'un pas et balbutia:

— Mais… mais je n'ai fait que suivre les instructions de môssieur!

Avant que Françoise ne s'en prenne à l'adolescent et l'intimide complètement, le chef de police s'interposa.

— Avance jeune homme. Tu as des renseignements susceptibles d'éclairer la situation?

Le messager, toutefois, ne put ajouter à ce qu'on savait déjà, excepté pour se plaindre avec amertume que l'homme qui l'avait chargé de cette mission lui avait remis de l'argent sans valeur.

55

Jacquie

Delphine s'était amusée à tresser les cheveux d'une tête de poupée pendant une bonne partie de la journée, imitant les jeunes filles du village pour qui la création de différents styles de coiffure semblait être le passe-temps favori. Elle était très fatiguée. Sa récente chirurgie ainsi que l'excitation de la fête l'avaient affaiblie. Et malgré l'énervement des gens et le ton élevé des conversations, sa tête appuyée sur le bras de Jacquie dodelinait.

Le départ imminent de sa protectrice la traumatisait même si cette dernière lui avait expliqué maintes fois qu'elle reviendrait la chercher. Les gardiens de la fillette avaient bien tenté d'empêcher son départ, mais devant les menaces de dénonciation de Jacquie en plus d'une alléchante somme d'argent, ils avaient accepté de laisser partir leur petite esclave. Entre-temps, Safi avait gracieusement offert de garder Delphine chez elle. Ses trois garçons se portaient garants de sa sécurité. Jacquie décida d'aller mettre la fillette au lit. Elle laissa donc ses collègues de voyage à discuter des événements on ne peut plus inquiétants de la soirée et prit Delphine par la main.

— Viens ma puce.

Après avoir consulté Karine, qui n'avait pas d'objections, Jacquie avait emprunté le matelas du lit inoccupé de la chambre d'Aimé et l'avait posé par terre, entre leurs deux lits. La petite y passait ses nuits depuis son retour de l'hôpital.

Appréhensive, l'oreille tendue, Jacquie accompagna l'enfant aux latrines derrière l'Auberge : si les kidnappeurs revenaient ? Et puis, non. La police avait fouillé les lieux et n'avait rien trouvé de suspect. De plus, les environs grouillaient de monde. De toute façon, personne ne pouvait lui faire plus de mal que les tourmenteurs de son enfance. Le souvenir de Rodolphe et ses amis resurgit comme un spectre dans son esprit. « 'Garde, Jacquie. Viens, envoye… » Elle les chassa avec détermination.

— Tu as fini, ma puce ?

Courageusement, la fillette fit signe que oui. Elle avait toujours des sensations de brûlure lorsqu'elle urinait, néanmoins la douleur s'atténuait peu à peu. Jacquie ramena l'enfant à la chambre, lui fit prendre ses médicaments et la mit au lit.

La malle de Karine était tout près. Delphine étira la main, fouilla sous les vêtements, s'empara de la photo de Justine, la fille de Roselle, et la glissa sous son oreiller. Jacquie n'eut pas le cœur de la lui enlever : « Pauvre enfant ! À quoi pense-t-elle en regardant la photo de cette petite Canadienne propre, bien vêtue, une superbe poupée dans les bras ? »

Jacquie résolut de demander à Roselle si elle accepterait de donner la photo à Delphine. Pour ce faire, il faudrait évidemment révéler que Karine était l'auteure de tous les vols vexants qui avaient exaspéré les membres du groupe de la SurfAir. Jacquie, cependant, était à peu près certaine que Roselle comprendrait et serait discrète.

L'idée l'inspira. Pendant que tous étaient occupés, l'occasion semblait parfaite pour tenir la promesse faite à Tony. Elle fouilla donc dans la malle. Il fallait se défaire du tampon, car il était impossible de le restituer. Toutefois, la ronfleuse de Gaétan, la montre de Françoise, le sifflet de Daniel et tous les autres objets rapportés disparus, elle les remettrait immédiatement.

Delphine dormait déjà. Jacquie la laissa donc seule dans la chambre et se glissa sans bruit dans la nuit.

56

Une idée…

POUR TONY, C'ÉTAIT DU DÉJÀ-VU : deux minibus Toyota et un Land Rover alignés tel un convoi et Jacquie qui faisait des siennes. Sauf que, cette fois-ci, il s'agissait d'exclamations de joie.

— Ma panthère! Regardez, ma panthère est revenue!

Comprenant son jeu au plissement mutin de ses lèvres, Tony la remercia d'un regard chaleureux. Par contre, il s'impatientait quant à Gaétan qui, tout comme au départ de Cotonou, brillait par son absence. «Où est-il?» s'exaspérait-il. «Il ne peut pas être parti à une messe dominicale; c'est jeudi.»

En outre, les deux conducteurs de bus avaient dû être remplacés : Soulé qui avait pris la poudre d'escampette avant que la police ne lui mette la main au collet et Clovis qui avait fêté un peu fort la veille avec ses amis, les Peuls.

L'horaire des quatre prochaines journées était chargé. Aujourd'hui, petit déjeuner, dernière tournée du chantier, les adieux, cinq cents kilomètres de route, souper à vingt heures à l'Hôtel de la Côte. Journée suivante, excursion à Ganvié, village lacustre situé à vingt-cinq kilomètres au nord de la métropole. Troisième journée, visite à Ouidah et finalement le lendemain, à dix-huit heures, envolée pour le Canada.

À la lumière du jour, les inquiétudes de la veille s'étaient atténuées. Le départ imminent ainsi que la présence des enfants qui venaient toujours zieuter les voyageurs au déjeuner rassuraient les gens. C'était plutôt le retour inopiné des objets volés qui alimentait les conversations. Chacun avait son explication pour le mystérieux phénomène. Certains y voyaient un lien avec le départ subit d'Aimé, d'autres, avec l'enlèvement de Laurent, d'autres encore émettaient des théories invraisemblables sur les pratiques vaudou.

Karinette mangeait le nez dans son assiette. Jacquie lui avait laissé savoir ce qu'elle avait fait et pourquoi, lui confiant que c'était Delphine qui avait trouvé les objets chapardés dans sa malle. La jeune fille n'avait su que dire. Jacquie l'avait rassurée. Seuls elle et Tony connaissaient son secret et les deux seraient de la plus grande discrétion. Ce qui avait tellement touché Karinette qu'elle en avait eu les larmes aux yeux.

Assise en compagnie de Daniel, elle ne pouvait s'empêcher d'entendre les propos désobligeants à l'endroit du voleur ou de la voleuse. En plus du fait que, quelques minutes plus tôt, Françoise était arrivée, le corps raide, le regard meurtrier et elle avait lancé sa montre nouvellement recouvrée sur la table.

— Tiens, gros lard! Tu peux la ravoir. Je n'en veux plus. Ni de la montre, ni de toi!

Et dévisageant Karinette :

— Tu peux les garder tous les deux : Danbo et le bijou!

Et sans plus, elle était allée s'asseoir seule pour manger. Habitués à ses sautes d'humeur et son mauvais caractère, les gens s'étaient regardés et avaient haussé les épaules. Depuis plusieurs semaines, chacun à sa façon, les membres du groupe avaient laissé entendre à Daniel qu'ils l'appréciaient beaucoup et que les méchants quolibets de sa femme ne les impressionnaient guère.

Daniel avait pris la montre, l'avait mise dans sa poche et, sarcastique, avait répondu :

— Merci Minoune! C'est gentil.

Plusieurs, riant sous cape, lui avaient fait un clin d'œil discret.

Daniel se félicitait d'avoir dit à Françoise la veille, qu'il en avait assez; qu'il rompait avec elle. Il avait ajouté que les «gros lard» s'appliquaient de moins en moins à lui puisqu'il avait perdu presque quinze kilos. Ricanant, il s'était corrigé: «Plutôt cent quarante-huit, si je te compte.»

Harvey arriva en Jeep avec Brian et Isabelle, les trois ayant décidé de venir prendre ce dernier petit déjeuner avec leurs amis de la SurfAir. Après s'être assurée qu'aucun autre drame n'était survenu, Isabelle prit place avec Tony; Harvey rejoignit Bertrand tandis que Brian tira une chaise auprès de Dorys qui discutait ferme avec Roselle et Jacquie. Les femmes le saluèrent.

— Ne vous interrompez pas pour moi, mesdames, je vais me servir.

Dorys l'enjoignit.

— Allez, va! Les mamas ont préparé un buffet spécial ce matin.

Jacquie sourit.

— Delphine en a déjà mangé toute une assiette.

— Pauvre petite! Elle semble se porter beaucoup mieux dernièrement. Toujours déterminée à l'adopter?

— Absolument. C'est gentil de la part de Safi d'offrir de la garder chez elle jusqu'à mon retour.

— Très gentil. J'espère seulement que le processus ne sera pas trop long.

Jacquie vit Brian qui arrivait avec une assiette bien remplie et elle lança un coup d'œil moqueur à Dorys.

— En voilà un qui est aussi très gentil, n'est-ce pas?

— *Très* gentil!

Et les femmes s'esclaffèrent.

Tony balayait régulièrement les alentours du regard, tambourinant de la main avec impatience pendant qu'Isabelle sirotait un café. Il finit par lui demander:

— Tu ne manges pas?

— Dans un moment. Tu as oublié mes habitudes?

Distrait, il chercha dans ses souvenirs. Isabelle insista.

— Pourtant, tu me le reprochais toujours…

— Oui… peut-être…

— Tony? À quoi penses-tu? Tu sembles loin…

— À Gaétan.

— Quoi Gaétan?

— Où est-il? Disparu lui aussi? Il est ordinairement un des premiers au déjeuner.

Tony repoussa son assiette et se leva.

— Excuse-moi, veux-tu?

Maugréant, il se dirigea vers la chambre de Gaétan, priant qu'aucune autre calamité ne se soit produite. Déjà, l'agression de Karine porterait atteinte à la viabilité de son projet. Excédé, il serra les poings, convaincu que la jeune fille se ferait le plus grand plaisir d'exagérer sa mésaventure afin de se mettre le plus possible en valeur. Et la disparition de Laurent, même si cet homme ne faisait pas partie du groupe, amplifierait le problème. Les médias se feraient un bonheur de s'emparer de cette affaire et mêleraient tout. La SurfAir serait immanquablement éclaboussée.

Tony revint à Gaétan : se pouvait-il que le « tannant » ait été kidnappé lui aussi ? Pourquoi ? Seule possibilité : une rançon. La SurfAir tenue en otage ! Impensable ! Il sentit une sueur froide lui couler dans le dos. Morris aurait de quoi se réjouir pour longtemps et ses ambitions en prendraient un coup !

Il trouva son client… dormant comme une grosse marmotte au soleil, visage camouflé sous sa ronfleuse. On aurait dit un plongeur sous-marin. Tony le poussa de la main. Aucune réaction. Il l'appela. Peine perdue. Finalement, il le prit par les épaules et le secoua de toutes ses forces. Gaétan ouvrit les yeux, mais ne réagit pas. Tony débrancha alors la ronfleuse et le dormeur reprit enfin connaissance.

— Hrumph phh phh.

— Lève-toi ! Dépêche ! Nous avons une longue journée devant nous !

À moitié endormi, l'homme se débattit avec le drap, s'assit lentement et détacha la courroie velcro de son machin.

— Ah, oui ? Quelle heure est-il ?

— L'heure de se lever !

Il sembla soudain se rappeler quelque chose et esquissa un large sourire.

— As-tu vu ? Ma ronfleuse est revenue, fuckaille ! Oh ! Pardon !

Penaud, il se reprit.

— Quand j't'arrivé du party hier et que j'ai vu ça… Faut dire que j'tais un peu rond… eh ben, je l'ai branchée et j'ai passé la plus belle nuit de ma v… !

Impatienté, Tony coupa :

— Amène ! Dépêche ! À moins que tu veuilles manquer le déjeuner ? Et rester ici ?

— Fu… Face de bouette, non ! J'arrive !

Tony rongeait son frein : devait-il lui poser *la* question ou attendre qu'*elle* aborde le sujet ? Isabelle marchait à ses côtés, désinvolte, babillant sans arrêt, queue de cheval sautillant derrière sa casquette. Une masse d'énergie optimiste, revêtue de l'habituel tee-shirt, short et bottes de travail.

— Regarde, Tony. Toutes ces belles maisons. La vie commence déjà à prendre racine ici, à Koudura. En Afrique, tout arrive à maturité beaucoup plus rapidement que chez nous : les arbres, les fleurs, les moissons, les filles… la vie, en fait.

« Pourquoi les choses devaient-elles toujours s'avérer difficiles entre eux ? » se tourmentait silencieusement Tony.

— Je pense que c'est la chaleur qui comprime le cycle de vie en Afrique. Tout germe, éclôt et mûrit trop vite. Tant pour les humains que pour les animaux et les plantes. La mort donc doit suivre ce rythme, il me semble…

« Se pouvait-il que deux êtres qui s'aimaient soient quand même incompatibles ? »

— L'espérance de vie est courte au Bénin comparée à la nôtre. Je pense que, dans le fond, c'est là la raison pour laquelle ces gens résistent aux méthodes de contraception. Inconsciemment, ils pressentent qu'il leur faut procréer le plus vite possible. C'est l'instinct de survie. Instinct tenace qui va bien au-delà de tous les édits religieux, tu ne trouves pas ?

« S'il lui demandait et qu'elle refusait ? »

— Se reproduire pour assurer l'immortalité de l'espèce. Principe intéressant qui m'oblige à me poser la question suivante : pourquoi ? Pourquoi vouloir garantir la survie de l'être humain si, en fin de compte, nous sommes condamnés à l'implosion de notre système solaire ? J'ai longtemps cru que c'était l'ego américain qui motivait les programmes de la NASA. Mais si c'était plutôt l'instinct de survie? Tu comprends où je veux en venir, Tony? Si la NASA finit par conquérir l'espace et réussit à faire en sorte que l'espèce puisse survivre, disons... ailleurs; on pourra alors parachuter des semences de vie dans un autre univers avant l'implosion. Et ainsi le genre humain serait sauvé...

« Ils avaient passé tellement de beaux moments ensemble ces dernières semaines. Pourquoi refuserait-elle? Par contre, si la réponse était non, son orgueil en prendrait un coup. Son cœur aussi... »

— Ouf! Bon, assez philosophé! J'étais rendue un peu loin, non?

D'un large geste de la main, elle montra la nouvelle banlieue.

— Je parlais de la vie ici et, tout à coup, tiens! J'étais dans une autre galaxie. Étrange où les idées peuvent nous mener, n'est-ce pas?

« Comment la persuader? Quels nouveaux arguments apporter? »

— Intéressant comme on peut voir les choses... Parfois de façon complètement différente d'un autre. Par exemple, présentement, vois-tu Koudura comme moi?

Et elle se mit à décrire la scène devant eux comme s'il était aveugle.

— Regarde ces belles bassines remplies d'eau propre. Le puits est le don le plus apprécié ici, c'est sûr. Là, on a planté des arbrisseaux. Ça fait chic. Tiens, un petit enclos pour les poulets. Tu les entends piailler?

Devant une rangée de vélos.

— Leur mode de transport. Beaucoup plus efficace que nos voitures pour contrer la pollution, tu ne trouves pas? Et là, tu vois? On a commencé à apporter de la terre pour semer quelques légumes.

Les pouces dans les passants de son short, elle inspira profondément.

—Hummm, ça sent... la poussière, le ciment frais et la peinture.

Elle leva les yeux au firmament et plissa le visage.

—Regarde ce soleil avec sa couronne éblouissante! Si bleu, si pur, qu'il finit par devenir blanc si on le fixe assez longtemps.

Elle baissa la tête, pressa les doigts sur ses paupières pour soulager sa vue de la lumière trop crue et revint au panorama devant eux.

—J'aime toutes ces couleurs! Si vivantes, si variées! L'émeraude des arbres. Je ne me souviens pas d'une nuance de vert aussi riche chez nous. Le rouge cuivré de la terre. Vois-tu la beauté que je vois, Tony? Ou, vois-tu autre chose...?

Elle se tut finalement, attendant une réponse.

Il ouvrit la bouche, s'étant enfin décidé à aborder le sujet qui lui tenait à cœur, mais elle stoppa subitement puis allongea le bras devant lui pour qu'il fasse de même. Elle se plaça directement en face de lui et, se mordillant la lèvre inférieure, le fixa.

—Sais-tu, Tony, c'est malheureux, mais tes clients ne verront pas le résultat de leurs efforts ici.

Ainsi brusquement tiré de ses pensées, il hésita.

—Tu veux dire...?

—Je veux dire que c'est dommage parce qu'ils ne seront pas ici pour voir le bonheur qu'auront les propriétaires à s'installer dans leur maison neuve, commencer à y vivre, connaître les voisins, développer des amitiés. Bref, ils n'auront pas la chance de goûter à ce monde nouveau qu'ils ont aidé à créer.

Elle reprit la marche. Il la suivit.

— J'ai appris tellement de choses à côtoyer des gens de partout. Chaque fois que je quitte un pays, je fais le point sur ce que je veux retenir d'eux.

Elle s'arrêta encore une fois.

— Que dirais-tu que tu as appris, toi, des gens de Bac?

Une idée venait de surgir dans l'esprit de Tony. La question le prit donc au dépourvu et il ne sut que répondre. Devant son mutisme, elle scruta son visage.

— Tu n'as aucune idée de ce que j'ai dit, n'est-ce pas?

— Oui...

— Alors...?

— Laisse-moi réfléchir.

Elle voulut protester. Il ne lui en laissa pas le temps. Il posa les mains sur ses épaules et lui sourit.

— Ta remarque au sujet de mes clients m'a donné une fameuse de bonne idée, Isa! Merci!

Elle eut beau insister, il refusa d'ajouter quoi que ce soit. Tony désirait d'abord mûrir son projet. Il savait qu'il devrait faire des pieds et des mains pour convaincre les responsables, mais il était certain, enfin presque certain, de réussir. Il se félicita intérieurement, sachant que l'idée avait le potentiel de racheter toute mauvaise publicité entourant les fâcheux incidents.

— Tu vas m'en parler à Ganvié?

— Peut-être... Ganvié! Comment Ganvié?

— J'y vais.

Flirt, elle battit exagérément des cils et ajouta :

— Avec le groupe...

— Comme ça? Tu viens de décider ou...?

Devant son expression narquoise, Tony comprit qu'elle en avait toujours eu l'intention, néanmoins elle avait attendu à la dernière minute pour lui dire! «Isabelle était une éternelle boîte à surprise. Était-ce là la raison pour laquelle il l'aimait tant?» se demanda-t-il. Pourtant, il n'aimait pas les surprises…

— Je veux revoir l'endroit où j'ai passé deux semaines. Saluer des amis.

— Saluer des amis! Tu as vécu à Ganvié et tu n'as rien dit?

— Tu ne me l'as pas demandé, cher.

Les adieux furent difficiles. Surtout pour Jacquie. Delphine l'avait suivie tout au long de la tournée du chantier, agrippée à sa main. Maintenant qu'il était temps de monter dans le bus, la petite continuait à s'accrocher à elle malgré les efforts de Safi, Brewa, Isseyon et Manfoya qui tentaient de la convaincre de venir avec eux. Jacquie avait les larmes aux yeux. Roselle avait peine à retenir les siennes. Elle se souvint tout à coup de la demande de Jacquie au déjeuner. Elle fouilla dans son sac, sortit la photo de Justine et la remit à la fillette. Touchée, Jacquie la remercia et dit à Delphine:

— Regarde ma puce. Tu vois la belle poupée que tu aimes tant. Dans dix jours…

Elle leva les deux mains pour bien en illustrer le nombre.

— … tu en recevras une pareille à celle-ci. Pour toi, toute seule. Que tu pourras garder pour toujours.

Mine incertaine, l'enfant la dévisagea, cherchant à lire si la promesse était sincère. On l'avait si souvent trompée. Le cœur déchiré, Jacquie sourit à la fillette, prit sa menotte, la plaça dans la main de Safi et monta vite dans le bus.

Dorys fit ses adieux à Brian, promettant de correspondre avec lui régulièrement par courriel. L'homme la serra dans ses bras, déposa un baiser chaste sur sa joue et la laissa sur le marchepied du véhicule. Il rejoignit ses collègues de Mission Maisons qui, tous venus assister au départ, donnaient tour à tour la main aux voyageurs.

Bertrand et Harvey planifièrent de se revoir dans quelques mois.

— Dès que j'aurai réglé mes affaires au Canada, je reviens ici, à Bac. Je promets d'arrêter à Moncton pour te saluer.

— Arrange-toi pour passer quelques jours au moins. Qu'on ait le temps de prendre quelques verres. Parler de nos expériences en Afrique.

Les nouveaux propriétaires vinrent aussi faire leurs adieux aux gens de la SurfAir. Chacun remit un cadeau souvenir à celui ou celle qui avait été affecté tout spécialement à sa maison. Gaétan faillit tourner de l'œil quand Charles Songlo lui donna une cordelette sur laquelle pendait non pas huit coques, mais huit petites cloches fêlées. Blême, il n'avait pu dire autre chose que :

— Face de bouette! Ça parle au diable! Tabarnouche!

Il s'était empressé de monter dans le minibus et s'était laissé choir sur un siège, surprenant ses collègues qui trouvaient sa réaction quelque peu excessive. Le cadeau était original, mais quand même… Leurs interrogations se perdirent toutefois dans le brouhaha causé par les joueurs de soccer qui venaient saluer Daniel.

— Môssieur Dan! Môssieur Dan!

Vêtus de leur dossard, ils criaient, riaient et se poussaient à qui mieux mieux pour s'approcher de leur entraîneur et lui serrer la main.

— Je ne vous oublierai pas, môssieur Dan!

— Allez-vous revenir, môssieur Dan?

— Regardez, môssieur Dan, je peux tenir le ballon entre mes genoux!

À leurs cris se mêlèrent ceux des nouveaux propriétaires de sorte que les membres de la SurfAir quittèrent Bacouany dans une clameur de «Merci beaucoup!» et «Revenez nous voir!»

57

Cité lacustre

UNE AFFICHE PUBLICITAIRE AUSSI GRANDE qu'un pan de mur accueillit le groupe de la SurfAir. «CITÉ LACUSTRE DE GANVIÉ. RÉPUBLIQUE DU BÉNIN. MINISTÈRE DU TOURISME ET DE L'ARTISANAT.» On y voyait une scène promo idyllique de cases et de pirogues flottant sur des eaux lagunaires ainsi que la route à suivre pour l'embarcadère. Les minibus s'y engagèrent, les passagers fixant le décor avec beaucoup d'intérêt. Ravis, les conducteurs énumérèrent les raisons pour lesquelles ce site touristique était important dans leur pays.

Ganvié, «la collectivité est sauvée», était reconnue à travers le monde comme la Venise des tropiques. Les anciens habitants du royaume du Dahomey venaient se réfugier dans les marécages infestés d'insectes, sur les bords du lac Nokoué, pour fuir les négriers et échapper à l'esclavage. C'est ainsi qu'était née cette cité entièrement construite sur pilotis qui comptait maintenant plus de vingt-cinq mille résidants.

— Un rappel de la part de môssieur Tony, mesdames et môssieurs, n'oubliez pas votre insecticide, votre crème solaire et vos chapeaux. Très important pour la visite.

Les voyageurs descendirent à l'embarcadère de Calavi au milieu d'un marché matinal bruyant. Déjà, des vendeuses étaient à l'œuvre devant des bassines frétillantes de poissons et crustacés fraîchement tirés de la lagune. D'autres arrivaient à pied de villages avoisinants, leur marchandise sur la tête dans de grands paniers d'osier; certaines en portant parfois jusqu'à trois, empilés l'un sur l'autre. D'autres encore, venant du lac, amarraient leurs canoës remplis de produits de toutes sortes.

Des garçons, à l'affût de propriétaires de barques motorisées, traînaient de lourds bidons d'essence sur la berge pierreuse dans l'espoir de gagner quelques CFA. Sous la chaleur déjà intense, des relents fétides de viscères de poissons se mêlaient aux émanations de fruits et légumes en décomposition. Dès que les enfants aperçurent les touristes, ils se lancèrent à l'assaut en criant: «Cadeaux! Cadeaux! Donne argent!» pendant que des essaims de moustiques s'abattaient sur eux tous.

Françoise, exaspérée, battit l'air à deux mains.

— Sacrifice! Ça commence bien! Poussez-vous, petits tannants! Je n'ai plus d'argent.

Au-dessus de ce brouhaha s'élevait une deuxième pancarte tout aussi gigantesque que la première. Celle-ci affichait les tarifs de visite ainsi que les heures d'ouverture de l'embarcadère. Isabelle suggéra à Tony:

— Que dirais-tu si nous louions une pirogue à deux?

Ne croyant pas sa bonne fortune, Tony s'exclama:

— Vraiment?

Devant la moue éloquente de sa compagne, il s'empressa de répondre à sa propre question.

— Oui! Excellente idée! Laisse-moi prendre les dispositions nécessaires pour le groupe et ensuite…

Il poursuivit d'un regard entendu.

—... tu pourras me servir de guide personnel.

Gaétan qui avait devancé ses collègues examinait le quai d'un air dubitatif lorsqu'un homme, de toute évidence un des propriétaires de bateaux de location, s'approcha en zieutant les gens qui s'attardaient près du kiosque d'accueil.

— C'est vous qui êtes responsable de ce groupe?

Gaétan fit signe que non et indiqua Tony de la main. L'homme hocha de la tête et resta coi, semblant analyser la situation. Puis, réfléchissant tout haut, il exprima la pensée de Gaétan.

— Il ne faut pas que ces personnes s'engagent toutes sur le quai en même temps.

Et il partit à la rencontre du groupe.

Gaétan revint au dock rustique, construit de bois rendu gris par l'usage et le temps. Chaque fois que quelqu'un y mettait les pieds, les planches déjà dangereusement arquées fléchissaient. Un assortiment d'embarcations y étaient arrimées: des petits canoës avec pagaies ou moteur, de longues pirogues étroites, creusées à même des troncs d'arbres ainsi que des bateaux touristes. Ceux-ci, contrairement aux autres esquifs, avaient un fond large et plat et étaient recouverts d'un toit monté sur un échafaudage de pièces de bois.

Gaétan jugea que ces bateaux pouvaient accommoder une dizaine de personnes. Inconsciemment, il prit une expression désabusée: une dizaine de personnes de taille «normale». Puis, sa mine se détendit. Six semaines plus tôt, ces embarcations n'auraient pu transporter que cinq d'entre eux! Il se palpa l'abdomen. «Claire ne me reconnaîtra pas!» pensa-t-il.

Il se rembrunit à nouveau: lui, reconnaîtrait-il sa Claire? Le temps pouvait faire beaucoup de dommage en un mois et demi. Gaétan avait réussi à parler à sa femme au téléphone à quelques reprises. Chaque fois, elle l'avait assuré que tout allait bien. Cependant, il s'inquiétait à savoir jusqu'à quel point il pouvait se fier à ses paroles. Jusqu'à présent, il n'avait pu respecter l'entente faite avec l'au-delà. Il se dit qu'il ne fallait pas lâcher. Il restait encore deux jours, en plus du voyage de retour… et Françoise…

Gaétan s'encouragea : souris à la vie et elle te sourira ! N'était-ce pas ce qui était arrivé aux gens de la SurfAir ? Tous avaient maigri. Au Canada, ils ne songeaient qu'à perdre du poids, jour et nuit. Mais le Bénin leur avait montré qu'il existait d'autres priorités dans la vie. Dès qu'ils avaient arrêté de penser à leur corps et s'étaient mis au service d'autrui, ils s'étaient mis à fondre. Même lui qui ne s'était jamais préoccupé de sa grosseur ! Cela ne prouvait-il pas que Dieu, dans son infinie miséricorde, était bon ? Et qu'Il exaucerait sa prière ?

Tony loua deux bateaux touristes, ce qui facilita l'embarquement, car on procéda au même regroupement que pour les minibus. Pour Isabelle et lui, il opta pour une pirogue dont le rameur était un jeune adolescent nommé Luther. Et l'excursion se mit en branle sur ce qui paraissait être une rivière étroite et peu profonde, mais qui, en réalité, était un bras de la lagune menant à Nokoué, cet immense lac aux eaux saumâtres, nourri par plusieurs rivières et marées. Sur la rive opposée, un champ d'herbes hautes s'étendait à perte de vue.

Tony s'installa tout à l'avant avec Isabelle, mettant autant de distance que possible entre eux et le piroguier afin de pouvoir converser en toute discrétion. Il comptait sur cette dernière occasion pour enfin aborder avec elle le sujet crucial. Il était convaincu que celle-ci avait deviné son dessein et planifié cet éloignement du groupe en conséquence.

Tony étira les jambes et soupira d'aise, se complaisant à l'idée qu'il avait toute la journée devant lui. Il avait l'intention de prendre son temps. Attendre le moment opportun. Il passa affectueusement un bras autour des épaules d'Isabelle. Elle sourit et se pressa contre lui. La vie était belle!

Le chenal menant à Ganvié était beaucoup plus achalandé qu'il ne l'avait cru. Une véritable autoroute. Des bateaux touristes à moteur filaient à vive allure tandis que de longues pirogues, chargées de passagers ou de marchandises, glissaient tranquillement sur la lagune. Ils en rencontrèrent qui étaient dangereusement remplies jusqu'à ras bord de lourds chargements de terre, d'autres, de fagots de bois empilés plusieurs fois plus haut que les piroguiers eux-mêmes. Isabelle expliqua que la majorité de ces barques étaient importées du Nigeria, seul pays voisin à avoir encore des arbres en bois d'iroko assez grands pour les construire.

Curieux, Tony demanda:

— Tu as vraiment passé deux semaines ici?

— Hum hum.

D'après ce qu'il avait vu à l'embarcadère, un tel séjour ne lui semblait pas nécessairement plaisant. «Isa avait toujours des idées... pas comme les autres», pensa-t-il.

— Où, exactement?

— Je te montrerai.

— Et tu as aimé?

— Absolument. Attends de voir comment la vie se passe sur la lagune. C'est fascinant!

Visage tendu vers l'avant comme une figure de proue sous sa casquette, Tony la sentait vibrante et emballée. Il se rendit compte qu'elle *aimait* être ici, dans ce décor primitif à l'extrême. Pour lui, visiter ces lieux pouvait s'avérer intéressant, mais y vivre était hors de question.

Lorsqu'ils débouchèrent sur le lac proprement dit, Isabelle pointa au loin. Dans une coulée de soleil, des silhouettes debout dans des esquifs lançaient des filets qui volaient haut dans le ciel avant de retomber silencieusement dans l'eau. Les pêcheurs les remontaient à bord et recommençaient inlassablement le geste. Isabelle s'extasia.

— On dirait des feux d'artifice!

Luther sortit sa pagaie de l'eau pour donner le temps à ses passagers d'admirer ce rituel séculaire; puis il replongea sa rame dans les flots et reprit doucement la cadence. La pirogue glissait sans bruit, fendant les eaux tranquilles dans un clapotement à peine perceptible. La circulation était beaucoup moins dense ici, l'immense surface du lac permettant plus d'espace aux bateaux pour manœuvrer. Tony se préparait à poser sa question quand Isabelle le poussa de la main.

— Regarde! Une *akadja*. C'est un emplacement de pêche clôturé pour la pisciculture.

Tony vit un grand enclos circulaire, formé de roseaux et de branches de palmier affleurant des eaux. Selon Isabelle, ces branchages avaient été plantés là par les pêcheurs. Leur décomposition attirait les poissons qui venaient s'y nourrir et se reproduire. Les pêcheurs n'avaient plus qu'à poser des filets de fond et des nasses pour attraper poissons et crustacés.

Il ne prêta qu'une oreille distraite à ces propos. La pêche, sous quelque forme que ce soit, ne l'avait jamais intéressé. Un sport trop simpliste et dégoûtant.

— Écoute, Isa…

Luther contourna l'enclos et Isabelle s'exclama à nouveau.

— Oh! Regarde! Nous arrivons!

Effectivement, la ville était en vue. Les premières habitations se dressaient un mètre au-dessus de l'eau, ouvrant un monde étrange et fascinant. Huttes de bambou au toit de chaume ou tôles ondulées, maisons plus modernes en planches peintes, chacune perchée sur une forêt de piquets de bois. À chaque demeure était amarrée une pirogue ou deux, parfois même trois.

— Pourquoi tant de barques?

— Parce qu'on ne peut aller nulle part à pied ici, cher. Le père a besoin de la sienne pour aller pêcher, la mère pour se rendre au marché et les enfants, à l'école.

— Il y a des écoles ici?

— Pour sûr, voyons! Il y a de tout ici. Tu verras.

Des gamins debout dans un canoë les regardaient arriver, amusés. Quelques-uns se mirent à faire des cabrioles et à crier: «Cadeaux! Cadeaux!» Tony s'étonna qu'ils n'aient pas peur de se noyer. Isabelle expliqua qu'à l'âge de trois ans, on leur attachait une corde à un poignet et on les jetait à l'eau. Au fur et à mesure, ils s'habituaient et à cinq ans, tout le monde savait nager et ramer. C'était essentiel.

Luther dirigea la pirogue dans la ville proprement dite, suivant le dédale des allées, et Tony oublia sa question, pris par ce milieu pittoresque. Le va-et-vient était constant. Les gens se rendaient au marché flottant pour vendre et acheter leurs provisions. Des épiciers ambulants naviguaient sur l'eau verdâtre, proposant leurs victuailles à ceux qui, pour une raison ou une autre, ne pouvaient quitter leur logis. Parfois, une pancarte clouée sur deux perches fichées dans le fond de l'eau indiquait le nom de l'avenue. Tony constata les mêmes grandes bandes de gazon sauvage qu'il avait vues sur le lac.

— On dirait des parterres.

— Ce sont des plantes aquatiques qui, malheureusement, se multiplient et étouffent la lagune par endroits. Elles empiètent sur l'habitat des poissons. Et, dit-on, recèlent de dangereux serpents d'eau.

Au fur et à mesure qu'ils progressaient, Isabelle commentait boutiques, restaurants, hangars et commerces de toutes sortes. Tony fut surpris de lire sur le mur d'une hutte: *Mécanicien — réparation de moteurs hors-bord*. Ailleurs, il vit: *Ici en vente des fournitures scolaires, sacs de riz et divers*. Plus loin, une hutte-pharmacie marquée d'une grande croix bleue. Même le bureau de poste était juché au-dessus l'eau.

Tout avait l'air délabré. Toits de paille grise, effilochée. Murs de tôle rouillée. Cases penchant dangereusement sur leurs perches de soutènement. Vérandas accrochées aux cabanes sur des échafaudages précaires de branches et de vieilles planches rongées d'où pendaient cordeaux, voiles, filets de pêche et vêtements. Un véritable bric-à-brac de vie journalière, sans parler des odeurs qui se dégageaient à certains endroits où Tony devait porter le bras devant son nez pour filtrer l'air à travers sa chemise.

Isabelle ne semblait pas voir cette réalité. Tout lui paraissait enchanteur et ingénieux. Elle ne cessait d'attirer l'attention de son compagnon sur toutes sortes de scènes, par exemple, deux chèvres broutant sans entrain sur un improbable bout de terre. Elle expliqua qu'il s'agissait d'une île artificielle, entièrement construite à la main à partir de racines et de gazon sauvage, de coquillages et de sable. Un travail très exigeant, car il fallait d'abord combler les deux mètres de profondeur du lac, attendre que la greffe se solidifie pour ensuite préparer le sol pour la culture ou l'élevage.

— Tu te souviens des pirogues chargées de terre que nous avons rencontrées?

Elle n'attendit pas sa réponse.

— Voilà à quoi ça sert, à la construction de ces parcelles de terrain pour élever des poulets et des chèvres et montrer aux enfants à marcher.

Cette dernière remarque intrigua Tony.

— Montrer aux enfants à marcher?

— Oui, penses-y. Les seuls endroits *au monde* où les petits peuvent apprendre à marcher sur la terre ferme sont ces îles. Tiens, voici l'école. Justement construite sur un de ces îlots.

En effet, Tony put lire: *École primaire de Ganvié*. Un triste immeuble de ciment dont la peinture crème et rose se fendillait comme une peau lépreuse. Plusieurs pirogues y étaient amarrées et quelques écoliers bavardaient en groupes. Tony déduit que les autres devaient être en classe.

Il tenta de s'imaginer, enfant, apprenant à lire dans un tel environnement. Impossible. Il faisait une chaleur inouïe. Il n'y avait pas d'électricité dans la ville donc aucun air conditionné. L'idée même était incongrue. Il n'osa pas demander ce qui en était pour les toilettes et les égouts. Il préférait ne pas le savoir.

Ils s'arrêtèrent pour manger à l'hôtel Chez Roland, un établissement à modules juxtaposés, incluant bar, restaurant, chambres ainsi qu'une boutique de souvenirs. Un panneau réclame Coca-Cola indiquait qu'on y offrait des mets africains et européens. Sur un des patios adossés au complexe, un groupe de touristes asiatiques bavardait tout en savourant une Béninoise. Après avoir jeté un regard inquiet sur le « sous-sol », Tony suivit Isabelle. Elle choisit une table de pique-nique sous un grand parasol. Une génératrice fournissait l'électricité nécessaire pour assurer la fraîcheur des aliments. Tony commanda deux bières froides.

Un marmonnement rythmé attira son attention. En face, dans une église, des fidèles habillés de blanc répondaient aux litanies d'un prêtre. Isabelle, qui avait suivi son regard, déclara qu'il s'agissait de funérailles.

— Une église sur pilotis, des funérailles sur pilotis... ça fait étrange, tu ne trouves pas?

— On s'habitue. Et puis, ce sont justement ces singularités qui rendent la vie intéressante.

Elle sourit et ajouta :

— J'espère que le groupe de Gaétan est passé ici.

— Si c'est le cas, Dieu merci, je n'aurai pas été là. Quel bonhomme assommant!

— Au contraire, moi, je le trouve charmant.

Elle lui adressa un regard interrogateur.

— Tu savais qu'on vient de diagnostiquer un cancer du sein à sa femme?

— Sa Claire? Non! Tu veux dire? Cette semaine?

— Non, juste avant que tu fasses paraître ta fameuse pub dans les journaux.

— Mais alors...? Pourquoi s'inscrire à ce voyage? À la façon dont il parle de sa femme, il semble qu'il en soit amoureux fou...

— Justement.

Tony haussa les épaules en guise d'incompréhension.

— Il a conclu une entente avec...

Isabelle leva son verre pour indiquer le ciel et raconta que Gaétan avait conclu une entente avec Dieu. Convertir des âmes en échange de la guérison de sa femme. Tony n'en revenait pas. Il venait de passer presque six semaines avec cet homme et jamais ce dernier ne lui avait soufflé mot de cette affaire. Il se sentit un peu honteux de l'avoir trouvé agaçant et de l'avoir même parfois ridiculisé. Isabelle l'observait, suivant ses pensées comme si elles s'inscrivaient clairement sur son front. Il bafouilla :

— Je... je ne savais pas... Pauvre homme. Ça doit être difficile...

— Très. Surtout qu'il n'a pas réussi à convertir une seule personne. Françoise est sa dernière chance.

— Il veut convertir Françoise! À quoi? Je veux dire, n'est-elle pas déjà catholique?

— Oui, mais d'après lui, un « rapprochement avec Dieu lui remettrait de la joie au cœur et susciterait chez elle un changement d'attitude face à la vie».

Tony eut la désagréable impression que cette réponse s'adressait autant à lui qu'à Françoise. Il ne demanda pas à Isabelle d'expliciter. Il vida son verre et, après avoir consulté sa compagne, commanda du poulet rôti pour dîner. Poulet qui s'avéra caoutchouteux et sans saveur. Il ne s'en plaignit pas sous peine d'être comparé à Françoise. Après qu'il eut payé et laissé un généreux pourboire, Isabelle proposa une visite à la boutique de souvenirs.

— Viens voir comme ces gens sont d'excellents artistes.

Tony éprouvait le vague sentiment que la jeune femme voulait lui faire la leçon. Il la suivit sur la passerelle qui menait à la boutique où s'étalait un assortiment de peintures, sculptures et fétiches de toutes sortes. Isabelle prit un masque de guerrier qu'elle tourna en tous sens afin de l'examiner dans ses moindres détails. Ce faisant, elle réfléchit tout haut.

— Je me demande si Jacquie a acheté d'autres sculptures. Avec tout le brouhaha que son premier achat a causé. Pauvre Karine!

— Tu es au courant pour Karine!

— Oui, Jacquie m'en a parlé.

—Ah? Pourtant, nous nous étions entendus pour garder cela entre nous deux.

Isabelle avoua que cette confidence avait échappé à Jacquie. Elles discutaient d'une foule de choses, entre autres, d'adoption. À cause de son orientation sexuelle, Jacquie craignait que le gouvernement béninois ne s'y oppose et…

Interdit, Tony coupa.

—Elle t'a aussi parlé de son orientation sexuelle?

—Oui, pourquoi pas?

Ne sachant que dire, il resta coi. Isabelle décrocha du mur une peinture illustrant la vie sur la lagune.

—Je prends celle-ci.

—Tu te fais un cadeau?

—C'est pour toi. En souvenir de notre randonnée.

Elle la lui remit, posa un baiser sur sa joue et roucoula sur un ton câlin :

—Nous avons passé du bon temps ensemble dernièrement, tu ne trouves pas?

Tony sentit une bouffée de joie l'envahir. Son cœur se mit à battre plus vite. C'était maintenant ou jamais.

—Isa…

—On peut à nouveau se faire confiance, n'est-ce pas?

Il fit signe que oui.

—Alors, arrête de me faire attendre et parle-moi de cette fameuse idée qu'apparemment je t'ai inspirée.

Son bonheur subit se dégonfla comme un ballon. Il ne put cacher sa déception.

—C'est donc pour savoir ça que tu as tenu à m'accompagner? Par curiosité?

—Pour ça. Et pour te demander si tu accepterais de venir vivre ici avec moi.

Tony faillit laisser tomber la peinture. Elle l'avait devancé! Incapable de répondre, il la prit par le bras et la tira vers la sortie où il fit signe à Luther qu'ils étaient prêts à repartir. L'adolescent les fit monter à bord, détacha la pirogue et la poussa au milieu du lac. Puisqu'une brise légère s'était mise à souffler, le jeune piroguier leva la grande voile rectangulaire qui se gonfla doucement de vent et la barque glissa sur les eaux tranquilles. Les cormorans et les éperviers volaient sans bruit tout haut dans le ciel pendant que Tony n'avait qu'une pensée en tête : comment convaincre Isabelle que c'était elle qui devrait venir vivre avec lui au Canada ?

58

Ouidah

— BIENVENUE AU MUSÉE D'HISTOIRE DE OUIDAH, Mesdames et Messieurs. Nos collections de grande importance historique et culturelle vous aideront à comprendre le passé de cette région, autrefois le centre de la traite des esclaves. Si vous voulez bien me suivre...

Le ton monotone du guide, habitué à déclamer sa récitation par cœur, ne cadrait pas avec l'état d'âme de Bertrand. Il laissa donc le groupe et se mit à déambuler seul dans les différentes salles d'exposition. Une puissante mélancolie s'était emparée de lui à la vue des scènes de rébellion, de suicide d'esclaves, de navires chargés de leur honteuse cargaison humaine et de labeurs forcés dans les champs de canne du Nouveau Monde. Il ne pouvait comprendre comment des êtres humains pouvaient se comporter avec tant de cruauté envers leurs semblables.

Il contemplait une gravure illustrant un groupe d'hommes et de femmes enchaînés les uns aux autres, lorsqu'il eut l'étrange impression de basculer dans le temps. Il fut aussitôt agressé par une multitude de sensations aberrantes. À commencer par une touffeur implacable qui s'abattit sur lui telle une chape de plomb. Suivie d'émanations infectes, d'odeurs repoussantes de corps suant, urinant et déféquant sans possibilité de s'éloigner pour conserver quelque dignité. Un goût amer de trahison le saisit à la gorge devant les blessures purulentes béant sous les lourdes chaînes rouillées qui pendaient aux poignets, aux chevilles et au cou des malheureux attirés dans des guets-apens par des frères africains pour les vendre à profit aux négriers. Un grésillement de friture crépita sous un fer rouge et une senteur âcre, écœurante, de chair brûlée s'éleva dans l'air, accompagnée de hurlements suraigus. Bertrand se plaqua les mains sur les oreilles. Un des visages féminins se métamorphosa soudain en celui d'Évelyne. Il vit les yeux de sa femme bien-aimée se remplir d'une terreur sans nom, crier et tendre la main vers lui, le suppliant de la tirer de là avant qu'elle ne disparaisse pour toujours, emportée sur un de ces bateaux maudits qui partaient pour l'Ouest inconnu. L'incapacité de la secourir fut pire que tout ce qu'il avait ressenti jusqu'à présent. Une douleur atroce le transperça et, haletant, Bertrand se laissa tomber sur une chaise.

Croyant à une crise cardiaque, il resta longtemps immobile à écouter son corps. Son cœur battait à un rythme fou, toutefois il ne détecta pas de mal révélateur à la poitrine ou de nausée symptomatique. Tête entre les genoux, il respira à grandes lampées. S'essuya le front avec son mouchoir. Et revint lentement à lui.

Il se leva et, tête baissée, quitta l'endroit, dépositaire de tant de souffrances. Lui qui avait opté pour la médecine dans le but de soulager la douleur, il ne pouvait endurer de poser son regard sur ces mémentos, rappelant l'infâme tragédie aux implications historiques incalculables, causée par des hommes dits civilisés.

Gaétan suivait Françoise. La journée précédente, il s'était assis près d'elle dans le minibus, à côté d'elle dans le bateau touriste, à sa table pour le dîner. Françoise, agacée, avait l'impression qu'il était déterminé à la talonner tout au long de la visite de Ouidah: que lui voulait-il? Il lui posait toutes sortes de questions bizarres comme: «Charchait-elle le bonheur? Que pensait-elle du vaudou? S'était-elle donné la peine de considérer une alternantive?» «Alternantive»? Françoise secoua la tête avec impatience se demandant si l'homme perdait la boule. «Une alternative à quoi?» Elle avait beau faire semblant de ne pas l'entendre, allant jusqu'à ignorer sa présence de façon assez grossière, Gaétan persistait à la tourmenter comme une grippe en hiver.

C'est justement en tentant de s'éloigner du bonhomme, en se fondant dans la foule des membres de la SurfAir mêlés à un groupe de jeunes voyageurs français, qu'elle se retrouva contre son gré devant le Temple des pythons. Site touristique soi-disant assez couru qu'elle avait planifié éviter comme la peste. Toutes bêtes rampantes l'horripilaient, que ce soit un vers de terre, une limace, une sangsue ou un mille-pattes. Tous ces corps mous, ondulants, lui donnaient la chair de poule. Les pires toutefois, ceux auxquels elle se refusait même de penser étaient les couleuvres et les serpents...

— *Nooonnn...*
La fillette criait, gigotait et se débattait avec l'énergie du désespoir. Peine perdue. L'ami de sa mère lui arracha sa petite culotte, malgré le fait qu'elle avait tenu sa promesse.

L'homme la prit alors à bras-le-corps la pressant contre lui avec force pour l'empêcher de lutter et la déposa sans ménagement dans le grand fauteuil à bascule rouge vin. Toujours le même. Il l'y attacha avec la corde à danser rose et bleue. La bâillonna avec un foulard noir. Puis, haletant comme le Labrador brun du voisin susurra:

—*Regarde ma belle couleuvre, petite Fran. Regarde, j'ai dit! Tu sais ce qui va arriver si tu fermes les yeux!*
Terrorisée, l'enfant fixa l'horrible chose qui lentement prenait vie.
L'homme se mit à rire. Un rire dément qui intensifia la panique de la fillette.
— *Ma couleuvre grossit. Bientôt, ce sera un gros serpent.*
Françoise criait à fendre l'âme, mais les sons s'étranglaient dans sa gorge sous la laine rêche du foulard et menaçaient de l'étouffer. L'homme se mit alors à la caresser là où sa mère lui avait dit de ne jamais permettre à personne de la toucher. Et il lui faisait mal. Si mal!
Et toujours les mêmes paroles.
— *Menu! Menu! Menu! Si tu savais comme j'aime ton beau petit corps menu, ma belle. On dirait un petit garçon. Ta mère est grosse. Trop grosse pour mon goût. Moi, j'aime les miniatures. Ne te laisse jamais devenir comme elle, ma belle petite Françoise. Jamais!*
Et alors le serpent…
— *Nooonnn…*

Et voilà qu'elle se trouvait dans cette enceinte, entourée d'un mur de ciment, percé d'un portail de grillage de fer, au-dessus duquel trônait l'image d'un python s'étirant d'aise!

Paralysée, Françoise entendit le guide déclarer que l'endroit était habité par des dizaines de pythons sacrés, puissants symboles de dieux vaudou. Il expliqua que la plus grande des cases servait de lieu d'invocations et de prières pour les maîtres du culte. Les deux plus petites étaient destinées aux cérémonies de purification et d'exorcisme des mauvais esprits. Il ajouta que les reptiles étaient libres de sortir la nuit pour se nourrir.

Françoise n'entendit pas que les pythons n'étaient pas venimeux, qu'à leur mort on les enterrait dans le cimetière des serpents ni que les touristes pour quelques CFA supplémentaires pouvaient se faire photographier avec une de ces bêtes. À la seule idée que ces reptiles pouvaient être mis en liberté, elle s'était sentie mal. Par conséquent, lorsque Daniel se présenta devant elle, tout sourire, un serpent lové autour du cou, elle faillit s'évanouir et dut s'accrocher à Gaétan qui, tout heureux de lui porter secours, l'entraîna vers la grande Basilique de Ouidah de l'autre côté de la rue.

Le soleil martelait la terre. Des nuages de chaleur aussi tangibles que les nappes de brouillard dans un paysage nord-ontarien flottaient dans l'air. La touffeur écrasante sapait énergie, désir et ambition. On aurait dit que cette hausse de température avait ralenti la rotation de la planète. Personne toutefois n'osait se plaindre. S'apitoyer sur son sort ici aurait été sacrilège.

Dépliant-guide en main, les participants de la SurfAir retraçaient vaillamment la Route des esclaves, sentier original qu'empruntaient les prisonniers. Quatre kilomètres de terre rouge, bordés de broussailles et de palmiers, balisés de statues et plaques explicatives. À la Place des enchères, Dorys, Roselle et Jacquie admirèrent l'esclave de ciment, grandeur nature, debout sur son socle de pierre. Dorys jeta un coup d'œil sur le prospectus et s'exclama dans un souffle incrédule :

— Un seul miroir pouvait acheter jusqu'à cinquante esclaves.

Puis, les visiteuses se dirigèrent vers l'Arbre de l'oubli, endroit marqué par une sirène grandiose, trompette à la bouche. Dorys continua sa lecture.

— Les Africains étaient parqués comme du bétail et devaient attendre parfois des semaines, sous le soleil et la pluie, les pirogues qui les amèneraient aux bateaux en partance pour le Nouveau Monde. Ou bien, on les enfermait dans de petites cases hermétiques pendant trois à quatre mois, dans l'obscurité totale. Ceux qui ne survivaient pas étaient jetés dans une fosse commune.

Accablée, Dorys s'exclama :

— C'est horrible tout ce qu'ont enduré ces pauvres gens!

Roselle s'essuya le cou et le front encore une fois.

— La chaleur à elle seule est assez pour en mourir.

Jacquie prit une longue gorgée de sa bouteille d'eau.

— Et la soif! N'oublions pas la soif!

— Arrêtons-nous quelques minutes.

— Bonne idée. J'ai tellement hâte de rentrer chez moi. J'en ai assez de toute cette canicule, ces moustiques, cette cruauté et ces souffrances.

— Et les tomates. N'oublie pas les tomates.

Cette tentative d'humour de la part de Jacquie ne suscita que de pâles sourires.

Les femmes s'assirent quelques instants sur un banc de pierre, respirant par à-coups sous la chaleur et la tristesse écrasantes des lieux. Ce fut Jacquie qui les encouragea.

— Allons. Il ne reste qu'une étape. La dernière. La Porte du Non-Retour.

Les femmes arrivaient sur la plage de Ouidah, une longue berge déserte, excepté pour l'impressionnant monument, érigé par l'UNESCO, lorsque le coup de feu retentit. Aussi inattendu qu'un claquement assourdissant de tonnerre dans un ciel sans nuage. Et c'est en face de ce portail massif, marquant la dernière étape des souffrances que subissaient les prisonniers, sur cette plage où certains, pour ne pas laisser leur terre natale, choisissaient le suicide en mangeant du sable ou en s'ouvrant les veines avec leurs chaînes, que Dorys roula dans la poussière entre ses deux amies ébahies.

59

Le retour

QUELLE DIFFÉRENCE ENTRE L'ALLER ET LE RETOUR! Physiquement, cette fois, il y avait davantage de place dans l'avion. Psychologiquement, il y en avait moins, l'esprit de chacun débordant de sentiments, de pensées et de projets d'avenir. En plus d'être rongé d'une ardente curiosité.

Quelle était cette fameuse proposition surprise promise par Tony? Un remboursement des frais de voyage à cause de la turbulence survenue au cours du séjour? Karinette agressée. Le mari de Dorys, kidnappé. Quoiqu'on ne s'arrêtât pas à ce méfait; tous s'accordaient pour dire que l'homme méritait ses malheurs. Ce qu'on déplorait, c'est que les ravisseurs l'aient relâché. Autrement, l'attentat contre sa femme n'aurait pas eu lieu. La pauvre Dorys, atteinte au mollet droit, avait dû monter à bord en fauteuil roulant.

— Mesdames et messieurs, veuillez boucler vos ceintures…

Bien installé dans son siège, Aimé riait sous cape. Les reproches caustiques de Tony relativement à son départ prématuré de Bacouany ne lui avaient fait ni chaud ni froid. Dès qu'il avait appris l'enlèvement de Laurent et les circonstances entourant le rapt, il avait compris que les Peuls s'étaient trompés et qu'il l'avait échappé belle. Quand il évoquait la déconvenue de celle qu'il avait nommée «la Castafiore», il se réjouissait de plus belle.

Son sourire s'accentua alors que l'image d'un Clovis, frappé de stupeur, se présenta à lui. Et pour la énième fois, il souhaita avoir pu être une mouche sur le mur de la demeure du Béninois pour voir sa réaction devant la mise en scène soigneusement élaborée.

Après que Laurent et Françoise se furent éloignés, Aimé avait poursuivi son chemin dans la forêt, ne s'arrêtant que pour enterrer la patte tant détestée au pied d'un grand manguier. Il avait ensuite louvoyé prudemment entre les maisons de Koudura, tous sens en état d'alerte au cas où quelques fêtards y soient revenus avant la fin des célébrations. Il avait réussi à se faufiler jusque chez Clovis sans être repéré. L'accès à l'intérieur avait été un jeu d'enfant, l'habitude locale voulant que les portes des habitations n'aient pas de serrure.

Il s'était alors dépêché de sortir de sa poche les objets qu'il avait apportés et s'était mis à l'œuvre. Il avait commencé par écrire le message destiné à Clovis en grandes lettres sur la feuille arrachée au bloc-notes. Avec la pointe de son canif, il y avait ensuite piqué un trou. Au moyen de la tige de métal, il avait fixé la note au cran central de la ceinture écourtée. Pour finir, il avait attrapé le petit léopard par la peau du cou, l'avait tiré de la poche de jute où il se débattait en miaulant et lui avait attaché la ceinture au cou. Puis, faute de lit, il avait laissé l'animal sur la paillasse, dans la chambre à coucher de Clovis, fermé la porte et s'était éclipsé dans la nuit.

Aimé ne put s'en empêcher; il éclata d'un grand rire. «Ha! Ha! Trou de pet!» Il s'imaginait le pauvre Clovis découvrant le jeune félin tacheté, portant son message:

LA REVANCHE DES ESPRITS. Il le voyait courir jusqu'à l'Auberge pour vérifier si la patte était toujours sous son lit et, ne la trouvant pas, se croyait devant quelque prodigieuse manifestation vaudou. «Ha! Ha! La bonne farce!»

Jacquie assise de l'autre côté de l'allée releva la tête en entendant s'esclaffer l'homme au bras volant. (Les participants de la SurfAir avaient fini par imiter les Africains dans cette appellation.) Et elle sourit aussi. Après s'être remis des vives émotions de la journée précédente, tous les voyageurs jubilaient. Ils retournaient chez eux!

Le fameux bras toutefois restait immobile. Indulgente, Jacquie se dit que Gaétan avait probablement bien deviné. La Tourette n'avait été qu'une excuse de la part d'Aimé pour caresser furtivement les femmes sans représailles. Et la guérison miracle, une explication ingénieuse pour s'en sortir.

«Et alors?» raisonna-t-elle. Personne ne semblait en avoir trop souffert. Il y avait pire dans la vie que cette minable ruse. Comme ce qu'on avait fait subir à la petite Delphine. Comme ce qu'on lui avait fait endurer, elle, dans sa jeunesse. Bien que, comparées au supplice de la fillette, ses propres misères lui paraissaient maintenant presque anodines. Oui, elle avait souffert de la faim. Oui, elle avait été humiliée. Cependant, elle n'avait pas été martyrisée.

Sous l'effet de cette prise de conscience soudaine, le cœur de Jacquie doubla dans sa poitrine. Et elle sentit l'amertume oppressante de ses mauvais souvenirs voler en éclats comme la glace lors de la débâcle printanière. Ainsi libéré, son cœur se remit à battre à sa juste mesure. Après toutes ces années! Le souffle coupé, elle savoura avec délice ce moment d'émancipation.

La jeune femme se félicita de s'être inscrite à ce voyage. Pour elle, la publicité de Tony s'était avérée juste. Elle trouvait de plus en plus facile de gérer de façon salutaire la faim qui la tourmentait depuis son enfance. Il lui arrivait même souvent, maintenant, de s'arrêter tout de go et de réaliser avec ébahissement qu'elle n'avait pas pensé à manger depuis un bon bout de temps.

Au cours de leurs maintes discussions, Bertrand avait fini par la convaincre que la bouffe excessive recelait une faim autre que celle du corps et que l'être humain avait besoin de dépassement. Jacquie portait donc sa victoire au compte de Delphine. Certes, elle ne croyait pas que tous ses problèmes d'obésité étaient résolus; néanmoins, elle était déterminée à continuer dans la bonne voie. Il était dorénavant impératif pour elle d'être en bonne santé. Pour sa petite protégée.

Puis, Jacquie songea à Marie-Ève : que dirait sa conjointe de ce projet d'adoption? Serait-elle vexée du fait que le seul objet d'art qu'elle rapporte soit la fameuse panthère perdue et retrouvée? Lui en voudrait-elle d'avoir utilisé toutes les économies destinées à l'acquisition d'antiquités à défrayer les coûts d'hospitalisation ainsi que les frais de ce qui ne pouvait être qualifié autrement que « l'achat » de la fillette?

Jacquie était impatiente de revenir chercher Delphine. Elle avait décidé que, dès son retour au pays, elle s'enquerrait au sujet des lois canadiennes et béninoises pertinentes et s'emploierait dorénavant à ce but jusqu'à ce que l'enfant soit dans ses bras. Et ce, quoi qu'en dise sa Marie!

Chandail sur les genoux, mains sous le chandail, Karinette égrenait les deux cordelettes de clochettes fêlées, comme sa mère le faisait avec son chapelet. Elle planifiait s'en faire un beau collier souvenir.

La jeune fille aurait bien aimé discuter de ce projet avec Daniel assis dans les sièges jouxtant les siens, mais inutile d'y penser, il ne comprendrait pas. Elle fut subitement secouée de tremblements et se cramponna de plus belle aux cordelettes. Les cris de sa mère résonnaient à ses oreilles. « Jésus, Marie, Joseph, 'Rinette! Tes parties privées!» Les larmes lui montèrent aux yeux. Personne ne pouvait savoir ce que c'était que de vivre avec une folle. Et elle serra encore plus fort les petites cloches de métal qui s'enfonçaient déjà douloureusement dans ses paumes.

La jeune fille s'en voulait d'avoir insisté pour vivre en Afrique après le mariage. Elle s'était rendu compte trop tard que son entêtement contrevenait aux projets d'avenir du beau Béninois. À bien réfléchir, celle-ci avait conclu que c'était sa faute à elle si Soulé l'avait presque violée. Avec Daniel, ce serait différent, car elle s'était promis de faire tout son possible pour ne pas lui déplaire.

Daniel observait Karinette à la dérobée. Elle semblait très nerveuse. La jeune fille s'était accrochée à lui ces derniers temps. Il en avait été flatté, bien qu'il refusât d'être inclus dans ses plans d'avenir. Il s'était si souvent mordu les doigts de ne pas avoir suivi les conseils de sa mère pour ce qui était de Françoise; on ne le reprendrait pas de sitôt!

Daniel se sentait beaucoup mieux dans sa peau: moins lourd, plus énergique, plus confiant et surtout, libre! Délivré de la farce tragique qu'était son mariage. Il avait toujours peine à croire qu'il avait eu le courage de rompre avec sa femme. Tout comme il avait de la difficulté à se faire à l'idée que les gens de Bacouany l'avaient pris en admiration, lui qui avait constamment fait l'objet de moqueries! Son nouveau titre de «môssieur Dan» compensait tous les sobriquets dégradants dont on l'avait affublé.

Il baignait encore dans l'atmosphère euphorique du départ. Tous les villageois étaient venus lui serrer la main. On l'avait remercié à profusion pour son dévouement auprès des jeunes. On lui avait répété maintes fois comme son travail et son leadership à Koudura avaient été appréciés. Tous les participants de la SurfAir s'étaient réjouis pour lui, affirmant qu'il avait bien mérité ces attentions. Calixte Dasbogun l'avait même pris à part pour lui dire que, si jamais il revenait à Bacouany, il verrait à lui trouver une place au sein de son personnel à titre d'entraîneur en éducation physique!

Daniel avait décidé de devenir entraîneur *attitré* de soccer. Des recherches sur le web au cybercafé de Bacouany avaient révélé que l'Association canadienne de soccer offrait un programme national de certification des entraîneurs. Il avait résolu de s'y inscrire immédiatement après avoir entamé les procédures légales de divorce. Il laisserait tomber celle qu'il qualifiait de «misérable vipère» de la même façon qu'il avait laissé choir le serpent lové autour de son cou au Temple des pythons. Tout ça après avoir rendu visite à sa mère pour partager avec elle les bonnes nouvelles et déguster une succulente tarte au sucre avec un verre de lait froid. Seulement à y songer, l'eau lui venait à la bouche. Délice suivi de l'amère pensée que, désormais, il ne pourrait plus se permettre ce plaisir gastronomique. Son visage se renfrogna.

«Bof!» fit-il. Sa disposition affable reprit vite le dessus et sa bouche se redressa en position bonheur. Il avait décidé que, s'il regagnait trop de poids, il communiquerait avec Harvey et s'impliquerait dans un autre projet de Mission Maisons.

Dorys sommeillait sous l'effet d'une combinaison d'analgésiques et de somnifères prescrits pour l'envolée.

Reposant confortablement dans un siège reconverti pour supporter sa jambe blessée, elle errait entre le rêve et la réalité. La rage au cœur, fusil en main, embusqué derrière un buisson, Laurent la visait. Le coup partait et son mollet flambait de douleur. Un groupe de touristes américains occupés à jouer une partie de volley-ball sur la plage sautaient sur son ex-conjoint et l'enroulaient comme un saucisson dans le filet. Les policers arrivaient sur les lieux et arrêtaient Laurent entouré d'un harem, une belle Noire de petites proportions accrochée à son bras. Le visage de la femme fondait sous la chaleur brûlante du soleil pour se transformer en celui de Françoise et un juge béninois condamnait Laurent à l'épouser.

Dorys s'agita et la douleur la tira de ses hallucinations. Cœur battant, moite de sueurs, elle remercia le ciel pour la centième fois que la balle n'ait qu'effleuré le muscle; sinon elle aurait manqué son vol de retour. Laurent avait bel et bien été arrêté et incarcéré. Il avait été question de lois internationales, d'extradition et plusieurs autres légalités difficiles à comprendre pour une profane en la matière. Tout ce qui comptait, quant à la blessée, était le fait que son ex-conjoint soit sous les verrous. Et ce, pour longtemps, compte tenu des mille et une formalités à remplir avant qu'il ne soit relâché.

Soulagée, Dorys tourna ses pensées vers Brian : que lui réservait l'avenir avec ce gentil Américain? L'architecte avait promis de venir la visiter dès son retour aux États-Unis. Cette éventualité rendait sa chirurgie imminente moins difficile à affronter.

Une Safi floue se présenta à son esprit nébuleux : lui avait-elle déjà passé une commande de tissus et de bijoux? Ou devait-elle le faire? Dorys exhala profondément puis retomba dans sa somnolence. Elle se retrouva au bord de la rivière Ouémé où les formidables hippopotames, mufle affleurant la surface de l'eau, soufflaient des bulles chantantes. Baignant dans le bonheur artificiel des médicaments, elle se mit à fredonner pour les accompagner. «Y'en a qui bouffent tout le temps, moi j'aide. D'autres vivent en jeûnant, moi j'aide.»

Le doux murmure attira l'attention de Roselle qui s'absorbait dans la contemplation d'une photo de Paulo et Justine: son amie l'avait échappé belle. Elle aussi! Jacquie également. De toute évidence, Laurent n'était pas bon tireur. Heureusement, car il aurait pu les tuer toutes les trois! Chaque fois que la voyageuse s'adonnait à cette pensée, elle frissonnait d'horreur. Elle aurait pu ne jamais revoir les siens!

Ce qui la ramena à la photo.

Roselle se souvenait de cette séance chez le photographe comme si c'était hier. L'homme avait fait asseoir Paulo dans un fauteuil bas et avait placé Justine debout derrière lui, ses petits bras entourant le cou de son père. Espiègle, la fillette regardait ce papa qu'elle aimait de toutes les forces de ses cinq ans avec une expression d'adoration.

Elle eut un pincement au cœur. Paulo, malgré son sourire, avait le regard triste. Il avait tellement souhaité qu'elle soit de la partie. L'avait même suppliée. «Qu'est-ce qu'une photo de famille sans la mère?» avait-il opiné. Roselle avait refusé. Elle refusait toujours d'être photographiée. Ne pouvant s'y soustraire pour l'obtention de son passeport, elle s'y était soumise de mauvais gré, remerciant le ciel que la loi n'exigeât qu'un cliché du visage. Maintenant, elle se demandait ce qu'elle ferait la prochaine fois que Paulo insisterait sur un portrait de famille agrandie…

La jeune femme ne pouvait se défaire de l'effet troublant de sa visite chez la voyante. Le regard hypnotique de la vieillarde la hantait. Elle pouvait encore sentir les paumes chaudes et moites lui palper le ventre. Entendre la mélopée obsédante et surtout, la voix imposante, solennelle qui l'avait stoppée net alors qu'elle reculait à petits pas : *un garçon.* Roselle avait de la difficulté à croire que l'on puisse prédire une telle chose. D'un autre côté, comment ne pas y porter foi quand la voyante avait deviné son état avant qu'elle-même ne soupçonne une grossesse?

Elle avait hâte d'annoncer cette bonne nouvelle à Paulo. Quant à lui confier qu'il s'agissait d'un garçon... Comment lui faire comprendre l'atmosphère mystique, obscure de la hutte avec ses fétiches multiples et son odeur de fumée. Elle craignait qu'il ne la croie pas et se demandait comment il réagirait si par la suite, elle donnait naissance à une fille.

Roselle ne pouvait attendre de revoir son mari. Sentir ses bras forts l'entourer de son amour. Et sa petite Justine donc! Elle avait peine à croire qu'elle avait souvent pensé en finir. Lorsqu'elle songeait aux gens de Bacouany et à leur soif de vivre malgré leur misère et leur pauvreté, elle avait honte d'avoir eu de telles intentions. Elle était déterminée à voir le bon côté des choses dorénavant. Déterminée à croire Paulo qui affirmait l'aimer comme elle était. Voilà, déduisait-elle ce que l'Afrique lui avait donné : une nouvelle perspective sur sa vie. En plus d'un corps un peu moins arrondi.

Ce corps qui avait résisté à tous ses efforts pour le contrôler...

Malgré ses bonnes intentions, Roselle savait que le découragement reviendrait la harceler. L'obésité l'avait enclin au négativisme. Un effet secondaire dont on parlait peu lors de thérapies d'amaigrissement. Elle se rendait à l'évidence que ce n'était pas un voyage de six semaines qui « changerait sa psyché » (expression de Dorys).

Elle résolut de puiser dans ses souvenirs de Bacouany pour s'extirper des moments noirs. Et lorsque les doutes viendraient l'assaillir, elle se dit qu'elle se concentrerait sur ceux qu'elle aimait, sur ce fils qu'elle portait. À cette pensée, elle s'arrêta net : un fils ? Avait-elle bien évoqué un *fils* ? Oui ! Et sans savoir ni d'où ni comment, cette pensée se mua en une conviction profonde. Une certitude aussi incontestable que le résultat explicite d'une échographie. Paulo aurait son petit Stéphane, ce garçon auquel il rêvait depuis si longtemps.

Françoise fulminait : la SurfAir les avait induits en erreur. Et elle était déterminée à le crier sur tous les toits. Quoi qu'en dise monsieur Tony ! Le gars avait eu le culot de lui suggérer de modérer ses commentaires alors qu'il avait jeté un coup d'œil furtif sur son journal de bord. (Journal qu'elle avait dû recommencer après l'épisode de la chèvre mangeuse de papier.) S'il croyait se payer sa tête en mettant son rapport à la poubelle, elle avait des nouvelles pour lui ! Ce voyage de fous avait fini par une tentative de meurtre. De meurtre ! Et Dorys affirmait ne pouvoir « mettre le blââme sur la SurfAir », clamant de son français extravagant que son ex-conjoint était un obsédé qui la poursuivait depuis qu'elle avait rompu avec lui et que l'attentat aurait pu tout aussi bien se produire au Canada. Voilà comment ce groupe d'illuminés raisonnait ! Si Tony croyait les acheter avec un lamentable, petit semblant de projet, il se trompait. Les autres se laisseraient peut-être avoir, mais pas elle, Françoise Perron. Perron ! Pas étonnant qu'elle se soit fait marcher dessus. Elle reprendrait son nom de famille après le divorce. Samson. Voilà un patronyme qui en imposait !

Françoise avait minutieusement noté tous les inconvénients, problèmes et lacunes du voyage, se proposant ainsi d'épargner ce qu'elle qualifiait «d'horrible expérience» à d'autres. Elle se promettait que ce ne serait pas Tony, «ce petit blanc bec qui couchait avec la belle Isabelle au su de tout le monde» qui lui dicterait sa conduite. La participante était déterminée à remettre son journal de bord en mains propres à un journaliste dès son arrivée.

Selon elle, Gaétan était le seul à lui avoir démontré un peu sympathie. Il l'avait sauvée deux fois: dans la jungle et au Temple des pythons. Voilà pourquoi Françoise s'était presque laissé prendre par sa bonhomie jusqu'à ce que ce dernier dévoile ses vraies intentions à la Basilique de Ouidah. «Me convertir! Franchement!» s'exclama-t-elle, indignée. «Pourquoi, est-ce que j'attire toujours des malades?»

Et, sans avertissement, elle éclata en sanglots.

— *Nooonnn...*

— *C'était un malade. Un pédophile. Tu n'es pas responsable, Françoise; tu n'avais que six ans lors de la première agression.*

Elle leva les yeux sur la psychologue. Celle-ci poursuivit.

— *C'est lui le coupable. Pas toi. Il est en prison maintenant. Pour longtemps. Tu n'as plus à t'inquiéter...*

Calé dans son siège, Gaétan pleurait lui aussi. Ses larges épaules tressautaient et les larmes ruisselaient sur ses joues rubicondes. De tous les participants, nul n'était plus jubilant que lui. Il avait réussi à joindre Claire au téléphone la veille et avait appris que sa femme avait été victime d'un diagnostic erroné. Elle avait reçu cette nouvelle extraordinaire la journée même. «Ma Claire n'a pas de cancer!» n'arrêtait-il pas de se répéter pour s'en convaincre.

Chaque fois que cette pensée lui revenait à l'esprit, Gaétan ne pouvait s'empêcher de se remettre à pleurer de joie. Il fouilla dans sa poche de chemise à la recherche d'un mouchoir. N'en trouvant pas, il se contenta de renifler bruyamment. Puis, fronçant les sourcils, il se mit à se palper le torse à deux mains. Intrigué, il déboucla sa ceinture et se leva pour chercher dans ses poches de pantalon. Rien. Incrédule, abasourdi, il s'exclama : « Ça parle au tabarnouche ! »

Ses cloches avaient disparu !

L'homme se rassit et, coudes sur les genoux, il se prit la tête à deux mains. Il lui fallait réfléchir. Trop d'événements inexplicables s'étaient produits dernièrement, le pire, selon lui, étant qu'il se sentait dangereusement enclin à tout mettre sur le compte du vaudou ! Gaétan constatait avec regret qu'il n'avait pas converti une seule personne dans les six semaines que Dieu lui avait accordées. Par contre, s'étonnait-il, sa Claire était guérie. Et puis, non. Pas guérie. Puisqu'elle n'avait jamais eu le cancer. « Confusant en simonac ! » maugréa-t-il.

Gaétan avait vu dans le cadeau de Charles Sanglo une espèce de clairvoyance de la part du Béninois. Il lui semblait que l'homme avait fouillé dans son âme et deviné que sa foi se fêlait. « Pis, tiens ! Les cloches ont pris la pourde d'escarpette. Pis ma Claire a pas de cancer ! Pas créyable, tabarouette ! » s'exclama-t-il. Il irait définitivement rendre visite au père Lurand dès son retour.

Bras levé, agitant un paquet de feuilles, Tony demanda l'attention de tous.

— Mesdames et messieurs, je vous invite à lire ceci. Il s'agit d'une proposition qui, j'en suis certain, saura vous intéresser.

Puis avec l'expression du chat qui a attrapé la souris, il en fit la distribution.

Au fur et à mesure que l'on prenait connaissance de l'information, l'étonnement et l'effervescence s'emparaient des participants. Tony ne s'y arrêta pas, se contentant de hausser la voix au-dessus du chahut.

— Comme vous l'avez constaté, il s'agit d'une entente...

Immédiatement, des mains se levèrent et les questions fusèrent. Tony enjoignit aux voyageurs de le laisser donner ses explications. Il répondrait ensuite aux interrogations.

— Je disais, donc, qu'il s'agit d'une entente. Un accord entre vous et la SurfAir. Pour ce qui est de votre part, il s'agit de donner suite à ce que vous avez si bien commencé au Bénin. Bref, vous persévérez dans vos efforts à prendre soin de votre santé. Autrement dit, vous continuez à perdre du poids. Le formulaire, ci-inclus, sera garant de votre engagement. Vous y inscrivez votre poids actuel ainsi que votre poids idéal, c'est-à-dire le poids que vous souhaitez atteindre dans un an. Nécessairement, ces chiffres devront être approuvés par votre médecin de famille.

Les visages, tous fixés sur Tony, exprimaient tour à tour perplexité, doute et enthousiasme. Emporté, celui-ci poursuivit.

— Pour ce qui est de la SurfAir, une compagnie progressiste et philanthropique, elle veut continuer à offrir son soutien à l'organisme Mission Maisons et poursuivre la lutte contre la pandémie qu'est devenue l'obésité.

Tony ralentit son débit à dessein afin de bien souligner la part de l'entente de la compagnie.

— Par conséquent, la SurfAir s'engage à remettre, à titre de prime d'encouragement, à tous ceux et celles qui réussiront à atteindre leur objectif dans le temps limite accordé, un billet aller-retour gratuit, Toronto-Cotonou, pour une période de cinq jours. Vous aurez alors la chance de revoir vos amis et constater de visu le résultat de vos efforts à Koudura.

Il se tut un moment pour laisser ses paroles faire effet. Puis, il s'empressa d'ajouter :

— Vous avez un mois pour y penser. Si la proposition vous intéresse, signez le formulaire, faites-le contresigner par votre médecin et retournez-le-moi. C'est aussi simple que ça, mesdames et messieurs.

Tony reprit son siège et remercia mentalement Isabelle encore une fois pour son commentaire qui lui avait mis la puce à l'oreille. Quant à lui, l'entente était une proposition gagnante pour tous. Car, non seulement était-elle avantageuse pour ses clients, mais tout aussi profitable pour la SurfAir et surtout... pour lui. Depuis que cette idée lui était venue, il était même reconnaissant envers Morris de l'avoir obligé à accompagner le groupe. Il serait définitivement de la partie lors du prochain voyage. Et alors, il saurait bien convaincre la belle Isabelle de revenir au pays...

Bertrand, qui avait prêté l'oreille quand Tony avait demandé l'attention, avait réalisé que ces propos ne le concernaient pas et s'était replongé dans ses pensées. Son malaise au Musée de Ouidah le tracassait : avait-il subi un léger infarctus ?

« Mon Bartrand, une fois qu'on a pris une décision, l'univers s'adapte à la voie choisie. » Le médecin fronça les sourcils : son père était un homme sage. Pouvait-il en dire autant de lui-même ? Sa décision de revenir vivre en Afrique avait-elle été prise un peu trop vite ? D'autre part, avait-il réellement eu le choix ? Il ne pouvait oublier les paroles du vieux prêtre aveugle, rencontré au temple : « Le Bénin est un pays enjôleur. Tout est déjà décidé pour vous. » L'Afrique. Continent noir. Berceau du vaudou. Se pouvait-il que l'aveugle ait compris sa destinée avant lui ?

Il fut tiré de ses rêveries par l'agent de bord.

— Journaux, monsieur? Revues?

Fervent d'actualités et heureux de pouvoir se changer les idées, Bertrand en choisit plusieurs. Quel plaisir que de prendre connaissance de ce qui s'était passé au pays pendant son absence. Son habitude de savourer un café après le petit-déjeuner tout en lisant ses journaux lui avait manqué. Il aimait le bruit sec et croustillant des grandes feuilles de papier qu'il ouvrait toujours avec anticipation. Il commençait invariablement par les articles concernant la politique pour aller ensuite à la chronique des sciences.

Il s'absorba longuement dans sa lecture. Puis, le cœur lourd, il replia *Le Droit*. Six semaines! Il avait été absent six petites semaines et pendant ce court laps de temps, la question de l'obésité avait fait les manchettes maintes fois.

L'Association médicale de l'Ontario avait demandé aux chaînes de restaurants et cafétérias scolaires d'afficher la teneur en calories des aliments à leur menu. Des chercheurs américains avaient découvert l'existence du «gras brun» Gras qui, selon eux, était bénéfique. On croyait que, lorsque activé, il brûlait les calories ainsi que le mauvais gras à un rythme accéléré. Un grand titre dans le *Globe and Mail* clamait: *US Airlines to Charge Obese Fliers for Two Seats*. Selon cette nouvelle politique, les voyageurs qui ne pourraient abaisser les appuis-bras ni attacher une ceinture de sécurité pourvue d'une rallonge devraient défrayer le coût de deux sièges. Cela avait soulevé tout un tollé...

Le dernier article l'avait frappé en plein cœur. Un autre groupe de chercheurs, toujours des américains, venait carrément contredire ses convictions. Selon eux, même une excellente génétique, une alimentation saine et beaucoup d'activité physique n'étaient pas nécessairement une formule infaillible contre l'obésité. Ils avaient découvert certaines bactéries dans les microorganismes des intestins des gens obèses qui pouvaient jouer un rôle dans le développement de l'embonpoint.

Bertrand savait bien que les résultats de recherches pouvaient être interprétés de multiples façons, cependant...

Il replia lentement le journal, le déposa sur la tablette devant lui et tourna les yeux vers le hublot. Tout ce qu'il vit fut une vaste mer d'obscurité. Un vide tout aussi sombre abritait un des recoins de son âme clos hermétiquement depuis longtemps. Il murmura pour lui-même : c'est toi qui avais raison Evelyne. Je te demande pardon.

Il fouilla dans sa veste et sortit son portefeuille. Il fit de la lumière au-dessus de son fauteuil. Mains tremblantes, il réussit avec beaucoup de difficulté à extirper une photo vieille de trente-deux ans de la pochette secrète. Les yeux mouillés de larmes, il contempla la jeune fille accoudée sur la voiture familiale. Elle portait un survêtement gris, sans forme. Ses cheveux courts, bouclés, d'un blond cendré, encadraient un visage anxieux. Des yeux pers, imprégnés d'une profonde tristesse, reflétaient son manque d'assurance. Joanne avait dix-huit ans. La photo avait été prise l'année précédant sa fuite.

Rongé de remords, Bertrand traça lentement le contour du corps obèse de sa fille. «Pourquoi, avait-il été si incompréhensif, si inflexible?» se reprocha-t-il. Il relut la phrase que sa fille avait écrite au bas de la photo avant de la laisser sur son bureau et disparaître de sa vie : pourquoi ne peux-tu m'accepter comme je suis, papa?

Dès l'atterrissage à Toronto, il prendrait un vol en destination de Victoria. Il avait mille excuses à faire, tant d'années à rattraper et si peu de temps pour le faire.

60

Un an plus tard

Encore une fois, madame Bérubé devait se rendre seule au bureau de poste. Depuis son retour d'Afrique, Karinette refusait de l'accompagner où que ce soit. Tout en marchant, la vieille dame marmottait entre ses dents, maudissant ce continent qu'elle savait peuplé de pervers et de dégénérés. Elle ne pouvait supporter le fait que sa Karinette en soit revenue impertinente, volontaire et souvent malicieuse. Il lui arrivait même de dédaigner les bons desserts dont elle raffolait avant son voyage. Et pour comble, sa 'tite fille parlait de quitter la maison pour aller cohabiter avec Sylvain, ce jeune homme qui tentait depuis longtemps de l'attirer dans son lit !

Madame Bérubé faisait donc tous les efforts possibles pour ramener son enfant dans le droit chemin avant qu'il ne soit trop tard. C'est pourquoi, lorsqu'elle vit que l'enveloppe postale remise par la préposée provenait de la SurfAir, elle ne l'ouvrit même pas. Elle la déchira et la déposa dans la grosse poubelle publique sur la route de retour.

Paulo donna immédiatement l'invitation à Roselle. Il l'encouragea à remplir et signer le formulaire témoignant du fait qu'elle avait répondu aux exigences de son engagement avec la compagnie aérienne. Selon lui, elle méritait mille fois ce billet aller-retour durement gagné. Roselle avait pris très peu de poids durant sa grossesse. Appréhensive, quant aux effets de la savarine, bien que le médecin l'eût rassurée à maintes reprises, elle s'en était tenue à une alimentation exclusivement santé. Même que, ayant constaté avec beaucoup d'angoisse que Justine démontrait de plus en plus une tendance à l'embonpoint et que Paulo commençait à «faire du ventre», elle avait soumis toute la famille à ce régime.

Après la naissance de son petit Stéphane, toujours déterminée à atteindre et garder un poids respectable, elle s'était réservé inconditionnellement une heure chaque soir, après le coucher des enfants, pour faire du jogging. De sorte qu'elle avait perdu, non seulement le poids inscrit sur le formulaire, mais l'avait excédé de 2.1 kilos!

Donc, lorsqu'elle informa Paulo de son intention de ne pas retourner au Bénin, il en fut troublé, croyant que sa Roselle retombait dans la mélancolie. Devant l'expression chagrine de son mari, celle-ci sourit, repoussa de la main la frange bouffante qui surplombait ses grands yeux violets, et annonça:

— Je suis enceinte, Paulo. C'est pourquoi je préfère ne pas voyager en ce moment.

Puis, elle se renfrogna et ajouta avec une pointe d'inquiétude:

— Il y a un problème cependant…

Paulo dont le torse venait de se gonfler de joie pâlit visiblement et attendit en retenant son souffle. Espiègle, Roselle poursuivit:

— C'est que… je ne peux pas te dire… le sexe de l'enfant, cette fois-ci…

Ce dernier prit alors sa femme dans ses bras avec fougue.

—Un autre! Aie! J'suis content sans bon sens! Un autre bébé!

Le visage écrasé contre la solide poitrine, Roselle réussit à bafouiller:

—Pour ce qui est du Bénin, mon amour, peut-être pourrons-nous nous y rendre en famille un jour?

Jacquie lut la lettre de la SurfAir avec soulagement. Un voyage pour lequel elle n'aurait pas à débourser était certainement de bonnes nouvelles. Son compte en banque était presque vide. Depuis son retour de Bacouany, elle était retournée deux fois au Bénin. Les efforts et les dépenses pour adopter et ramener Delphine au Canada ne se comptaient plus.

La jeune femme remplit le formulaire sur-le-champ. Puis, afin de le faire contresigner, appela son médecin pour prendre rendez-vous… dans cinq semaines. Elle n'était pas encore parvenue à s'acquitter de sa part de l'entente. Il lui restait quelques petits kilos à perdre. Par contre, le voyage n'avait lieu que dans six semaines. «J'y arriverai», se promit-elle. «Même s'il me faut ne manger que des tomates!»

Elle composa un courriel à Tony lui demandant si, dans l'éventualité où les démarches seraient *finalement* acceptées, il serait possible de ramener Delphine sur le vol de retour de la SurfAir. Pour faire bonne mesure, elle suggéra qu'il s'agirait là d'une excellente publicité pour la compagnie aérienne. Elle fit lire la note à Marie-Ève avant de presser la touche d'envoi. Celle-ci caressa la nuque de sa copine avec amour.

—Une petite fille pour nous deux! Quel bonheur! Je suis certaine que nous serons de très bonnes mamans, ma belle Jacquie.

— Deux lettres pour toi, Dan. Je les ai mises sur le bureau, dans ta chambre.

Daniel remercia sa mère et monta à l'étage. Il était en nage après sa partie de hockey. Il se dit qu'il prendrait une douche avant de lire la correspondance.

— Une vient de ton avocat et l'autre de la SurfAir.

Daniel s'arrêta pile. Vérifia sa montre. Oui, il y avait presque un an qu'il avait rempli le formulaire remis par Tony. La SurfAir tenait sa part de l'engagement. Comme lui, d'ailleurs. Il avait perdu trente-six kilos et en était extrêmement fier. De plus, il était maintenant entraîneur certifié par l'Association canadienne de soccer. Malheureusement, il avait dû abandonner son rêve de devenir lutteur de sumo, car il n'existait pas d'endroits pour pratiquer ce sport dans le nord ontarien. Il n'avait toutefois pas cédé à la déconvenue ; il avait joint une équipe locale de hockey ainsi qu'un club d'haltérophilie. Sa mère, chez qui il était retourné vivre, s'était mise de la partie pour le soutenir dans ses efforts et ne cuisinait plus que des repas santé.

Le jeune homme soupira de satisfaction en se frottant l'abdomen. Un geste qui suscitait toujours la même expression d'épatement sur son visage. Il ne s'habituait tout simplement pas à un ventre presque plat. Une véritable réussite ! Sur tous les plans, sauf…

Il décacheta la deuxième enveloppe. Une courte missive qu'il lut en biais afin de prendre connaissance de la conclusion le plus vite possible. Réglé ! Réglé ? Il relut la lettre en entier. Il ne pouvait pas croire… Françoise acceptait *enfin* les clauses de divorce ! Pourquoi ce revirement soudain ? Après toutes les misères qu'elle lui avait faites ? Il jeta un coup d'œil sur l'endos. Rien. Aucune explication donnée. Eh bien ! Et alors ? Pourquoi s'en faire ? Il était *libre !*

Il revint à l'invitation de la SurfAir. Bien sûr qu'il retournait à Bacouany! Il se mettrait même en campagne tout de suite après sa douche pour prélever des fonds et de l'équipement de soccer. Il comptait arriver au village avec des bagages remplis à craquer. Il ne lui restait qu'à décider s'il acceptait la proposition plusieurs fois renouvelée de Calixte Dasbogun. L'offre le tentait. Beaucoup. Il se dit qu'il se rendrait sur place et verrait plus clair une fois parmi ses jeunes. «*Ses* jeunes? Ben oui!» Il cria depuis sa chambre: «M'man! C'est décidé. Je vais aller enseigner à Bac!»

— Es-tu déçu, Gaétan, de ne pas avoir perdu assez de poids pour faire le voyage avec tes amis?

— Pantoute, face de bouette! Je l'ai dit l'année passée au père Lurand pis je le répète aujourd'hui: le Bon Dieu m'a fait gros; Y devait avoir une bonne raison. C'est pas à moi de questionner Ses plans. Après le miracle qu'Y nous a accordé, ma belle Claire, comment que j'pourrais être déçu de quoi que ce soit, hein?

— Tu n'oublies pas notre Ben?

Les yeux de Gaétan se remplirent de larmes. Jamais, dut-il vivre cent ans, n'oublierait-il le fameux matin quand, en ouvrant la porte pour aller travailler, il avait fait face à son garçon, debout sur le perron. Après ce deuxième prodige, il avait écrit une longue lettre à Charles Sanglo, le remerciant pour ses bons conseils à l'égard de «la famille, la famille, la famille».

Il posa un baiser sur le front de sa femme et se remit à pousser son fauteuil roulant, continuant la marche journalière qu'ils faisaient ainsi depuis leur mariage.

Dorys avait réussi à maigrir suffisamment pour lui permettre de subir l'intervention chirurgicale dont elle avait besoin. Elle avait dû, cependant, y mettre presque l'année entière. De sorte qu'elle était encore en convalescence quand elle reçut l'enveloppe de la SurfAir. Malgré son état, elle tenait absolument à retourner à Bacouany. Elle était impatiente de revoir la banlieue de Koudura, son amie Safi et tous les autres.

Elle se réjouissait de ce voyage-ci beaucoup plus que du premier pour plusieurs raisons. Pour commencer, elle savait maintenant à quoi s'attendre. Deuxièmement, elle ne risquait pas d'être talonnée ni harcelée, car Laurent était décédé. Il avait été poignardé lors d'une émeute dans la prison de Cotonou. Troisièmement, Brian avait promis de venir l'y rejoindre. Elle et lui étaient devenus amants et se voyaient aussi souvent que le travail du bel Américain lui permettait de traverser la frontière.

Durant la dernière année, Dorys s'était employée à faire progresser son commerce. Sous les bons conseils de Safi, elle avait importé des broderies, des dentelles et des garnitures de toutes sortes. Cette marchandise s'était avérée un grand succès auprès de ses clientes. Elle projetait maintenant de s'aventurer dans la vente de bijoux africains. Ce retour au Bénin l'enthousiasmait donc pour une quatrième raison. Safi avait promis de lui faire visiter des ateliers de bijoux *touareg, wolof* et *baoulé*. Et selon la femme d'affaires béninoise, il s'agissait de véritables œuvres d'art.

Les pourparlers pendant la procédure de divorce avaient été très éprouvants pour Françoise. C'est pourquoi elle avait accepté de suivre les recommandations de son avocate, maître Lucie Deschamps, et de se prévaloir des services de counselling de la firme. Lors d'une rencontre, elle avait divulgué l'abus dont elle avait été victime dans son enfance. La conseillère lui avait alors suggéré de consulter un psychologue, laissant entendre que ses difficultés ne relevaient pas seulement de la séparation en cours, mais de causes beaucoup plus profondes. Ce que Françoise avait fait.

Après plusieurs mois de thérapie, le psychologue lui avait fait dresser une liste de passe-temps susceptibles de l'intéresser. Il soutenait qu'après le dévoilement de ses souffrances, il était important de rediriger ses pensées et d'employer ses énergies de façon salutaire. De ladite liste, elle avait dû ne choisir qu'une seule activité. Parce qu'elle aimait les bijoux, Françoise s'était inscrite à un cours de joaillerie. C'est de cette façon qu'elle avait revu Aimé.

Au début des retrouvailles, les deux participants au projet de Tony avaient fait preuve de circonspection, chacun se sentant un peu honteux. Aimé se reprochait sa Tourette fictive et Françoise déplorait son attitude déplaisante. Néanmoins, après quelques causeries, l'humour aidant, ils étaient devenus de bons amis. Lors d'un souper en tête-à-tête, Aimé avait avoué qu'il aimait toujours les grosses femmes. Françoise lui avait demandé s'il croyait pouvoir un jour s'en tenir à une exclusivement. Le regard coquin, il avait répondu : «Absolument!»

Puisque ni un ni l'autre n'avait rempli le formulaire initial, ils ne reçurent pas d'invitation. Ils en eurent vent cependant par le biais des médias qui se faisaient une joie de donner suite au projet humanitaire de la SurfAir.

De toute façon, même si Françoise avait signé l'entente, elle n'aurait pu être de la partie. La thérapie l'aidait peu à peu à se libérer de ce que le psychologue qualifiait du «syndrome de la graisse qui protège», mais elle n'avait pas beaucoup maigri. Néanmoins, elle ne regrettait rien. Elle ne tenait pas à revoir Daniel. Ni les autres. Quant à Aimé, c'est en rigolant qu'il avait candidement avoué son appréhension à revoir Clovis, la Castafiore, les Peuls et surtout une certaine patte de léopard qui, sait-on jamais lorsqu'il est question de vaudou, pourrait commodément ressusciter…

Tony, lui, exultait. Les médias avaient fait tout un plat de son voyage forfait. On en avait vanté l'aspect philanthropique à toutes les sauces. Les patrons l'avaient félicité à maintes reprises. On parlait de promotion dans les coulisses… Et, à sa grande satisfaction, Morris Green portait maintenant très bien son nom; il était vert de jalousie. De plus, une deuxième excursion était en cours de préparation et les intéressés affluaient.

Nonobstant toutes ces retombées positives, aucune ne lui faisait autant plaisir que le fait qu'Isabelle soit la personne responsable de cette deuxième excursion. Eh oui! Sa belle Isabelle, séduite par le côté humanitaire du projet, avait accepté le poste de dirigeante pour les voyages subséquents au sein de la SurfAir. À Toronto! Elle avait embrassé d'emblée la cause de l'obésité et, fidèle à son enthousiasme coutumier, projetait déjà un voyage forfait pour adolescents obèses.

Quant à Bertrand, il était à Bacouany depuis sept mois, bien installé dans une bicoque, avoisinant la banlieue de Koudura. Les mamas s'étaient généreusement portées volontaires pour nettoyer la cabane de fond en comble. Le médecin l'avait meublée avec du mobilier d'occasion et y avait aménagé une pièce qui lui servait de cabinet. Heureux comme un pape, il y recevait chaque jour de plus en plus de patients.

Tony lui avait quand même fait parvenir une copie de l'invitation afin de le mettre au courant du voyage-retour.

Bertrand avait immédiatement répondu par courriel: «Serait-ce possible que ma fille, Joanne, et son conjoint prennent le vol de la SurfAir pour venir me rendre visite? Les frais seront à mon compte, bien sûr. Tu n'as qu'à me faire parvenir la facture. Merci à l'avance, cher Tony. En fait, un GROS merci pour TOUT!»

Table des matières

Il s'agissait d'y penser · 11

Morris · 19

Robert Jasmer (Ti-Bob) · 23

Karinette · 27

Roselle · 31

Aimé · 35

Daniel et Françoise · 39

Dorys · 43

Gaétan · 47

Jacquie · 51

Le médecin · 53

Bertrand · 61

Tony · 67

À l'aéroport · 71

Karinette · 77

Roselle et Dorys · 85

Jacquie et Aimé · 91

Françoise et Daniel · 97

Gaétan · 101

Daniel · 111

Tony · 119

En route · 125

Isabelle · 135

Bacouany · 145

Jacquie · 157

Françoise · 161

Gaétan · 165
Dorys · 169
Roselle · 173
Aimé · 179
Daniel · 183
Karinette · 189
Parakou · 195
Bertrand · 211
Sur le chantier · 215
Delphine · 223
Gaétan · 233
Tony et Isabelle · 237
Voir du pays · 249
La volonté d'aider son prochain · · · · · · · · · · · · · · 257
Karinette · 263
Daniel · 267
Élargir ses horizons · 271
Alerte · 275
Confidences · 279
Françoise · 285
Laurent · 289
Préparations · 291
Daniel · 299
Gaétan · 303
Aimé · 309
Subterfuge · 319
Méprise · 323
Remous · 331
Jacquie · 337
Une idée · 341
Cité lacustre · 353
Ouidah · 367
Le retour · 373
Un an plus tard · 389

Les Éditions L'Interligne
261, chemin de Montréal, bureau 306
Ottawa (Ontario) K1L 8C7
Tél. : 613-748-0850/Téléc. : 613-748-0852
Adresse courriel : communication@interligne.ca
www.interligne.ca

Directrice de collection : Michèle Matteau

Œuvre de la page couverture : iStockphoto
Graphisme : Estelle de la Chevrotière Bova
Correction des épreuves : Danielle Chassé
Distribution : Diffusion Prologue inc.

Les Éditions L'Interligne bénéficient de l'appui financier du Conseil des Arts
du Canada, de la Ville d'Ottawa, du Conseil des arts de l'Ontario et de la
Fondation Trillium de l'Ontario. Nous reconnaissons l'aide financière du
gouvernement du Canada par l'entremise du Fonds du livre du Canada (FLC)
pour nos activités d'édition.

Les Éditions L'Interligne sont membres du Regroupement des éditeurs
canadiens-français (RÉCF).

Ce livre est publié aux Éditions L'Interligne à Ottawa (Ontario), Canada. Il est composé en caractères Minion, corps douze, et a été achevé d'imprimer sur du papier Enviro 100 % recyclé par les presses de l'imprimerie AGMV Marquis (Québec), 2010.